テリ文庫

〉

高い窓

レイモンド・チャンドラー
村上春樹訳

早川書房
7846

THE HIGH WINDOW

by

Raymond Chandler

Translated by
Haruki Murakami

Published 2023 in Japan by
HAYAKAWA PUBLISHING, INC.
This book is published in Japan by
arrangement with
RAYMOND CHANDLER LTD.
c/o ROGERS, COLERIDGE AND WHITE LTD.
through TIMO ASSOCIATES, INC.

高い窓

登場人物

フィリップ・マーロウ……………………私立探偵
エリザベス・ブライト・マードック……裕福な未亡人
ジャスパー・マードック………………エリザベスの亡夫
ホレース・ブライト……………………エリザベスの前夫。故人
レスリー…………………………………エリザベスの息子
リンダ・コンクエスト…………………レスリーの妻。ナイトクラブの歌手
マール・デイヴィス……………………エリザベスの秘書
アレックス・モーニー…………………高級ナイトクラブの経営者
エディー・プルー………………………モーニーのボディーガード
ロイス・マジック（モーニー）…………リンダの友人。モーニーの妻
ルイス・ヴァニアー……………………ロイスの愛人
イライシャ・モーニングスター…………古銭商
H・R・ティーガー………………………歯科技工士
デルマー・B・ヘンチ…………………酔っぱらい
ジョージ・アンソン・フィリップス……私立探偵
ジェシー・ブリーズ……………………刑事
スパングラー……………………………ブリーズの部下

1

パサデナのオーク・ノル地区、ドレスデン・アヴェニューにその家はあった。大きくてがっしりした、いかにも涼しげなかまえの屋敷で、赤葡萄酒色の煉瓦《れんが》塀が巡らされ、屋根はテラコッタ・タイル、白い石の回り縁がついていた。一階正面の窓には鉛線が入っており、二階の窓はコテージ風で、ロココ調を模した数多くの石細工でその周囲を飾られていた。

正面の壁と、それに沿って植えられた花の咲いた茂みから、見事な緑の芝生が表の通りに向けて半エーカーばかり、漂い流れるようになだらかに下っていた。それは途中で巨大なヒマラヤスギに遭遇し、岩のまわりにひんやりとした緑の渦を描く水流のように、その周囲を迂回して進んでいった。歩道も車道《パークウェイ》もどちらもとても広々として、車道には足を止めて見上げたくなるような見事な白いアカシアの木が三本生えていた。夏のもったりとした匂いがする朝だった。植物と名の付くものはすべて、淀《よど》んだ空気の中でぴくりとも動かなかった。そういうのがこの辺りでは「爽やかで気持ちの良い日」と呼ばれている。

その屋敷にはミセス・エリザベス・ブライト・マードックが家族と共に暮らしており、
彼女は品が良くて清潔な私立探偵を雇いたいと思っている。葉巻の灰を床に落としたりせず、二丁以上の銃を持ち歩かない人物が求められている。屋敷の住人に関しては、その程度の知識しか持たなかった。他に知っていることといえば、彼女の亡くなったご主人はジャスパー・マードックという頰髯《ほおひげ》をはやした老人で、地域社会に奉仕することで大金を稼いだ、というくらいだ。毎年命日になるとパサデナの新聞に彼の写真が載った。生年と没年がその下に記され、「彼の人生は奉仕の人生であった」という銘が添えられている。

私は路上に車を駐め、緑の芝生の中に不揃いに配された数十個の平石を踏みながら、玄関に向かって歩いた。そしてとんがり屋根のついた赤煉瓦造りの柱廊にあるベルを押した。低い赤煉瓦の壁が、ドアから車寄せの端まで、家の正面に沿って短く続いていた。通路の終わったところにはコンクリート・ブロックがあり、その上には塗装された黒人の少年の像があった。白い乗馬用の短いズボンをはき、緑色の上衣を着て、赤い帽子をかぶっていた。鞭《むち》を手に持ち、その足もとのブロックには馬を繫《つな》ぐための鉄の輪っかがついていた。少年はどことなく悲しげに見えた。あまりに長く、来ない客を待ち続け、さすがに気落ちしたのだろう。私は誰かが玄関に出てくるまでのあいだ、そこに行って彼の頭を軽く叩いてやった。

やがてメイドの服を着た、苦虫《にがむし》を嚙みつぶしたような顔の女が、ドアを二十センチばかり開き、疑り深そうな目を私に向けた。

「フィリップ・マーロウ」と私は言った。「ミセス・マードックにお目にかかりたい。お待ちのはずだ」

中年の苦虫女は歯を擦《す》りあわせ、目をはっと閉じ、またはっと開けた。そして頑迷な開拓者を思わせる角張った声で言った。「どっちの？」

「なんだって？」

「どっちのミセス・マードック？」とほとんど怒鳴りつけんばかりに彼女は言った。

「ミセス・エリザベス・ブライト・マードック」と私は言った。「他にミセス・マードックがいるとは知らなかったな」

「でも、いるのよ」と彼女はぴしゃりと言った。「名刺はお持ち？」

ドアはやはりまだ二十センチしか開けられていなかった。その開いた部分から彼女は鼻先と、細くはあるがたくましそうな片手を出していた。私は札入れを取り出し、そこから名前だけを記した名刺を出して、相手の手の上に置いた。手と鼻先は中に引っ込み、ドアは私の顔前でばたんと閉められた。

あるいは裏口にまわるべきだったのかもしれない。私は黒人の少年のところに行って、またその頭を軽く叩いた。

「兄弟《ブラザー》」と私は言った。「お互いつらいよな」

時間が経過した。ずいぶん長い時間だった。口に煙草をくわえたが、火はつけなかった。アイスクリームを売る青と白の小さなワゴンが、ミュージック・ボックスで『藁《わら》の中の七面鳥』を流しながら道路を通り過ぎていった。黒と金色の大きな蝶々がふらりとやってきて、私の肘のすぐわきにある紫陽花《あじさい》の茂みにとまった。そして何度か羽をゆっくり上下に動かしてから、いかにも大儀そうに飛び立ち、暑い匂いのする、動きのない夏の大気の中をよろよろと去っていった。

玄関のドアがまた開いた。苦虫女が言った。「こちらへ」

私は屋敷の中に入った。その先にある部屋は大きく真四角で、一段低くなっており、ひっそりと涼しく、そのしんとしたたたずまいは葬儀屋の礼拝堂を思わせた。匂いもよく似ていた。粗い仕上げの愛想のない漆喰《しっくい》の壁にはタペストリーが飾られ、高い側面の窓の外側には、バルコニーを模した鉄の格子がつけられていた。フラシ天のクッションとタペストリーの背もたれつきの、重々しい木彫りの椅子がいくつか置かれ、椅子のわきからは光沢を失った金色の房が下がっていた。背後にはテニスコートほどの大きさのステンドグラスの窓があり、その下にはカーテンのかかったフレンチ・ドアがあった。空気は黴臭《かびくさ》く淀み、狭量で清潔で神経にさわる部屋だった。この部屋に腰を下ろした人間はまだ一人もいないみたいに見えたし、これから先だってそんな気を起こす人間はおそらく出てくるまい。大理石のトップを持つ、くねった脚のついたテーブル、金メッキされた時計、二種類の色の大理石でつくられたいくつもの小さな彫像。これだけのがらくたの埃《ほこり》を払うだけで、たぶん一週間はかかるはずだ。相当な金がかかっているが、すべては空しい散財に終わっていた。三十年前、まだパサデナが金持ちの住む取り澄ました田舎町であった頃なら、この部屋はたしかに人目を惹くものであったのだろうが。

私たちはその部屋を抜け、廊下をひとしきり歩いた。それから苦虫女がひとつのドアを開け、私に中に入るように促した。

「ミスタ・マーロウです」と彼女は吐き捨てるように部屋の中に向かって告げた。そして歯を擦りあわせながら歩き去った。

2

裏庭を見下ろす小さな部屋だった。赤と茶色の醜いカーペットが敷かれ、オフィス風の家具が置かれていた。小さなオフィスにありそうなものはひととおり揃っていた。ブロンドがかった髪の娘が、机の向こうに座っていた。痩せて神経質そうで、鼈甲縁《べっこうぶち》の眼鏡をかけている。デスクは袖が引き出し式になっており、引き出された左手の袖にはタイプライターが載っていた。彼女の両手は準備万端整ったという風に、そのキーの上に置かれていた。しかしタイプライターに紙は挟まれていない。彼女は私が部屋に入ってくるのを、硬くこわばった、半ば愚かしい表情を顔に浮かべて見ていた。まるで自意識の強い人がスナップショットのためにポーズをとっているみたいに。そして澄んだ柔らかい声で、私に座るように言った。

「私はミス・デイヴィス、ミセス・マードックの秘書をしています。あなたの照会先をいくつかあげていただくように彼女から言いつかっています」

「照会先？」

「そうです。照会先です。通常のことじゃありませんか？」

私は帽子を彼女のデスクの上に置き、火をつけていない煙草をそのつばの上に置いた。

「彼女は私について何も知らないのに、ここに呼びつけたということなのかな？」

娘は震える唇を噛んだ。怯えているのか、苛立っているのか、それともクールでビジネスライクになることに困難を覚えているのか、そのどれとも判断できなかった。いずれにせよあまり幸福そうには見えなかった。

「彼女はあなたのお名前を、カリフォルニア証券銀行の支店長から聞きました。しかしこの方はあなたを個人的に知っているわけではありませんので」と彼女は言った。

「鉛筆を用意して」と私は言った。

彼女は鉛筆を手に取って持ち上げ、それが削り立てで、すぐに使えることを私に示した。

私は言った。「まず一人目はその同じ銀行の副頭取の一人、ジョージ・S・リーク。本店勤務だ。それから州上院議員のヒューストン・オーグルソープ。彼はサクラメントにいるかもしれないし、ロサンジェルスのステート・ビルディングの自分の事務所にいるかもしれない。それからシドニー・ドレイファス・ジュニア、彼はタイトル＝インシュアランス・ビルディングにあるドレイファス・ターナー＆スウェイン法律事務所の弁護士だ。書いたかい？」

彼女は素速くすらすらと書き留めた。顔も上げずに肯いた。彼女の金髪の上で光が揺れた。

「フライ＝クランツ商会のオリヴァー・フライ。油田採掘機器を扱っている。会社は東九番通り、工業地区にある。もし警察関係者が何人か必要なら、地方検事局捜査課のバーナード・オールズと、中央署殺人課の警部をしているカール・ランドールがいる。それで頭数は揃ったかな？」

「からかわないでください」と彼女は言った。「私はただ指示されたことをしているだけです」

「依頼の内容を君が承知しているのでない限り、最後の二人には連絡しない方が賢明かもしれない」と私は言った。「君をからかってなんかいない。それにしても、ここは暑いね」

「パサデナではこういうのを暑いとは言いません」と彼女は言った。そして電話帳を出して机の上に置き、仕事に取りかかった。

彼女が電話帳を繰《く》って、あちこちに電話をかけているあいだ、私はじっくり彼女を観察した。顔は青白かったが、本来そういう顔色なのだろう、健康に問題はなさそうだ。ざらりとした銅色混じりの金髪は、それ自体印象は悪くなかったが、狭い頭の上であまりに固く結われていたせいで、髪の毛としての効果をほとんど発揮していなかった。眉毛は薄く、並外れてまっすぐで、髪より色が濃かった。栗色と言っても通用するくらいだ。鼻孔は白く、貧血症のように見えた。顎は小さく尖っていて、不安定な印象を与えた。オレンジ・レッドの口紅をさしている以外には化粧というものをしておらず、それもほんのしるし程度だった。眼鏡の奥の目はひどく大きく、コバルト・ブルーで虹彩《こうさい》が目立っていたが、その表現するものは漠然としていた。両の瞼《まぶた》はとても堅く引き締まっていて、そのせいで彼女の目にはどことなく東洋人を思わせるところがあった。あるいは皮膚が生まれつきぴんと引き締まっていて、目が両端に引っ張られているように見えるのかもしれない。総じて言えば、その顔には一風変わった神経症的魅力があった。上手にメイキャップさえすれば、見違えるような女になるはずだ。

彼女は半袖の亜麻《リネン》のワンピースを着て、アクセサリーの類《たぐい》はまったくつけていなかった。袖からのぞいた両腕にはうぶげが生え、そばかすがいくつか見受けられた。

電話で彼女が口にしたことには、私はほとんど注意を払わなかった。相手が言ったことのすべてを、彼女は鉛筆を使って手早く速記でメモした。作業が終了すると、電話帳をフックにかけ、立ち上がって亜麻のワンピースの腿《もも》のあたりについた皺《しわ》をなおし、言った。

「ここで少しお待ちください」。そしてドアの方に向かった。

半分ほど行ったところで彼女は戻ってきて、デスクの横手にあるいちばん上の抽斗を閉めた。それから部屋を出て行った。ドアが閉められ、あとに沈黙が残った。窓の外では蜂が羽音を立てていた。遠くに真空掃除機の音が聞こえた。火をつけていない煙草を帽子からとって口にくわえ、立ち上がった。机の向こうに回り込み、彼女がわざわざ戻ってきて閉めた抽斗を開けてみた。

それは私の関与することではなかった。私はただ好奇心に駆られただけだ。その抽斗に彼女がコルトの小型自動拳銃を入れていたところで、私の知ったことではない。私は抽斗を閉め、また腰を下ろした。

彼女は四分ほどで戻ってきた。それからドアを開け、戸口に立ったまま言った。「ミセス・マードックがお会いになります」

我々はまた少し廊下を歩いた。それから彼女は両開きのガラス扉の片側を開け、脇に身を寄せた。私が部屋に入ると、背後でドアが閉まった。

部屋の中はあまりに暗くて、最初のうち何も見えなかった。しばらくするとそこが外の植物を繁り放題に繁らせている、サンルームのような造りの部屋であることがわかってきた。密生した茂みと、網戸を抜けて差し込んでくる微かな外光があるだけだ。窓の近くには葦でできた寝椅子が置かれていた。植物性の絨毯が敷かれ、葦《あし》の家具が置かれていた。寝椅子には曲線を描く背もたれがついており、象の詰め物にもできそうなくらいたくさんのクッションが置かれていた。そして一人の女がワイングラスを手に、そこにふんぞり返るように座っていた。相手の姿がまだはっきりと見えないうちから、ワインのもわっとしたアルコールの匂いが嗅ぎ取れた。目がようやく暗さに慣れ、彼女の姿がまともに見えるようになった。

顔も顎も広々していた。髪は白目《ピューター》のような色合いで、パーマネントで容赦なく固められていた。堅い鉤鼻と、大きな湿った一対の目。その目には濡れた石ほどの同情心しか見受けられない。首にはレースが巻かれていたが、どちらかといえばフットボール・セーターが似合いそうな首だった。灰色っぽいシルクのドレスを着て、むき出しの太い両腕には斑点が見えた。耳には黒玉の耳飾りをつけている。隣には丈《たけ》の低いグラストップのテーブルがあり、ポートワインの瓶が載っていた。彼女は酒をひとくち飲み、手に持ったグラス越しに私を見ていた。何も言わなかった。

私はそこに立っていた。グラスの中身を飲み干してしまうまで、彼女は私を立たせたままにしていた。空《から》のグラスをテーブルに置くと、また酒を注いだ。ハンカチーフで唇をとんとんと叩き、そのあとで口を開いた。硬いバリトンの声、いい加減なことは許さないという響きがあった。

「お座りなさい、ミスタ・マーロウ。煙草に火はつけないように。私は喘息《ぜんそく》持ちなので」

私は葦の揺り椅子に腰を下ろし、まだ火をつけていなかった煙草を、外ポケットのハンカチーフの後ろに押し込んだ。

「私はこれまで私立探偵みたいなものと関わり合いを持ったことがありません、ミスタ・マーロウ。そういうことにはまったく不案内です。でもあなたの評判はなかなか悪くないようね。それで、料金はいかほどなのかしら？」

「仕事の内容によります、ミセス・マードック」

「外に知られたくない調査です、もちろん。警察には関わり合いのないこと。もし警察に相談できるようなことなら、とっくにしています」

「私は一日につき二十五ドルを請求します、ミセス・マードック。もちろん経費は別になります」

「良いお値段ね。それじゃ儲かって仕方ないでしょう」。彼女はまたポートワインを口にした。暑い時節のポートワインは私の好みではない。しかし勧められて、それを断るくらいのことはしたいものだ。

「いいえ」と私は言った。「決して高い料金ではありません。もちろん探偵の料金はピンからキリまであります。弁護士や歯科医の場合と同じことです。私は組織の一員として仕事を引き受けているのではありません。単独で仕事をしていますし、一度にひとつの案件しか引き受けません。そこにはリスクが伴いますし、ときにはそのリスクは馬鹿にできないものになります。そして次々に切れ目なく仕事が入ってくるわけでもありません。ですから、一日二十五ドルという料金は決して高額とは言えないのです」

「なるほど。そしてその必要経費というのは、いったいどのような性格のものなのかしら？」

「あちこちで細かい支出が必要になります。その場になってみないとわからないようなことです」

「どういうものなのか、だいたい知りたいわね」と彼女は棘《とげ》のある声で言った。

「のちほどお知らせします」と私は言った。「ご自分で内容を精査なさるといい。納得がいかないものがあれば、ご説明します」

「そして前払い金としてどれくらいを請求なさるのかしら?」

「百ドルもあればじゅうぶんです」と私は言った。

「そう願いたいわね」と彼女は言って、ポートワインを飲み干し、またなみなみとお代わりを注いだ。一息置いて唇を拭くこともしなかった。

「ミセス・マードック、あなたのような立場の方であれば、とくに前払い金をいただく必要もないのですが」

「ミスタ・マーロウ」と彼女は言った。「私ははっきりものを言う女です。でも怯えないでちょうだい。私に怯えるようであれば、たいして使い物にならないだろうから」

私は肯き、言われたことをすんなり聞き流すことにした。

彼女は突然声をあげて笑い、それからげっぷをした。それは品の良い軽いげっぷだった。わざとらしいところもなく、いかにも無造作にさらりと出てきた。「喘息のせいでね」と彼女はどうでもよさそうに言った。「このワインは私には薬のようなものなの。だからあなたには勧めません」

私は膝の上で脚を組んだ。そうすることが彼女の喘息に害を及ぼさないといいのだが。

「お金のことはべつに重要ではありません」と彼女は言った。「私のような立場の女は常に料金を吹っかけられるし、それが当たり前になっています。私としては、あなたにその料金に相応《ふさわ》しいだけの能力があると思いたいところね。状況を説明しましょう。ずいぶん値打ちのあるものが盗まれ、それを取り戻したいのです。でもそれだけじゃない。私としては、誰かが逮捕されるようなことを望んではいません。盗んだのはうちの家族の一員だからです。血のつながりはないけれど」

彼女は太い指でグラスを回転させ、光を遮られた部屋の乏しい明かりの中で、僅かに微笑んだ。「私の義理の娘なの」と彼女は言った。「見かけはチャーミングだけど、実は樫《かし》板《いた》のようにタフな女よ」

私を見る目に、突然煌《きら》めきが浮かんだ。

「出来の悪い息子が一人います」と彼女は言った。「しかし私にとってはとても可愛い息子です。一年ほど前に彼は、私にひとことの相談もなく、馬鹿げた結婚をしました。これは本当に愚かしい行いだった。というのは、息子は自分では生活費を一銭たりとも稼げないからです。親から小遣いをもらうしかない身だし、私は金銭に関しては決して気前の良い方ではありません。息子が選んだ女性は、というか彼を選んだ女性は、ナイトクラブの歌手で、名前は、実に中身に相応しいというか、リンダ・コンクエスト（コンクエストは征服するという意味）。二人はこの家に同居しています。私たちが口喧嘩したりするようなことはありません。というのは、この家の中で私に口答えすることなど、誰にも許さないからですよ。しかし私たちが仲良くやっていたとはとても言えません。私は二人の生活費を払ってきたし、一人に一台車も与えました。嫁にはふんだんにとまではいかずとも、服を買ったりするには不自由ないだけの小遣いを与えてきました。しかし疑いの余地なく、彼女はそういう生活にうんざりしてしまったようです。そして疑いの余地なく、息子のことを退屈な男だと考えています。この私自身でさえ、息子のことを退屈な男だと思うくらいだもの、まあ無理はありませんが。いずれにせよ、一週間かそこら前に彼女は出し抜けに家を出ていきました。新しい住所も教えず、さよならも言わずに」

　彼女は咳《せき》をした。そして手を伸ばしてハンカチーフを探し、鼻をかんだ。

「そして一枚の金貨が紛失しました」と彼女は続けた。「ブラッシャー・ダブルーンという珍しい金貨で、主人のコレクション中の白眉《はくび》とも言うべきものでした。私はそんなものにこれっぽっちの興味もありませんが、主人はなにしろ夢中になっていました。四年前に主人が亡くなったあと、私は遺されたコレクションをそっくりそのまま守ってきました。コレクションは二階の施錠された防火造りの部屋の、いくつかの防火造りのケースの中に分けてしまわれています。保険はかかっていますが、まだ盗難の報告を出してはいません。

できればそんなことはしたくないのです。盗んだのがリンダであることには確信がありますから。その金貨には一万ドル以上の値がつくと言われています。未使用のまま見本として保管してあったものです」

「しかし売りさばくのはかなり難しいでしょう」と私は言った。

「おそらくはね。そのへんのことは、私にはわかりません。実を言うと、その金貨がなくなったことに、昨日まで気がつかなかったくらいです。もしモーニングスターという人物がロサンジェルスから電話をかけてこなかったなら、まだ気がついていなかったでしょう。何かなければ、私がそのコレクションに近寄ることなんてまずありませんから。自分は古銭商なのだが、マードック・ブラッシャーが――彼はそう呼びました――売りに出されているのかどうかを知りたいとモーニングスターは言いました。息子がたまたまその電話に出ました。自分の知る限り、それは売りに出されていないし、これまで売りに出されたこともない。しかしあとで電話をかけなおしてくれたら、母と直接話ができるかもしれないと息子は言いました。ちょうどそのとき私は休んでいたので、電話には出られなかったのです。かけなおすと相手は言いました。息子はその会話の内容をミス・デイヴィスに伝え、彼女はそれを私に伝えました。私は彼女にモーニングスターに電話をかけさせました。少しばかり興味を惹かれたからです」

彼女はまたポートワインを口にし、ハンカチーフをひっくり返し、唸るような声を出した。

「どうして興味を惹かれたのですか、ミセス・マードック？」と私は尋ねた。口をはさんだ方がいいような気がしたからだ。

「もしまっとうな古銭商であれば、その金貨が売りに出ていないことは知っているはずです。私の夫だったジャスパー・マードックは遺言状の中で、私が生きている間、そのコレクションを売ることも、貸し出すことも、担保に入れることも一切禁じていましたから。家の外に持ち出すことも、コレクションを護るためにどうしても必要な場合を別にすれば、できません。そしてそれにも管財人の決定が必要とされるのです。私の夫は」と彼女は言って陰気な笑みを浮かべた。「そのちっぽけな金物《かなもの》に私が、自分の存命中よりももっと深く関心を抱くべきだと感じていたみたいね」

屋外はなかなか素晴らしい一日を迎えているようだった。陽光はさんさんと降り注ぎ、花は美しく咲き誇り、鳥はにぎやかに鳴いていた。自動車は心地よい音を立てながら、遠くの通りを行き来していた。そのいかつい顔の女と、ワインの匂いが漂う薄暗い部屋の中にいると、すべてが少しずつ現実離れして見えた。私は膝の上で足を上下に動かしながら、話の続きを待った。

「私はミスタ・モーニングスターと話しました。彼のフルネームはイライシャ・モーニングスター、ロサンジェルスのダウンタウン、九番通りにあるベルフォント・ビルディングにオフィスを持っています。私は彼に言いました。マードック・コレクションは売りに出されていないし、これまで売りに出されたこともないし、私の承知する限り、この先売りに出されることもありません。そしてあなたがそれをご存じないことにいささかの驚きを感じざるを得ません、と。彼はなにやらもそもそと口ごもっていたけど、やがてその金貨を検分させてはもらえまいかと言いました。私はきっぱりと断りました。彼はどこかうわの空で私に礼を言って、電話を切りました。声からすると、かなり老齢のようでした。私は二階に行って、自分でその金貨を検分してみました。もう一年くらいそんなことはしていなかったのですが。防火ケースの中に収められていたその金貨は、あるべき場所から消えていました」

私は何も言わなかった。彼女はグラスにお代わりを注ぎ、寝椅子の肘掛けを太い指でこつこつと叩いた。「そこで私が何を考えたか、おおよそ想像はつくでしょう？」

私は言った。「ミスタ・モーニングスターの部分に関してはだいたい。誰かがその金貨を売りたいと彼に持ちかけた。そして彼はその出所がどこか知っていたか、あるいは推測をつけた。なにしろ稀少なコインですから」

「未使用の見本品というのはきわめて稀少なのです。そう、私も同じことを考えました」

「それはどのようにして盗まれたのでしょう？」

「家族のものがそれを盗むのは、とても簡単なことです。鍵は私のバッグに入っているし、バッグはその辺に置いてあります。その中から鍵をとって、ドアとキャビネットを開け、それからまた鍵をバッグに戻しておけばいいのです。外部のものにはむずかしいでしょうが、家の中にいる人間なら、誰だってできます」

「わかりました。しかしあなたはどうして、息子さんの奥さんがそれを盗んだと確信できるのですか、ミセス・マードック？」

「確かな証拠を示せと言われれば、そこまではできません。しかしそれについては確信があります。三人の女性がこの家で働いていますが、彼女たちはずいぶん昔からここにいます。私がミスタ・マードックと結婚するよりもずっと前からです。我々が結婚したのはたった七年前のことですが。庭師は決して家の中には入りません。運転手は雇っていません。息子か、あるいはミス・デイヴィスが私のために車を運転してくれますから。息子が盗むわけはありません。母親から何かを盗んだりするほど、彼は馬鹿ではありません。そしてまたもし彼が盗んでいたとしたら、古銭商モーニングスターと私を電話で直接話させたりはしないはずです。ミス・デイヴィスは論外です。そんなことをやってのけるほどの度胸はあの娘にはありません。いつもおどおどしているタイプです。でもね、ミスタ・マーロウ、リンダならそれくらいのことはさらっとやってのけるでしょう。ただの意趣返しのためにね。ナイトクラブで働いている連中がどんな風だか、あなただってよくご存じでしょう」

「ナイトクラブにもいろんな種類の人間がいます。他の場所と変わりはありません」と私は言った。「泥棒が入った形跡はないのですね？　たった一枚の貴重なコインだけを盗んでいくには、相当な技術が必要です。だからその線は考えなくてもいいでしょう。その部屋を見せていただいた方がよさそうですね」

彼女は顎をぐいと私の方に突き出した。首の筋肉がいくつかの硬い瘤《こぶ》になった。「私は今はっきり言ったはずですよ。うちの嫁であるミセス・レスリー・マードックが、ブラッシャー・ダブルーンを盗んだのだと」

私は彼女をじっと睨《にら》み、彼女も私を睨み返した。彼女の目は玄関前の歩道の煉瓦に負けないほど堅固だった。私は目を逸《そ》らせ、肩をすくめた。

「もしそうだとして、私はいったい何をすればいいのでしょう、ミセス・マードック？」

「まずだいいちに私は金貨を取り戻したいのです。それから息子と嫁が円満に離婚してくれることを求めています。そして私としては、そのためにびた一文払うつもりはありません。となると、どんなことをすればいいか、あなたにも察しはつくでしょう」

彼女は再びワインを注ぎ終えると、粗野な笑い声をあげた。

「その女性は新しい住所を教えなかったと、先ほどおっしゃいましたね」と私は言った。「つまりどこに行ったか心当たりはないということなのですか？」

「そのとおりよ」

「行方が知れないわけだ。息子さんには何か思い当たることがあるかもしれません。あなたには教えていないようなことが。息子さんにお目にかからなくてはなりません」

その大きな灰色の顔が硬くなり、皺がいっそう刺々しくなった。「息子は何も知らない。ダブルーンが紛失したことすら知りません。そしてそんなことを彼に知らせたくありません。しかるべき時が来れば、私の口からじかに伝えます。それまではあの子は巻き込みたくないのです。あの子は私がそうしてほしいというとおりのことをしてくれるはずです」

「しかし常にそうとは限らなかった」と私は言った。

「結婚したのはいっときのはずみです」と彼女は憎々しげに言った。「そのあと息子は紳士らしく筋を通そうとしました。でも私はそんなしち面倒臭いことは考えません」

「カリフォルニア州で結婚するためには、そういういっときのはずみを三日間持続しなくてはならないのですよ、ミセス・マードック」

「あんたはこの仕事がほしいの、それともほしくないの？」

「真実を聞かされており、自分が正しいと思うやり方でことを進められるなら、仕事は引き受けます。もしあなたがルールやら何やらで私をがんじがらめにし、自由を奪いたいと思っておられるのであれば、遠慮させていただきます」

彼女は耳障りな声で笑った。「これはね、デリケートな家庭内の問題なのよ、ミスタ・マーロウ。デリカシーをもって扱ってもらわなくてはなりません」

「もし私を雇うのであれば、あなたは私の持てる限りのデリカシーを手に入れることになります。もしそれだけでは十分でないというのであれば、私を雇うのはよした方がいいでしょう。たとえば、あなたは息子さんの奥さんを罪に陥《おとしい》れたいなんて思ってもいないと私は考えます。その裏を読めと言われても、こちらとしてはそこまでデリケートにはなれません」

　彼女の顔は茹《ゆ》でたビートの根が冷めたような色合いになった。そして怒声をあげるために口を開いたが、それから考え直し、ポートワインのグラスを持ち上げ、中の良薬をぐいと飲んだ。

「あなたに任せるわ」と彼女は乾いた声で言った。「二年前にあなたに会っていればよかったのだけれど。息子があの女と結婚する前にね」

　その最後の言葉が何を意味するのかよくわからなかったので、私は何も言わなかった。

　彼女は前方斜めに身体を傾け、館内電話のボタンを指でまさぐった。相手が出ると、それに向かって何ごとか唸った。

　足音が聞こえ、銅色の混じった金髪の小柄な女が、顎を引いて、足をもつれさせながら部屋に入ってきた。まるで誰かが彼女に向かって拳《こぶし》を振り上げているんじゃないかと、びくびくしているような様子だった。

「この方に二百五十ドルの小切手を書く用意をしてちょうだい」とその老いた龍は娘に向

かって吼えた。「それからこれについて口外は無用ですよ」

小柄な娘は首まで赤くなった。「仕事の内容を外に漏らしたりは絶対にしません、ミセス・マードック」と彼女は泣き出しそうな声で言った。「それはご存じのはずです。そんなことをするなんて、まさか、私は――」

彼女は振り向いて顔を伏せ、部屋から小走りに出て行った。ドアを閉めるとき、私はその顔を注意して見た。小さな唇は細かく震えていたが、目には尋常ではないものがあった。

「息子さんの奥さんの写真が必要です。多少の情報も」、ドアがしっかり閉められたところで私はそう言った。

「デスクの抽斗の中を見てちょうだい」、太い灰色の指がさされ、薄闇の中でいくつかの指輪がきらりと光った。

私はそちらに行って、葦材のデスクのひとつしかない抽斗を開け、一枚の写真を取りだした。中に入っていたのは、表を向けられた一枚の写真だけだった。クールな一対の黒い瞳が私を見ていた。私はその写真を手にまた椅子に腰を下ろし、じっくり検分した。黒髪は真ん中でさりげなく分けられ、きりっとした小さな額の上から、後方にゆるりとまわされていた。挑発的で涼しげな幅の広い唇は、口づけを誘っているみたいだ。素敵な鼻だ。小さすぎもせず、大きすぎもしない。顔のどこをとっても骨の形がきれいだ。ただ顔に浮かんだ表情には何かが欠けている。昔の人はそれを「氏素性」と呼んだかもしれない。でも昨今そういう言葉は使われないから、私としても表現に窮する。顔は年齢の割に賢すぎるように、またガードが堅すぎるように見受けられた。多くの男たちがその顔に言い寄ったことだろうし、その顔は男たちの誘いを巧妙にかわすための知恵を身につけすぎてしまったのだろう。そしてそんな抜け目なさを示す顔つきの裏側には、未だにサンタクロースを信じている少女の素朴さが透けて見えた。

私は写真に向かって肯き、それをポケットに入れた。普通の写真を見たときよりも、ずっと多くのことを一枚の写真から得たような気がした。それもこの薄暗い光の中で。

ドアが開いて、亜麻のドレスを着た小柄な娘が入ってきた。三段式の小切手帳と万年筆を携えており、ミセス・マードックがサインできるように腕をデスク代わりに差し出した。娘は身体をまっすぐ起こし、ひきつった笑みを浮かべていた。ミセス・マードックは鋭い動作で私の方を示した。小柄な娘は小切手をちぎり、私に渡した。彼女は戸口の内側で、しばらくもぞもぞと待っていた。しかし何もいいつけはなかったので、そっと部屋を出てドアを閉めた。

私は小切手を振ってインクを乾かし、二つに折り、それを手にしたまま座っていた。

「リンダについて教えていただけることはありますか?」

「教えられることなんて、ほとんど何もありません。うちの息子と結婚する前は、ロイス・マジックという名前の娘と、アパートメントを共同で借りていたようです。この手の商売の人たちって、まったくどこからこんなチャーミングな名前を探し出してくるのでしょうね。この二人は『アイドル・ヴァレー・クラブ』という店で仕事をしていました。ヴェンチュラ大通りにある店です。息子のレスリーなら、その場所のことは隅から隅まで知っているはずです。リンダの家族とか血筋とか、私は何ひとつ知識を持ちません。スー・フォールズで生まれたという話を耳にしたことがあります。両親もきっといたのでしょうね。そういうことに私はとんと関心が持てませんでしたが」

いいや、とんと関心が持てないだ、と私は思った。彼女が両手で地面を掘っている姿が目に浮かんだ。でもどれだけがつがつと掘り起こしても、手に入れたのは両手一杯の砂利だけだ。

「ミス・マジックの住んでいる場所はご存じないでしょうか？」

「いいえ。まったく知りません」

「ひょっとして息子さんはご存じでしょうか？　あるいはミス・ディヴィスは？」

「息子に会ったら私から尋ねてみるわ。でもたぶん知らないはずよ。ミス・ディヴィスにはじかに尋ねていただいてかまいません。彼女が知っているはずはないでしょうけど」

「わかりました。リンダには他に誰か友だちはいましたか？」

「知りませんね」

「息子さんが今でも彼女と連絡を取り合っているという可能性はありますか？　あなたに

は黙っていうことですが」

彼女の顔は再び紫色になりかけた。私は片手を上げ、宥《なだ》めるような微笑みを顔に搾《しぼ》り出した。「息子さんはなんといっても、彼女と一年は結婚していたんです」と私は言った。

「彼女について何か知っているはずです」

「息子をこの件に巻き込まないで」と彼女は怒鳴りつけるように言った。

私は肩をすくめ、唇の間からがっかりしたような声音を出した。「いいでしょう。彼女は自分の車に乗ってここを出て行った。そういうことですね。あなたが買ってやった車に乗って？」

「スチールグレーのマーキュリー、一九四〇年型のクーペ。プレートナンバーが必要なら、ミス・デイヴィスにお訊きなさい。嫁がその車に乗って出て行ったかどうかまで、私は知りませんが」

「ここを出て行ったとき、どれくらいのお金や衣服や宝石を持っていったか、ご存じでしょうか？」

「現金はそんなに持っていないはずです。せいぜい二百ドルくらいでしょう」、にやりと大きく笑うと、鼻と口のまわりに深い皺が刻まれた。「もちろん新しいお友だちを見つけてなければということですが」

「なるほど」と私は言った。「宝石は？」

「エメラルドとダイアの指輪、でもそんなに値打ちのあるものじゃありません。ロンジンのプラチナ腕時計、台にルビーがいくつか入っている。それから愚かにも私がプレゼントした、とても質の良い曇り琥珀のネックレス。留め金にはトランプのダイヤの形をした二十六個の小さなダイアモンドが鏤《ちりば》められています。他にもいくつか宝石類を持っているわ、もちろん。でもいちいち注意深く見ていたわけじゃないから。着こなしは上手だけれど、息を呑むってほどじゃありません。不幸中の幸いとでもいうべきか」

彼女はグラスにお代わりを注ぎ、それを飲み、またそこそこお上品なげっぷをした。

「教えていただけるのはそれくらいですか、ミセス・マードック？」

「それで十分じゃないかしら？」

「十分だとはとても言えませんが、今のところはまあこれでよしとしましょう。もし彼女が金貨を盗んでいないことがわかったら、私の関わっている調査はその時点で終了したと解釈してよろしいのですね？」

「それについてはあらためて話しましょう」と彼女は粗い声で言った。「盗んだのは間違いなくあの女です。そして私がそれを黙って見逃すようなことは断じてありません。あなたはなかなかタフぶっているようだけれど、その半分でも実際にタフであってほしいものだわ。ああいうナイトクラブ関係の女たちは、腕っ節の強い男友だちをまわりに置いているものですからね」

私は折りたたんだ小切手の端を、まだ手に持っていた。手は膝の間に垂れていた。私は財布を出し、小切手を中に収め、立ち上がった。手を伸ばして床に置いた帽子を取った。「腕っ節の強い連中は扱いやすいものです」と私は言った。「そういう連中はだいたいわかりやすい頭の持ち主ですから。報告すべきことがあれば、その時点でご報告します、ミセス・マードック。その古銭商をまずあたってみましょう。そこがとっかかりになりそうだ」

ドアの前まで行ったところで、彼女は私の背中に向かって吼えた。「あなたは私のことがそれほど好きじゃないわよね。違う？」

私はドアノブに手を置いたまま振り返り、彼女に大きく微笑みかけた。「違うと言える人がどこかにいるのでしょうか？」

彼女は頭を後ろにのけぞらせ、大きく口を開けて豪快に笑った。その笑いが続いているうちに私はドアを開け、部屋を出て、その荒々しい男のような声音に向かってドアを閉めた。廊下を引き返し、半分開いた秘書室のドアをノックした。それからそのドアを押し開け、中をのぞいた。

彼女は二本の腕をデスクの上で折りたたみ、顔をその中に埋めてしくしくと泣いていた。それから首をひねって、涙で濡れた目でこちらを見た。私はドアを閉めて彼女のそばに行き、その細い肩に腕をまわした。

「元気を出すんだ」と私は言った。「むしろ君の方が彼女に同情してやらなくちゃ。彼女は自分をタフだと思っていて、それにあわせて生きるべく精一杯がんばっているんだから」

娘は飛び上がるように身を起こし、私の腕から逃れた。「私に触らないで」と彼女は息を詰まらせながら言った。「お願い。男の人には身体を触らせないの。それからミセス・マードックのことを悪く言わないでください」

その顔はピンク色に染まり、涙に濡れていた。眼鏡をはずすと、彼女の目はとても可愛かった。

私は長いあいだお預けになっていた煙草を口にくわえ、やっと火をつけた。

「ご、ごめんなさい。失礼なことを言ってしまいました」と彼女は鼻から息を吸い込みながら言った。「でも彼女は私をいたぶるのです。私はなんとかお役に立とうとがんばっているだけなんですが」、彼女はまた息を強く吸い込み、デスクの抽斗から男物のハンカチーフを取り出して、振って広げ、それで涙を拭いた。その垂れた端っこにL・Mというイニシャルが紫色で刺繍してあることに、私は目をとめた。私はそれをじっと見てから、彼女の髪にかからないように、煙草の煙を部屋の隅に向かって吐いた。「何かご用なのでしょうか?」と彼女は尋ねた。

「若奥様の車のプレートナンバーを知りたい」

「2X111。グレーのマーキュリー・コンバーティブルです。一九四〇年モデル」

「クーペだと聞いたが」

「それはご主人のレスリーさんの車です。同じモデル、同じ年式、同じ色なのです。リンダは車を持っていきませんでした」

「なるほど。それで君はミス・ロイス・マジックについて何かを知っているかな？」

「一度会ったことがあるだけです。彼女は以前リンダとアパートメントに同居していました。彼女がここに来たとき、ミスタ、ええと、ミスタ・ヴァニアーと一緒でした」

「誰だい、それは？」

彼女はデスクを見下ろした。「その――彼女に同行してきた人です。それしかわかりません」

「オーケー、それでミス・ロイス・マジックの外見は？」

「長身で顔立ちの良いブロンドです。とても――とても人目を惹きます」

「セクシーということ？」

「それはつまり――」と言って彼女は真っ赤になった。「でも変な風じゃなく、上品な感じで。言っている意味はわかるでしょう？」

「言っている意味はわかるが、そういう女がとくに人目を惹くとも思えないね」

「あなたにはきっとそうなのでしょうね」と彼女はぴしゃりと言った。

「ミス・マジックの住んでいるところはわかるかい？」

彼女は知らないというように首を振った。そして注意深くハンカチーフを畳み、デスクの抽斗に戻した。銃が入っていたのと同じ抽斗だ。

「それが汚れたら、また新しいのをかっぱらってくるといい」と私は言った。

彼女は椅子の中で身を後ろに反らせ、美しく小さな両手をデスクの上に置き、私をきっと睨んだ。

「そういうタフガイぶった物言いはやめた方がいいわ、ミスタ・マーロウ。とにかく私に向かっては」

「そうかい？」

「そのとおりです。そして奥様の指示がない限り、あなたの質問にはこれ以上答えられません。私は立場上、軽々しく情報を漏らすわけにはいかないのです」

「私はタフなんかじゃない。ただ雄々《おお》しいだけだよ」

彼女は鉛筆を手に取り、メモ帳に何かしるしをつけた。微かな笑みを浮かべて私を見た。冷静さを取り戻していた。

「私は雄々しい男の方があまり好きではないようです」と彼女は言った。

「君はたしかに一風変わっている」と私は言った。「冗談抜きで。それではまた」

私は彼女のオフィスを出て、ドアをしっかりと閉めた。がらんとした廊下を歩き、葬儀場のように広々した、陰気に静まりかえった一段低い部屋を抜け、玄関ドアの外に出た。外の暖かい芝生の上で陽光が躍っていた。私はサングラスをかけ、黒人の少年の像のところに行き、もう一度頭をとんとんと叩いた。

「予想していたよりすさまじかったぜ、兄弟」と私は彼に言った。

敷石の熱さが靴底を通して伝わってきた。私は車に乗り込んでエンジンをかけ、縁石を離れた。

小型の砂色のクーペが私の背後でやはり縁石を離れた。私はとくに気にしなかった。それを運転している男は暗い色合いの、ポークパイ風のストローハットをかぶっていた。帽子には陽気なプリント模様のバンドが巻かれている。そして私と同じようにサングラスをかけていた。

市内に向けて帰りの道を運転した。十ブロック余り進んだところで信号にひっかかったが、砂色のクーペはまだ背後にいた。私は肩をすくめ、面白半分に二、三ブロック同じところをぐるぐる回ってみた。クーペはついてきた。私はコショウボクの並木が大きく繁った通りに素速く曲がり、そこでおんぼろ車に鞭打って派手なUターンをやってのけ、道路の反対側の縁石に車を停めた。

クーペはそろそろと角を曲がってきた。トロピカル・プリントのバンドをつけたココア色のストローハットの下からは、金髪がのぞいていた。男はこちらに目を向けさえせず、クーペはそのまま直進した。私はアローヨ・セコ通りに引き返し、ハリウッドに向かった。何度かまわりをうかがってみたが、クーペの姿はもう見えなかった。

3

私のオフィスはカフエンガ・ビルディングの六階にある。裏側に面した小さな部屋を二つ繋げて使っている。ひとつは、我慢強い依頼人を待たせておくための待合室になっている。もし私に我慢強い依頼人なんてものがいればの話だが。そのドアにはブザーがついており、私のプライベートな瞑想の小部屋からスイッチで入れたり切ったりすることができる。

待合室をのぞいてみたが、埃臭い空気の他には何もなかった。私はもうひとつの窓を押し上げ、連絡ドアを解錠し、奥の部屋に入った。三脚の硬い椅子と、一脚の回転椅子、グラストップのフラットなデスク、五つの緑色のファイル・キャビネット（そのうちの三つには空気しか入っていない）、カレンダーがひとつ、額装して壁にかけられた私立探偵免許証、電話、洗面器が入っているステイン塗装された木製のカップボード、帽子かけ、ないよりはましというだけのくたびれたカーペット、そしてメッシュのカーテンのかかった開け放しの二つの窓（カーテンは眠り込んだ歯のない老人の唇みたいに、皺を寄せながら窓を出入りしている)。

すべては去年のままだ。また一昨年とも同じままだ。美しくもないし、楽しげでもない。それでも海辺のテント暮らしよりはいくらかましだろう。

帽子と上着を帽子かけにかけ、顔と両手を冷たい水で洗った。そして煙草に火をつけ、電話帳をデスクの上に置いた。イライシャ・モーニングスターの住所は西九番通り四二二番地の、ベルフォント・ビルディング八二四号室になっていた。私はその住所と、隣に掲載されていた電話番号を書き留め、電話機に手を置いたが、そのとき待合室のブザーをオンにしていなかったことに気がついた。手を伸ばして、デスクの脇にあるスイッチを入れたが、それはまさにぴったりのタイミングだった。誰かがちょうどそのとき別室のドアを開けたからだ。

メモをデスクの上に伏せ、誰が来たのか見に行った。ほっそりとして背の高い、これ見よがしのなりをした男だった。灰色がかったブルーのウステッドのトロピカル・スーツに、白と黒の靴を履き、くすんだ象牙色のシャツを着て、ジャカランダの花の色をしたネクタイを締め、同色のハンカチーフを胸のポケットからのぞかせていた。白く晒《さら》した豚革の手袋をはめた手に黒くて長いシガレット・ホルダーを持ち、鼻に皺を寄せ、ライブラリ・テーブルに置かれた古い雑誌や、何脚かの椅子や、古ぼけた床の敷物や、実入りの悪さをうかがわせるその他様々の家具調度を眺めていた。

仕切りのドアを開けると、男は四分の一ほど身体をひねってこちらを向き、どちらかというと夢を見るような青い目で、私をしげしげと見つめた。その一対の目は真ん中にある薄い鼻の方に寄っていた。肌は太陽を浴びたようなバラ色で、赤みを帯びた髪は、幅の狭い頭の後ろの方にぴったり撫でつけられている。細く整えられた口髭は、頭髪よりも更に赤かった。

男はとくに急ぐでもなく、とくに歓《よろこ》んでいるでもなく、私をじろじろと見ていた。そして煙草の煙をいかにも繊細に吐き、その煙越しに声を出した。微かな薄ら笑いが浮かんでいた。

「おたくがマーロウか？」

私は肯いた。

「少々がっかりしたな」と彼は言った。「爪の汚い男みたいなのを期待していたんだが」

「まあ中に入ったら」と私は言った。「腰を下ろしても、気の利いたことは言えるだろう」

私は男のためにドアを押さえていた。男はのんびりと私の前を通って執務用の部屋に入り、空いている手の中指の爪で煙草を叩き、灰を床に落とした。デスクの依頼人側に腰を下ろし、右手にはめた手袋を脱ぎ、既に脱いでいたもう片方の手袋と共にまとめて持ち、デスクの上に置いた。黒くて長いシガレット・ホルダーの先から、短くなった煙草をとんとんと叩いて出し、燃えさしをマッチ棒でつついて火を消した。それから新しい煙草を差し、幅広いマホガニー色のマッチで火をつけた。そして椅子の背にゆっくりともたれ、退屈した貴族のような微笑みを浮かべた。

「終わったかな?」と私は尋ねた。「脈拍と呼吸に異常は? 冷たいタオルを頭に載せたりとか、そういう必要はないかね?」

彼は唇を曲げたりはしなかった。ここにやってきたときから既に唇は曲げられていたからだ。「私立探偵か」と彼は言った。「そんなものにお目にかかったのは初めてだ。どうせむさ苦しいことをしているんだろう。鍵穴をのぞくとか、スキャンダルを暴き立てるとか、そんなところだ」

「ここにはビジネスで見えたのかな?」と私は尋ねた。「それとも貧困地区の見学にでも?」

彼の微笑みは、消防士たちのダンスパーティー会場の太ったご婦人のように心もとなかった。

「私の名前はマードック。といえば、思い当たる節はあるんじゃないかな」

「間、髪を入れずというのはまさにこのことだな」と私は言って、パイプに煙草を詰め始めた。

彼は私が煙草を詰めるのを見ていた。そしてゆっくりと言った。「私の母が、何らかの件で君を雇ったものと理解している。そして小切手を渡した」

私はパイプに煙草を詰め終え、マッチで火をつけ、煙を吸い込み、背中を椅子にもたせかけ、右肩越しに、開いた窓に向けて煙を吐いた。私は何も言わなかった。

彼はまたいくらか前屈みになり、熱心な声で言った。「口の堅いことが、君たちの商売のやり方なんだろう。でも私も当てずっぽうで言っているのではない。小さな虫が私に教えてくれたのさ。庭のちっぽけな虫だ。しょっちゅう踏みつけられているが、それでもまだなんとか生き延びている。私と同じようにね。私だっていろいろ調べはつけている。それで少しは事情がわかったかい？」

「まあね」と私は言った。「それで私にとって何か違いが生じたとすればだが」

「私の妻を探すために雇われたんだろう。違うか？」

私は鼻を鳴らすような音を出し、パイプの火皿越しに彼に向かってにやりと笑いかけた。

「マーロウ」と彼は言った。その声は前よりも更に熱気を帯びていた。「そうなるまいと努力はするつもりだが、私は君のことがだんだん癇《かん》に障ってきそうだ」

「こちらは怒りと苦痛で、悲鳴を上げかけているところだ」と私は言った。

「率直な言葉で言わせてもらえれば、君のタフガイぶった演技はものすごく鼻につく」

「君の口からそういう言葉を聞くと、身を切られるようだ」

彼はまた後ろに身をもたせかけ、淡い青い目で私の顔をうかがっていた。彼はその椅子の上でなんとか居心地の良い姿勢を選ぼうと努めていた。これまでにもたくさんの人々が、その椅子の上で同じような試みをおこなってきた。私もいつか自分で試してみなくてはと思う。あるいはそのせいで客を失くしてきたのかもしれない。

「どうして母がリンダを見つけなくてはならないんだろう？」と彼はゆっくり尋ねた。「母は彼女のことが好きじゃない。リンダのことをしんから嫌っていたんだよ。リンダはずっと母には礼儀正しく接してきたのにな。君は彼女のことをどう思う？」

「母上のことかな？」

「もちろんだ。君はまだリンダに会ったこともないんだろう？」

「母上の秘書はどうやら仕事を失いかけているみたいだな。彼女はどうも口が軽すぎる」

彼は鋭く首を振った。「母にはわからないさ。いずれにせよ、母はマールなしではやっていけない。いたぶる相手が必要なんだよ。母は彼女を怒鳴りつけたり、あるときには平手打ちしたりする。それでもマールがいなければやっていけない。彼女のことをどう思った？」

「なかなかキュートじゃないか。いささか古風ではあるが」

彼は眉をひそめた。「母のことを言ってるんだよ。マールは所詮、ただの単純な小娘さ」

「その鋭い観察力には驚愕させられる」と私は言った。

彼はびっくりしたようだった。指先で煙草の灰を落とすのをあやうく忘れてしまいそうになった。しかしまったく忘れたわけではなかった。彼はその灰を灰皿の中にひとかけらも落とさないように、細心の注意を払っていた。

「母の話をしているんだ」と彼は我慢強く言った。

「したたかな古強者《ふるつわもの》といったところだな」と私は言った。「黄金の心を持っていても、その黄金は地中深くに埋められてしまっている」

「しかしどうして母がリンダの行方を探させたりするんだ？　そいつがどうにもわからん。それも金まで払ってな。母は金を使うのが何より嫌いなんだ。金のことを自分の皮膚の一部みたいに思っている。リンダを見つけようとする理由が解せない」

「話の筋がよくわからないな」と私は言った。「だいいち彼女がリンダを探させているなんて、誰から聞いたんだね？」

「だってそちらがそう仄《ほの》めかしたんじゃないか。そしてマールは……」

「マールはただロマンティックなだけさ。勝手に頭の中で話をこしらえてるんだ。あの娘はどっかの男物のハンカチーフで鼻をかんでいた。たぶん君のものではないかと思うんだが」

彼は顔を赤くした。「くだらん。なあ、マーロウ。頼むからどういうことなのか、私に説明してくれないか。私はそんなに多くの金は持ち合わせていない。しかし二百ドルくらいであれば——」

「願い下げだね」と私は言った。「だいたい私は君と話をしてはいけないことになっている。そういう指示を受けているんだ」

「また、どうして？」

「私が知らないことを質問しないでもらいたい。答えることができないからね。そしてまた私が知っていることも質問しないでもらいたい。答えるつもりはないから。これまでの人生、その二つの目でいったい何を見てきたんだ？　私のような職業についている人間が仕事の依頼を受け、その件について、好奇心の強い誰かに質問されるたびにべらべらしゃべくっていたら、いったいどんなことになると思う？」

「ことはかなり深刻らしい」と彼は意地悪く言った。「君のような稼業の人間が二百ドルの提供を断るからにはな」

それについても何かを言う必要があるとは思えなかった。私は彼が灰皿に捨てた幅広いマホガニー色のマッチを取り上げ、眺めた。細い黄色の縁取りがあり、白い文字が印刷されていた。「ローズモント。H・リチャーズ'3——」、そのあとは燃えてしまっている。私はマッチを二つに折り、半分ずつをひとまとめにしてぎゅっと捻り、放ってゴミ箱に捨てた。

「私は妻を愛している」と彼は唐突に言って、白く並んだ硬い歯の先を見せた。「古くさく聞こえるかもしれないが、本当のことだ」

「ロンバルドス楽団（一九二四年に結成された人気バンド）も古いが、まだ人気がある」

彼は唇を噛み続けていた。そして歯の隙間から私に向けて声を出した。「彼女は私を愛していない。それもまあやむを得ないことではある。我々の間には緊張のようなものがあった。彼女は華やかで動きのある生活に慣れていた。そんな女にここで落ち着けというのはどだい無理な話だ。彼女と喧嘩をしたというのではない。リンダはクールなタイプなんだ。しかし私との結婚生活は、彼女にとってあまり楽しいものではなかっただろう」

「その謙虚さには頭が下がる」と私は言った。

彼の目が鋭く光った。しかしその隙のない物腰はほとんどゆらぎを見せなかった。

「おやおや、マーロウ、そんな月並みなことを言うなんて興ざめだね。なあ、君はけっこうまっとうな男であるようだ。私の母はただの思いつきで二百五十ドルを誰かに支払うような人間ではない。それはリンダのことじゃないかもしれない。何か他のことかもしれない。あるいは――」、彼はそこで言葉を止め、私の目を見ながらそろそろと口に出した。

「あるいはそれはモーニーがらみのことかもな」

「あるいは」と私は明るい声で言った。

彼は手袋を手に取り、それでデスクをぴしゃりと叩き、またそれを元の場所に置いた。

「そう、私は窮地に置かれている」と彼は言った。「しかし母はそのことを知らないと思っていた。モーニーが母に電話をかけたに違いない。そんなことはしないと私に約束したのだが」

話は簡単そうだ。「それでいくら彼に借金があるんだね？」

そう簡単にはいかなかった。彼はまた疑わしそうな表情を顔に浮かべた。「もしモーニーが母に電話をかけていたとしたら、金額を口にしていたはずだ。そして母はそれを君に教えていたはずだ」と彼は厚みを欠いた声で言った。

「それはモーニーの件じゃないかもしれない」と私は言った。突然ひどく酒が飲みたくなった。「あるいは料理女が氷配達の男にはらまされたのかもしれない。しかしもしそれがモーニーがらみだとしたら、額はいくらなんだね？」

「一万二千ドルだ」と彼は言った。顔を伏せ、赤面していた。

「そして脅されている？」

彼は肯いた。

「好きなようにすればいいと開き直るんだね」と私は言った。「それで相手はどういうやつなんだ。タフなのか？」

彼はまた顔を上げた。その顔には雄々しさがうかがえた。「ああ、タフなんだろうな。あいつらはみんなそうさ。かつては映画の悪役をやっていた。いかにもというところはあるが、なかなかの男前だ。そして女たらしだ。しかし深読みはするなよ。リンダはあそこで仕事をしていただけだ。ウェイターや楽団員と同じようにな。もしリンダの行方を探そうとしているのなら、そう簡単にはいかないぜ」

　私は礼儀正しい冷笑を浮かべて彼を見た。

「なぜそう簡単にはいかないんだろう？　まさか裏庭に埋められているわけでもあるまい」

　彼は淡い青い目に怒りの色を浮かべて立ち上がった。そこに立ってデスクの方にわずかに身体を傾け、素速い動作で右手を鞭のようにしならせ、二五口径と見える小さな自動拳銃を持ち出した。胡桃《くるみ》材のグリップがついている。マールのデスクの抽斗で見かけたものの兄弟分みたいだ。向けられた銃口は禍々《まがまが》しく見えた。私は動かなかった。

「もしリンダをどうこうしようというようなやつがいたら、まずこの私を相手にしてもらいたい」と彼はこわばった声で言った。

「その役は君の手には余るだろう。だいたいそんな銃一丁じゃ間に合わないよ。蜂を追い払うのとは話が違う」

　彼はその小さな拳銃を上着の内ポケットにしまった。私に硬いまっすぐな一瞥《いちべつ》をくれ、手袋を取り上げ、ドアに向かった。

「話をしても時間の無駄だった」と彼は言った。「軽口をきくだけの男だ」

「ちょっと待ってくれ」と私は言って立ち上がり、デスクを回り込んだ。「ここに来て私と話をしたことは、母上には黙っていた方がいいね。あの娘のことを考えれば」

彼は肯いた。「ここで得た情報の量からすれば、わざわざ報告するほどの値打ちもなかろう」

「モーニーから一万二千ドル借金していると、母上に打ち明けるつもりはないのか？」

彼は顔を伏せ、顔を上げ、また顔を伏せた。そして言った。「こともあろうに、アレックス・モーニーから一万二千も借りるなんて、愚かしい限りだった」

私は彼にぐっと近寄った。「正直なところ、奥さんの行方を君が案じているとは、どうしても思えないんだ。彼女がどこにいるかを知っているんだろう。彼女はなにも君から逃げ出したわけじゃない。母上から逃げ出しただけだ」

彼は目を上げ、片方の手袋をはめた。何も言わなかった。

「おそらく彼女は仕事を見つけるだろう」と私は言った。「君を養えるくらいの金は稼いでくれるさ」

彼はまた床に目をやった。そして少しばかり身体を右にひねり、手袋をはめた拳を固めて上に突き上げ、ぎこちなくこわばった弧を宙に描いた。私は顎を引いてそのパンチを避け、手首を握り、のしかかるような格好で、それをゆっくりと相手の胸に押しつけた。彼は床を三十センチくらい後ずさりし、激しく息をし始めた。細い手首だった。私の指がそのまわりを一周できるくらいだ。

我々はそこに立ったまま、互いの目をのぞき込んだ。彼は酔っ払いのような荒い呼吸をしていた。口が開き、唇が内側に巻き込まれている。両の頬に小さな円形の紅潮が鮮やかに浮かんでいた。彼は手首を振りほどこうとしたが、私は体重を思い切りかけていたので、体勢を立て直すために、更に少し後ろに下がらなくてはならなかった。我々の顔はもう数センチしか離れていなかった。

「どうして親父さんは君にいくらか遺産を残さなかったんだ？」と私はあざ笑うように言った。「それともそんなものは全部とっくに使ってしまったのかな？」

彼はなおも身を振りほどこうとしながら、食いしばった歯の隙間から言った。「余計なお世話だ。もしジャスパー・マードックのことを言っているのなら、彼は私の父親ではなかった。私を嫌っていて、一セントも遺しちゃくれなかった。実の父親はホレース・ブライトと言って、恐慌のときに財産を失い、オフィスの窓から身を投げて死んだ」

「ぺらぺらとよくしゃべる男だな」と私は言った。「しかし肝心なことは言わない。奥さんに養ってもらえと言ったのは悪かった。ただ君をかっとさせたかっただけだ」

私は彼の手を離し、後ろに下がった。彼はまだはあはあと大きく呼吸していた。私を見る目は怒りに燃えていたが、声は抑制されていた。

「その手はきいたようだな。それで気が済んだのなら、そろそろ帰らせてもらうよ」

「これでもずいぶん手加減してやったんだぜ」と私は言った。「銃を持ち歩く人間はむやみに喧嘩を売るものじゃない。そんなものはどっかに捨ててしまった方が身のためだぞ」

「ほうっておいてくれ」と彼は言った。「殴りかかって悪かったな。もしあたっていても、たいして痛くはなかっただろうが」

「それはもういい」

彼はドアを開け、外に出て行った。足音が廊下を遠ざかっていった。頭のねじの緩んだ人間がまた一人。彼の足音が聞こえているあいだ、私はそのリズムに合わせ、拳で自分の歯をとんとんと叩いていた。それからデスクに戻り、メモに目をやり、受話器を取り上げた。

4

ベルが三度鳴った後で、軽やかな子供っぽい声の娘が電話に出た。チューインガムのかたまりが口の中にあるらしい。「おはようございます。モーニングスターのオフィスです」

「ご老体はおいでかな？」

「どちらさまでしょう？」

「マーロウ」

「彼はあなたを存じ上げておりますでしょうか、ミスタ・マーロウ？」

「初期のアメリカ金貨を買いたいかどうか尋ねてもらえるかな」

「少々お待ちいただけますか？」

奥のオフィスにいる年長者に、彼と話したがっている人間がいることを知らせるほどの間があった。それからかちりという音がして、男の声が聞こえた。乾いた声だった。ひからびているという方が近いかもしれない。

「とある件《くだん》の……」


「モーニングスターさん、あなたがパサデナのミセス・マードックに電話をかけられたと聞きました。とあるコインのことで」

「とあるコインのことで」と彼は繰り返した。「なるほど。それで？」

「私の理解するところでは、あなたはマードック・コレクションからその件《くだん》のコインを買いたがっていた」

「なるほど。それであなたはどちら様でしょう？」

「フィリップ・マーロウ。私立探偵です。ミセス・マードックの依頼を受けて調査しています」

「なるほど」と彼は言った。なるほどがそれで三度目だ。そして注意深く咳払いをした。「で、どのような御用向きなのでしょう、ミスタ・マーロウ？」

「そのコインについてです」

「しかしそのコインは売り物ではないと聞きました」

「それでもあなたとお話ししたいのです。直接お目にかかって」

「つまり、彼女の気持ちが変わったということなのでしょうか？」

「そうじゃありません」

「となれば、あなたの御用向きは私には理解いたしかねますな、マーロウさん。私たちの間には話し合うべき何があるのでしょう？」。彼の声には今では狡猾《こうかつ》さがうかがえた。

私は袖の中から切り札を取り出し、さりげない優雅さをもってそれを切った。「要点はですね、モーニングスターさん、あなたが電話をかけられた時点においてあなたは既にご存じであったということです。そのコインが売りに出ていないことを」

「興味深い」と彼はゆっくりと言った。「何ゆえそう思われるのかな？」

「この商売に携わっておられるなら、ご存じないはずがありません。ミセス・マードックが存命中はマードック・コレクションが売りに出されないというのは、公表された事実です」

「ほほう」と彼は言った。「ほほう」。しばし沈黙があった。「三時に」と彼は言った。「鋭くはないが、てきぱきと。「このオフィスにお見えいただけますかな。場所はおそらくご存じのことでしょう。それでご都合は？」

「うかがいます」と私は言った。

私は電話を切り、パイプに煙草を詰め、そこに座ったまま壁を見ていた。私の顔は深い思考のために硬くこわばっていた。あるいは何か私の顔を硬くこわばらせるもののために。私はリンダ・マードックの写真をポケットから出して、しばらくそれを眺めた。そして、どちらかといえばいささか月並みな顔だという結論に達し、その写真をデスクの抽斗に入れて鍵をかけた。それからマードックが擦《す》った二本目のマッチを灰皿から拾い上げ、検分した。こちらの文字は「最上段《トップ・ロウ》W・D・ライト'36」と読み取れた。

私はそれを灰皿に落とし、それがなぜ重要に思えるのだろうと考えた。あるいは何かの糸口になるのかもしれない。

私は札入れからマードック夫人の小切手を取り出し、裏書きの署名をし、預金用紙に小切手現金化のための記入をした。それから預金通帳をデスクから出して、すべてをまとめて輪ゴムでとめ、ポケットに突っ込んだ。

ロイス・マジックの名前は電話帳になかった。

私は職業別電話帳をデスクの上に置いて、そこにいちばん大きな活字で印刷されている俳優斡旋エージェントの名前を半ダースばかり書き出し、その番号を回した。電話に出た声はとても明るく軽快で、私にあれこれ質問をしてきたが、エンタテイナーとされているミス・ロイス・マジックについては何も知らないか、あるいは何も知らせるつもりがないか、どちらかだった。

私はそのリストをゴミ箱に捨て、「クロニクル」紙で犯罪記事を担当しているケニー・ヘイストに電話をかけた。

「アレックス・モーニーについて何か知っていることはあるかい?」と、ひとしきり害のない冗談を言い合ったあとで、私は尋ねた。

「アイドル・ヴァレーで賭場を兼ねた高級ナイトクラブを経営している。ハイウェイから二マイルほど入った山側にある。かつては映画の仕事をしていた。役者としちゃ大根だったがね。組織と関係があるらしい。白昼、どこかの広場で彼が誰かを撃ったというような話は耳にしていない。いや、どのような時刻にもね。しかしおれとしては、彼が人を撃ったことがないという方に金を賭けたりはしないよ」

「危険なのか？」

「そうなる必要があれば、危険になるかもしれない。あの連中はみんな映画をよく見ていて、ナイトクラブのボスがどんな風に振る舞えばいいか、よく知っている。彼には一人ボディーガードがついているが、こいつが見ものだ。エディー・プルーという名前で、身長は二メートル近くあり、正直なアリバイみたいにやせ細っている。戦傷のために片方の目は動かない」

「モーニーは女性に対しても危険なのかな？」

「おいおい、何を古くさいことを言っているんだ。女たちはそういうのをもう危険とは呼ばないんだよ」

「ロイス・マジックという若い女を知っているか？　芸人ということになっている。背が高くて派手っぽいブロンドだと聞いているんだが」

「知らないね。お近づきになりたいタイプだが」

「相変わらずだな。ところでヴァニアーっていう名前に聞き覚えはないか？　誰の名前も電話帳に載っていないんだが」

「知らんな。しかしガーティー・アーボガストに訊いてみることはできる。少しして電話をかけ直してくれないか。あの男ならナイトクラブのお偉方をみんな知っている。悪党たちのことも」

「ありがとう、ケニー。あとでかけ直そう。三十分後でかまわないか?」

そうしてくれと彼は言った。そして電話を切った。私はオフィスの鍵をかけ、外に出た。廊下の突き当たりの壁が角になったところに、茶色のスーツを着てココア色のストローハット(茶色と黄色のトロピカル・プリントのバンドつき)をかぶった金髪の若い見かけの男が、壁にもたれて夕刊を読んでいた。私がその前を通り過ぎると、彼はあくびをひとつして、新聞をわきの下にはさみ、身体を起こした。

彼は私と同じエレベーターに乗った。くたびれて、まともに目も開けていられないようだった。私は通りに出て、一ブロック歩いて銀行に行った。小切手を預金し、必要経費をまかなうために少し現金を引き出した。そこから「タイガーテイル・ラウンジ」に行って、奥行きの浅いブース席に座り、マティーニを飲んで、サンドイッチを食べた。茶色のスーツを着た男はカウンターの一番端に座って、コカコーラを飲み、退屈そうな顔をして目の前に一セント貨を積み上げ、その端を注意深く揃えていた。再びサングラスをかけていて、それで透明人間にでもなったつもりらしかった。

できる限りのんびり時間をかけてサンドイッチを食べ、それからカウンターのいちばん奥にある電話ボックスまでゆっくり歩いた。茶色のスーツの男はさっと首をひねり、それからその動作をごまかすためにグラスを持ち上げた。私は再び「クロニクル」のオフィスの番号を回した。

「わかったよ」とケニー・ヘイストは言った。「ガーティー・アーボガストが言うには、モーニーはわりに最近、君の言うその派手っぽいブロンドと結婚したそうだ。ロイス・マジック嬢とね。ヴァニアーという人物のことは知らないそうだ。彼によれば、モーニーはベルエアの方に家を買ったらしい。スティルウッド・クレッセント・ドライブにある白い家だ。サンセットの北、おおよそ五ブロックのあたりだ。モーニーは破産した金持ちからその家を手に入れた。売り主の名前はアーサー・ブレイク・ポッパム、郵便詐欺容疑でぱくられた。門にはポッパムのイニシャルがまだついたままになっている。たぶんトイレット・ペーパーにも、とガーティーは言う。そういうタイプの人物らしい。わかったのはそれくらいだ」

「それだけわかれば十分だよ。感謝するよ、ケニー」

電話を切り、ボックスを出た。そして茶色のスーツにココア色のストローハットという格好の、サングラス男と目を合わせた。相手は慌てて目を逸らした。

私はさっと向きを変え、スイングドアからキッチンに入り、そこを抜けて、路地を四分の一ブロックほど歩き、車を停めてある駐車場まで行った。

私が車を出したとき、砂色のクーペはあとをついてこられなかった。私はベルエアに向かって車を進めた。

5

スティルウッド・クレッセント・ドライブはサンセット大通りから北に向けて、ベルエア・カントリークラブ・ゴルフコースのずっと先の方まで、なだらかにカーブしている。道路の両側には壁やフェンスで囲まれた屋敷が並んでいる。高い壁を巡らせているもの、低い壁を巡らせているもの、装飾的な鉄製のフェンスを巡らせているもの、いくぶん昔風に生け垣を巡らせているもの、いろいろだ。通りには歩道がなかった。そこを歩くものなどいないのだ。郵便配達人だって歩きはしない。

暑い午後だったが、パサデナのような暑さではない。眠気を誘う花と太陽の匂いがした。生け垣や壁の向こうで、スプリンクラーがささっ、ささっという優しげな音を立て、きっぱり乱れなく整えられた芝生の上では、芝刈り機がかたかたと澄んだ音を立てながら細かく動きまわっていた。

私はイニシャルのついたゲートを探しながら、上り坂を車でゆっくりと進んでいった。アーサー・ブレイク・ポッパム、イニシャルはＡＢＰになるはずだ。ほとんど丘の頂上に近いところにそれが見つかった。黒い楯の上に金箔でそう記してある。奥の黒いアスファルトのドライブウェイに向けてゲートが開かれていた。

眩しく輝く白い家で、ほとんど建てられたばかりという雰囲気を漂わせていた。しかし造園はすっかり整えられている。その地域にしてはまことにつつましい家屋だ。せいぜい十四部屋くらいしかなさそうだし、プールもたぶんひとつきりだろう。塀は低く、煉瓦でできていたが、目地《めじ》のコンクリートは全部はみ出して、そういう格好のまま全体を白く塗られていた。塀の上には黒く塗られた低い鉄製の柵のようなものがついていた。勝手口のところに銀色の大きな郵便ボックスがあり、そこには「A・P・モーニー」という名前が大きなステンシルの字で書いてあった。

見映えのしない車を通りに停め、黒々としたドライブウェイを歩いて、横手にある玄関に向かった。その鮮やかな白色はところどころでひさしのステンドグラスの色を受けて染まっていた。私は大きな真鍮のノッカーを叩いた。家の横手の奥まったところで運転手がキャディラックを洗車していた。

ドアが開き、きつい目つきをした白い上着姿のフィリピン人が、唇を歪《ゆが》めて私を見た。私は彼に名刺を渡した。

「ミセス・モーニーに」と私は言った。

彼はドアを閉めた。時間が過ぎた。毎度のことだ。いつだって待たされる。キャディラックを洗う水音が涼しげだった。運転手は半ズボンにゲートルをつけた小男で、シャツは汗に濡れていた。彼は大きくなりすぎた騎手のように見えた。そして車を洗いながら口からしゅうっという音を出していた。馬丁が馬の毛を梳《す》くときに口にするのと同じような音だ。

喉の赤いハチドリが、ドアの横の緋色の茂みに入って、長い筒状の花をあちこちで少し揺らせた。それからあっという間もなくそこから飛び去った。あまりに素速くて、ただ宙に消えてしまったみたいに見えた。

ドアが開いた。フィリピン人は私の名刺を私に向かって突き出した。私はそれを受け取らなかった。

「何の用だ？」

いやにぱりぱりとした硬い声だった。卵の殻を敷き詰めたところをつま先立ちで歩いているみたいな。

「ミセス・モーニーにお目にかかりたい」

「奥様は不在だ」

「名刺を渡したときにはそれがわからなかったのか？」

彼は指を開いて、名刺をひらひらと地面に落とした。そしてにやりと笑い、安物の歯科医療の結果を展示してくれた。

「本人にきかないとね」

彼は私の眼前でドアを閉めた。決して物静かにではなく。

私は名刺を拾い上げ、家の横手に沿って歩き、運転手がキャディラックのセダンに勢いよく水をかけ、大きなスポンジで汚れを落としているところに行った。彼の目のまわりは赤く、前髪はトウモロコシ色だった。煙草が下唇の端からだらんと垂れ下がっていた。

彼は横目でちらりと私を見た。仕事に気持ちを集中できないでいる男の顔だ。私は尋ねた。

「ボスはどこだね？」

口にした煙草が小刻みに揺れた。水が車の塗料の上に優しげな音を立てていた。

「家のものに訊いてくれや、ジャック」

「訊いてみたさ。でも顔の前でドアを閉めやがった」

「そいつぁ気の毒にな、ジャック」

「奥さんはどうだね？」

「答えは同じだよ、ジャック。おれはただの使用人さ。あんた、なんか売りに来たのか？」

彼が字を読めるように、私は名刺を前にかざした。今度のはビジネス用の名刺だ。彼はスポンジを車のランニング・ボードの上に、ホースをセメントの上に置いた。そして水を避けるようにして歩き、ガレージのドアの横にかけてあったタオルをとって両手を拭いた。それからズボンのポケットを探ってマッチを出し、それを擦り、頭を後ろに反らせるようにして、口にくわえっぱなしになっていた消えた煙草に火をつけた。

彼の小さな小狡《こずる》そうな目が周囲をちらちらとうかがった。そしてぐいと首を振って、車の背後に回った。私もそのあとに従った。

「それで、例の必要経費ってのは出るのかい？」と彼は用心深そうな小さな声で言った。

「使い途がなくて余っているところだ」

「五ドル見せてくれれば少し考え始めてもいいがな」

「そんな大層なことを頼もうっていうわけじゃない」

「十ドル見せてくれれば、スチールギターの伴奏付きの四羽のカナリアみたいに歌うこともできる」

「その手の音楽は好みじゃないね」と私は言った。

彼は首を横に傾げた。「まともな英語をしゃべろうぜ、ジャック」

「あんたを失業させちゃまずいからな。知りたいのはミセス・モーニーが在宅かどうかってことくらいだ。せいぜいが一ドルってとこだろう？」

「おれの仕事のことは案じてくれなくていい。おれはしっかりつながってるからな」

「モーニーとか、それとも他の誰かとか？」

「あんた、そいつも一ドルで聞きだそうってのか？」

「二ドルだ」

彼は私を眺め回した。「あんた、まさか彼に頼まれて仕事しているんじゃないよな。え？」

「そのとおり」

「あんたは嘘つきだ」

「そのとおりだ」

「二ドルくれよ」と彼は素速く言った。

私は二ドルを渡した。

「奥さんは友だちと一緒に裏庭にいる」と彼は言った。「素敵なお友だちだよ。仕事なんぞしない友だちがいて、仕事に出ている亭主がいる。けっこうな具合じゃないか。え？」、彼は意味ありげな目をこちらに向けた。

「あんたもいつかけっこうな具合に灌漑用水路に横たわることになるぜ」

「おれは大丈夫さ、ジャック。おれは馬鹿じゃない。あいつらの扱い方は心得ている。物心ついてからずっと、その手の連中とかかわりあってきたんだ」

彼は二枚のドル紙幣を手のひらの間でごしごしとこすり、ふっと息を吹きかけ、縦に折り、それから横に折り、半ズボンの時計ポケットに仕舞い込んだ。

「こいつはただのスープだ」と彼は言った。「さて、あと五ドル見せてくれれば――」

かなり大きなとび色のコッカー・スパニエルが勢いよく車のまわりを走ってきて、濡れたコンクリートの上で少し足を滑らせ、それから上手に立ち上がって、私の腹と腿を四本の足で叩き、私の顔を舐めた。地面に戻って、私の脚の周囲を駆けまわり、それから脚の間に座った。長い舌をぺろりと出して、はあはあと息をし始めた。

私は犬をまたいで車の脇に行き、ハンカチーフを取り出した。

男の声が呼びかけていた。「おいで、ヒースクリフ。さあ、おいで、ヒースクリフ」。歩行路の硬い表面を踏んでやってくる足音が聞こえた。

「そいつがヒースクリフさ」と運転手が苦々しげに言った。

「ヒースクリフ？」

「やれやれ、犬にそんな名前をつけるなんてな」

「『嵐が丘』の？」と私は尋ねた。

「またわけのわからんことを言ってやがる」と彼は顔を歪めた。「気をつけろ。やつが来る」

彼はスポンジとホースを手に取り、再び洗車にかかった。私は運転手から離れた。コッカー・スパニエルはすかさずまた私の脚の間に入ってきた。それであやうく転びそうになった。

「おいで、ヒースクリフ」と呼ぶ男の声が大きくなった。つるバラの絡んだ庭のトンネルからその男が姿を見せた。

長身で黒髪、つるりとしたオリーブ色の肌で、目は鮮やかに黒く、歯はあくまで白い。もみあげを伸ばし、黒い口髭は細く整えられている。ただもみあげが長すぎる。あまりに長すぎる。ポケットにイニシャルの縫い取りのある白いシャツ。白いズボンに白い靴。曲線を描く腕時計が、細く浅黒い手首のまわり半分を包み、金の鎖で留められていた。ほっそりとしたブロンズ色の首には黄色いスカーフが巻かれていた。

犬が私の脚の間にうずくまっているのを見て、面白くなさそうな顔をした。長い指をぱちんと鳴らし、鋭く、厳しく、叩きつけるように言った。

「おいで、ヒースクリフ。さあ、さっさと来るんだ！」

犬ははあはあと息をして、動こうとはしなかった。私の右脚に更に強く寄りかかっただけだ。

「あんたは誰だね？」と男は言って、私をじろじろと見た。

私は名刺を差し出した。オリーブ色の指がそれを受け取った。犬はそろそろと私の脚の間から退却し、自動車の正面をまわって、音もなくどこか遠いところに姿を消した。

「マーロウ」と男は言った。「マーロウだって？　なんだこれは？　探偵だと？　いったい何の用なんだ？」

「ミセス・モーニーにお目にかかりたい」

彼は私を上から下までじろりと検分した。きらきらとした黒い目がゆっくりと舐めるように動き、長いまつげの絹のようなふさがそれに従った。

「不在だと言われただろう？」

「ああ。でも信じなかった。あなたがミスタ・モーニーですか？」

「違う」

「そちらはミスタ・ヴァニアーですよ」と私の背後から運転手が言った。間延びした、いささか丁寧すぎる声の裏には意図された横柄《おうへい》さが聴き取れた。「ミスタ・ヴァニアーはご一家の友人でしてね、しょっちゅうここにお見えになります」

ヴァニアーは私の肩越しにその声の主を見た。目は怒りに燃えていた。運転手は車を回り込んで出てきて、煙草の吸いさしをぺっと口から吹き捨てた。相手を見下した風情があった。

「探偵さんには、ボスは今不在だって言いましたよ、ミスタ・ヴァニアー」

「なるほど」

「ミセス・モーニーとあなたはここにいるって言いました。間違っておりましたかね？」

ヴァニアーは言った。「おまえは自分の仕事だけしていればよかったんじゃないのか」

運転手は言った。「ああ、そういえばそういう考え方もあったね」

ヴァニアーは言った。「その小汚い首をへし折られるまえにどこかに消えちまえ」

運転手は何も言わずに彼の顔を見て、それからガレージの暗がりの中に引っ込み、口笛を吹き始めた。ヴァニアーは腹立たしげな熱い目を私に向け、ぴしゃりと言った。

「あんたはこちらの奥さんは不在だと告げられたが、信用しなかった。そういうことだな？　言い換えれば、そう言われても納得できなかったということだ」

「あえて表現を変えなくてはならないとしたら」と私は言った。「そういうことになるかもしれない」

「なるほど。じゃあお聞かせいただけるかな。いったいどのような用件でミセス・モーニーと話をしたいのかを」

「できれば、ミセス・モーニーに直接お目にかかってそれを説明したい」

「彼女はあんたと会いたがっていない。そのように匂わせたつもりだが」

自動車の陰から運転手が言った。「右手に気をつけた方がいいぜ、ジャック。ナイフを忍ばせているかもしれんからな」

ヴァニアーのオリーブ色の肌は、干からびた海藻のような色合いに変わった。彼はくるりと振り向くと、怒りを殺した声で吐き捨てるように私に言った。「ついてこい」

彼は煉瓦敷きの小径《こみち》を歩き、バラのトンネルをくぐり、その端にある白いゲートを抜けた。その奥には壁に囲まれた庭園があった。見映えのする一年生植物が密生した花壇があり、バドミントン・コートがあり、見事な芝生の連なりがあり、小さなタイル張りのプールが太陽の下で怒ったように眩しく光っていた。プールの脇に板石を敷いたスペースがあり、青と白のガーデン・ファニチャーのセットが置かれていた。合板のトップがついた低いテーブル、フットレストと馬鹿でかいクッションがついたリクライニング式の椅子、小型テントくらいの大きさの青と白のパラソル。

いかにもショーガールっぽいブロンドの髪の、脚の長い物憂《ものう》いタイプの女が、椅子のひとつに座って寛《くつろ》いでいた。クッションのついたフットレストに足を載せ、肘のところに曇った丈の高いグラスを置いていた。その近くには銀色のアイス・バケットと、スコッチの瓶があった。我々が芝生を横切って近づいていくと、女は気怠そうにこちらに目を向けた。十メートル手前から見ると、とびっきりの一級品に見えた。三メートル手前から見ると、彼女は十メートル手前から眺めるべくこしらえられていることがわかった。口はいささか大きすぎたし、目はあまりにも青すぎた。化粧は濃すぎたし、眉の細いアーチのカーブや広がり方はほとんど現実離れしていた。まつげの上のマスカラは分厚すぎて、鉄製の柵のミニチュアみたいに見えた。

彼女は白いズック製のスラックスをはき、爪を深紅に塗った素足の上に、爪先の開いた青と白のサンダルを履いていた。白いシルクのブラウスに、緑の石のネックレスをかけていたが、それは四角くカットされたエメラルドではなさそうだった。髪はナイトクラブのロビー顔負けに人工的だった。

彼女の隣の椅子の上には、ガーデン用の麦わら帽子が置いてあった。つばはスペアタイヤくらいの大きさがあり、白いサテンの顎紐がついていた。つばの上には緑色のサングラスが置かれていたが、そのレンズはドーナッツ並みに大きかった。

ヴァニアーは彼女の方につかつかと歩いていって、きつい声で言った。「あの赤い目をした、ろくでもないちびの運転手をクビにした方がいいぜ。それも今すぐに。さもないといつかあの首をへし折ってしまいそうだ。顔を合わせるたびにいちいち頭にくることを言いやがる」

金髪女は軽く咳をし、ハンカチーフをちらつかせたが、それで何をするというのでもなさそうだった。そして言った。

「座って、あなたのセックス・アピールを鎮めなさいな。そこにいるお友だちはどなたかしら？」

ヴァニアーは私の名刺を探したが、自分が手に持っていることに気づいて、それを彼女の膝の上に放った。彼女は物憂げにそれを拾い上げ、目を通し、その目を私に移し、ため息をついて、爪の先で自分の歯をとんとんと叩いた。

「大きな人ね。あなたの手には負えなさそうね」

ヴァニアーは陰険な目で私を見た。「いいからさっさと用事を済ませちまおうぜ」

「彼女と話をしていいのかな?」と私は言った。「それともまず君に話して、それを君が英語に翻訳してくれるのかな?」

金髪女が笑った。笑い声の銀色のさざ波には、気泡が躍ってはじけるような自然さがあった。変に損なわれたところがない。小さな舌が唇に沿っていたずらっぽく動いた。

ヴァニアーは腰を下ろし、金色の吸い口のついた煙草に火をつけた。私は立ったまま二人を見ていた。

私は言った。「私はあなたのお友だちの行方を探しているんです、ミセス・モーニー。あなたは一年ばかり前、彼女とアパートメントを共同で借りておられたと理解しています。彼女の名前はリンダ・コンクエスト」

ヴァニアーは目を上に下に、上に下にと素速く動かした。それから首を曲げてプールの向こう側を見た。ヒースクリフという名のコッカー・スパニエルがそこに座って、片方の白目でこちらを見ていた。

ヴァニアーは指をぱちんと鳴らした。「おいで、ヒースクリフ! さあ、おいで、ヒースクリフ! こっちに来るんだ、さあ!」

金髪女は言った。「うるさいわね。あの犬はあなたのことが大嫌いなのよ。お願いだから、格好をつけるのは少しお休みしたら」

ヴァニアーはきつい声で言った。「おれに向かってそんな口をきくんじゃない」

金髪女はくすくす笑い、彼の顔を目で愛撫した。

私は言った。「私はリンダ・コンクエストという若い女性を探しているんです、ミセス・モーニー」

金髪女は私を見て言った。「それはもう聞いたわ。私はただ考えていただけ。もう六ヶ月くらい、彼女とは会っていないと思うわ。彼女は結婚したから」

「六ヶ月も会っていない」

「そう言ったでしょう、ビッグ・ボーイ。いったい何のためにそれが知りたいわけ？」

「ただ私的な調査をしているだけです」

「どんなことに関して？」

「それはちょっとお教えできないことです」と私は言った。

「面白いわねえ」と金髪女は明るい声で言った。「この人はちょっと教えられないことについて、私的な調査をしているのよ。聞いてる、ルウ？　ところが、赤の他人の家に、相手の意向にはおかまいなく勝手に踏み込んでくるのは問題ないってわけね？　ちょっと教えられないことについて、私的な調査をするためならば。そういうことよね、ルウ？」

「つまりあなたは、彼女が今どこにいるかご存じないのですね、ミセス・モーニー？」

「だからそう言ったじゃない」、彼女の声は一目盛ほど高くなった。

「いいえ。この六ヶ月ばかり彼女と会っていないと思うと、あなたは言っただけです。そこにはいくらか違いがあります」

「私が彼女と共同でアパートメントを借りていたなんて、誰が言ったわけ？」と金髪女はきつい口調で言った。

「情報源を明かすわけにはいかないのです、ミセス・モーニー」

「あなたはまったくダンスの舞台監督みたいに要求の多い人ね。こっちはなんでもしゃべらなくちゃならないし、そちらは何ひとつしゃべる気がない」

「立場が違います」と私は言った。「私は雇われて、指示に従っているだけです。彼女には逃げ隠れするような理由はないはずです。違いますか？」

「誰が彼女を探しているわけ？」

「彼女の身内です」

「それはないわ。彼女には身内なんていないもの」

「というからには、彼女のことをよくご存じのようだ」と私は言った。

「昔は知っていたかもしれない。でもだからといって、今の彼女のことを知っているとは限らない」

「わかりました」と私は言った。「要するに、知ってはいるが、それを私に教えるつもりはないということですね」

「要するにだな」とヴァニアーが突然口をはさんだ。「あんたはここでは歓迎されていないということだよ。一刻も早くここから消えてもらいたいというのが、我々の希望だ」

私はミセス・モーニーをじっと見続けていた。彼女は私にウィンクし、ヴァニアーに言った。「そんなにつんけんするものじゃないわよ、ダーリン。あなたは魅力たっぷりだけど、骨が細すぎる。荒っぽいことには身体が向いていないのよ。あなたもそう思うでしょう、ビッグ・ボーイ？」

私は言った。「そんなことは考えもしませんでしたよ、ミセス・モーニー。ところでご主人には私を助けることができるでしょうか？　というか、助ける気があるでしょうか？」

彼女は首を振った。「そんなことわかるわけないでしょう。試してみたら？　もし気に入らなければ、彼はまわりの連中に命じて、あなたをさっさとたたき出すでしょう」

「そうしようと思えば、あなたの口から教えていただけるはずだが」

「そうしようと私に思わせるために、あなたには何ができるかしら？」。彼女の目には誘いかけるような色があった。

「こんなに人目があるところでは何もできませんよ」と私は言った。

「たしかにそうかもね」と彼女は言って、グラスの飲み物を一口飲んだ。グラスの縁越しに私を見ながら。

ヴァニアーはひどくゆっくり立ち上がった。顔が蒼白になっていた。彼はシャツの中に片手を突っ込み、ゆるりとした声で歯の隙間から言った。「さっさと消えちまいな、この野郎。まともに歩けるうちにな」

私は驚いた顔で彼を見た。「おやおや、小粋《こいき》に気取るのはもうやめたのかい？」と私は言った。「まさかその軽快な身なりで、銃を身につけているなんて言わないでくれよ」

金髪女は笑った。しっかりした歯がひと揃いむき出しになった。ヴァニアーはシャツの中の左わきに素速く手をやり、唇を結んだ。その黒い目は鋭く、同時にまた空白だった。蛇の目と同じように。

「言ったことは聞こえたよな？」と彼はほとんど穏やかと言ってもいい声で言った。「おれをあまり軽く見ない方がいいぜ。おまえなんか、マッチを擦るくらいあっさりとのしちまえるんだからな。後始末ならなんとでもなる」

私は金髪女の顔を見た。我々を見るその目はきらきらとして、口は官能的に何かを求めていた。

私は回れ右をして、芝生を越えて立ち去った。半分ほど横切ったところで、振り返って二人を見た。ヴァニアーはまったく同じ姿勢のままそこに立っていた。片手はまだシャツの中に入れられている。金髪女の目はまだ大きく見開かれ、唇は薄く開いている。しかしパラソルの影が彼女の表情を見えにくくしていた。そこに浮かんでいるのが恐怖なのか、愉しげな期待なのか、遠くからだと見分けられなかった。

私は芝生を横切り、白いゲートを抜け、バラの天蓋《てんがい》の下の煉瓦敷き小径を歩いた。そこを出ると向きを変え、こっそりとゲートに引き返し、最後にもう一度二人を見た。そこに何を見ようとしていたのか、あるいはそんなものを本当に見たかったのか、自分でもよくわからなかった。

私が目にしたのは、ヴァニアーが金髪女の上に文字通りのしかかっている姿だった。彼は女にキスをしていた。

私は首を振り、遊歩道を歩いて戻った。

目の赤い運転手はまだキャディラックの世話をしていた。すでに水洗いを終え、大きなセーム皮でガラスとニッケルを磨いているところだった。私は回り込んで、彼の隣に立った。

「どんな具合だったたね？」と彼は口の端っこの方で声を出した。

「ひどいもんだ。さんざんコケにされたよ」と私は言った。

彼は肯いて、馬丁が馬の毛を梳くときのしゅうっという例の音を口から出した。

「あいつには気をつけた方がいいぞ。拳銃を持ってるからな」と私は言った。「あるいはそのふりをしているだけかもしれないが」

運転手は短く笑った。「あの身なりの下に？　まさか」

「あのヴァニアーってのはどういう男なんだ。何をやっている？」

運転手は身を起こし、セーム皮を窓の下枠にかけ、今は腰のベルトにはさまれたタオルで両手を拭いた。

「女専門ってところだろう」と彼は言った。

「そいつはちっとばかり危険じゃないか？　それにいちゃつく相手がまずいだろう」

「危険だとおれは思うよ」と彼は同意した。「しかし何が危険かってのは、人それぞれに尺度が違うのさ。おれなら、おっかないと思うがね」

「どこに住んでいるんだ？」

「シャーマン・オークス。彼女はそこを訪ねる。そういうことを続けていれば、いまにまずいことになる」

「リンダ・コンクエストという若い女と出くわしたことはないか？　長身で黒髪で、顔立ちが良い。昔はバンド専属の歌手をやっていた」

「なあ、ジャック、二ドルのわりに質問が多すぎやしないか？」

「五ドルにしてもいい」

彼は首を振った。「その女は知らんね。その名前ではな。ありとあらゆる若い女たちがここにやってくる。だいたいが派手っぽいタイプだ。おれは紹介されたことがないがね」と言って彼はにやりと笑った。

私は財布を出して、三ドルを彼の湿った掌の上に置いた。そこにビジネス用の名刺を加えた。

「私は引き締まった体つきの小柄な男が好きなんだ」と私は言った。「そういう人間は怖いものを知らないように見える。何かのついでに寄ってくれ」

「そのうちにな、ジャック。ありがとうよ。リンダ・コンクエストっていったな。耳をそばだてておくよ」

「じゃあな」と私は言った。「名前はなんていう？」

「シフティー《くせもの》って呼ばれている。なんでかはさっぱりわからんが」

「じゃあな、シフティー」

「じゃあな。脇に拳銃を吊している？　あの服装で？　ありえないぜ」

「どうだろう」と私は言った。「とにかくやつはそういう素振りを見せた。私は見ず知らずの人間相手にガン・ファイトをするために雇われたわけじゃないからね」

「とんでもないぜ。あの男が着ているシャツは、いちばん上にボタンが二つついているだけだ。おれはそれを確かめた。あのシャツの下から拳銃を取り出すには一週間はかかるはずだ」。しかしその声は少しばかり不安そうだった。

「たぶんはったりだろう」と私は彼に同意した。「もしリンダ・コンクエストっていう名前を耳にしたら、相応の礼はできると思う」

「いいとも、ジャック」

私はアスファルトのドライブウェイを歩いて戻った。彼はそこに立ったまま顎を掻いていた。

6

ダウンタウンに向かう前に手短にオフィスに寄ろうと、駐車できるスペースを探しながら、ブロックに沿って車を走らせた。

運転手付きのパッカードが、うちのビルの入り口から十メートルばかりのところにある葉巻店の前の縁石から、そろそろと離れた。私はそのあとに車を潜り込ませてロックし、外に出た。そのときになってやっと、駐めた車のすぐ前に、見慣れた砂色のクーペが駐車していることに気がついた。同じ車かどうかまではわからない。似た見かけの車は山ほどある。車には誰も乗っていなかった。茶色と黄色のバンドのついたココア色のストローハットをかぶった人間はまわりには見当たらなかった。

車の歩道側にまわって、ハンドル軸を見てみたが、登録証は見当たらなかった。念のためにプレートの番号を封筒の裏に書き留めてから、ビルに入った。その男はロビーにもいなかったし、上の階の廊下にもいなかった。

オフィスに入り、床に郵便物が落ちていないか探した。郵便物はなかった。そしてオフィス常備のボトルから短く一口飲み、オフィスを出た。三時までにダウンタウンに着くためには、一刻も無駄にできない。

砂色のクーペはまだそこに駐車していた。やはり人は乗っていない。私は自分の車に乗り込み、エンジンをかけ、交通の流れの中に入っていった。

サンセット通りとヴァイン通りの交差点の下手《しもて》まで来たときに、彼が私に追いついた。私は笑みを浮かべ、そのまま進み続けた。そしてあの男はどこに潜んでいたのだろうと考えた。自分の車のひとつ後ろに停めた車の中にいたのかもしれない。そこまでは考えなかった。

私は三番街にあたるまで南に進み、三番街を一路ダウンタウンまで進んだ。砂色のクーペは終始半ブロックの間を保ってあとをつけてきた。七番街とグランド・ストリートの交差点を越え、七番街とオリーブ・ストリートの交差点近くで車を駐め、とくに買う必要もない煙草を買った。それから七番街を東に向けて歩いた。後ろは一度も振り返らなかった。スプリング・ストリートで私はメトロポール・ホテルに入った。そして大きな馬蹄形の葉巻カウンターに行って、自分の煙草に火をつけ、ロビーの古い茶色の革張りの椅子に腰を下ろした。

茶色のスーツにサングラスをかけ、見慣れた帽子をかぶった金髪の男は、ロビーに入り、控えめに鉢植えの椰子《やし》のあいだを抜け、葉巻カウンターに通じる漆喰塗りのアーチを抜けた。そして煙草を一箱買い、そこに立ったまま封を開け、時間をつぶしながらカウンターに背をもたせかけ、鋭い視線をさりげなくロビーに投げかけた。

彼は釣り銭を受け取り、そこを離れ、柱に背を向ける格好で椅子に腰を下ろした。そして帽子をサングラスの上に傾け、火をつけていない煙草を口にくわえたまま、眠っているふりをした。

私は立ち上がり、そちらに行って、男の隣の椅子に腰を下ろした。そして横目で彼を見た。男は動かなかった。間近で見ると、その顔はいかにも若く、ピンク色で、ふっくらしていた。顎のブロンド色の髭は、剃り方がずいぶん杜撰《ずさん》だった。サングラスの背後でまつげがせわしなく上下していた。膝に置かれた片手は堅く握りしめられ、おかげでズボンの布地に皺が寄っていた。右の瞼のすぐ下の頬に疣《いぼ》がひとつあった。

私はマッチを擦って、彼のくわえた煙草に近づけた。「火はごいりようかな？」

「ああ、それはどうも」と彼はひどく驚いたように言った。そして煙草の先端が真っ赤になるまで空気を吸い込んだ。私はマッチを振って火を消し、肘の近くにある砂の入った灰皿に捨て、そのまま待った。彼は横目で何度か私を見て、それから言った。

「どこかでお目にかかりましたっけ？」

「パサデナのドレスデン・アヴェニューで。今朝のことだが」

彼の頬がいっそうピンク色になった。そしてため息をついた。

「腕が良くないんだな」と彼は言った。

「実にお粗末だった」と私は同意した。

「この帽子がいけなかったかも」と彼は言った。

「帽子も問題だが」と私は言った。「帽子があってもなくても、たいして変わりはない」

「この街で生きていくのは大変だよ」と彼は哀しげに言った。「歩いて尾行するわけにはいかない。タクシーを使ったら、タクシー代で破産しちまうしね。かといって自分の車を使えば、いつも肝心なときに見失ってしまう。だからどうしても相手にくっつきすぎてしまうことになる」

「かといって相手のポケットに潜り込まなくてもよかろう」と私は言った。「私に何か用があったのか？　それともただ尾行の練習をしていただけなのか？」

「話を持っていくだけの値打ちがあんたにあるかどうかをはかっていたんだよ。じゅうぶん頭が働くかどうかを」

「私はとても頭が働く」と私は言った。「最初からすんなり話をすればよかったんだ」

彼は注意深く、座った椅子の背後をうかがった。そして我々の座っている場所の両側をうかがった。それから小さな豚革の財布を持ち出した。そこからぱりっとした小ぎれいな名刺を取り出し、私に渡した。ジョージ・アンソン・フィリップスとそこにはあった。秘密調査。ハリウッド、ノース・ウィルコックス・アヴェニュー一九二四番地、センジャー

・ビルディング二一二号室。グレンヴューの電話番号。左上には驚いたような眉と、とても長いまつげがついた、開かれた目が描かれている。
「こいつはまずいね」と私はその目を指して言った。「ピンカートン探偵社の登録マークじゃないか。勝手に使うと問題になるぜ」

「大丈夫さ」と彼は言った。「おれみたいな小物が何をしても、連中は気にもしないよ」

私は名刺を爪ではじき、歯でぎゅっと噛んでから、ポケットに入れた。

「私の名刺は必要か？　それとも私のことは既に調査済みなのかな？」

「ああ、あんたのことなら全部わかっているよ」と彼は言った。「あんたがグレグソンの調査にあたっていたとき、おれはヴェンチュラの保安官事務所で警官をやっていた」

グレグソンはオクラホマ・シティー出身の詐欺師で、被害者の一人から二年間にわたってしつこく全米を追い回されていた。そうして神経が参っているときに、ガソリン・スタンドの従業員に知り合いと間違って話しかけられ、その相手を撃ってしまったのだ。それは大昔のできごとのように私には思えた。

「それで？」と私は尋ねた。

「それであんたの名前を思い出したのさ。今日の朝にあんたの車の登録証を目にしたときにね。だから街に戻る途中で車を見失っても、すぐに居所はわかった。そのままあんたのところに行って、話をもちかけようと思った。でもそれは秘密保持の原則に背くことかもしれない。でもこうなったら、もう選びようもないしね」

ここにも頭のねじの緩んだ人間がいる。ミセス・マードックはさておき、今日だけで既に三人もその手の人間に出会った。ミセス・マードックだって結局はまともじゃなかったってことになるかもしれない。

彼がサングラスを外してレンズを拭き、またかけ直し、もう一度あたりを見回すあいだ私は黙って待っていた。彼は言った。

「我々は取り引きできると思うんだ。情報の持ち寄りというやつだよ。あの男があんたのオフィスに入っていくところを見た。だから彼があんたを雇ったのだと思った」

「その男が誰だか、君は知っているのか？」

「おれはあの男の調査をしているんだよ」と彼は言った。抑揚を欠いた、気落ちした声だった。「でもどこにもたどり着けなかった」

「彼に何の用があるんだ？」

「だから、おれは彼の奥さんに雇われているんだよ」

「離婚か？」

彼は注意深くまわりをうかがった。そして小さな声で言った。「と彼女は言う。しかし怪しいものだとおれは思う」

「二人とも離婚を望んでいる」と私は言った。「そしてお互いに相手の弱みを握ろうとしている。まるで喜劇だね」

「こっちとしては笑いごとじゃなくなっている。一人の男がおれをちょくちょくつけてくるんだ。とても背が高くて、片目がおかしな男だ。尾行を振り切っても、しばらくあとでまた見かける。やたら背が高い。まるで電柱みたいに」

とても背の高い、片目がおかしな男。私は頭を働かせながら煙草を吸った。

「何か思い当たるのか？」と金髪の男は少し心配そうに尋ねた。

私は首を振り、砂の入った灰皿に煙草を捨てた。「そういう男は知らんね」。私は腕時計に目をやった。「この件について、二人で腰をすえて語り合った方がよさそうだ。でも今はできない。約束があるんでね」

「是非語り合いたいと思うよ」と彼は言った。

「そうしよう。私のオフィスでも、私の住まいでも、君のオフィスでも、どこでもいいが」

彼は髭をそり残した顎を掻いた。親指の爪にはずいぶん嚙みあとがついていた。

「おれの住まいがいいな」とやっと彼は言った。「電話帳には載っていない。その名刺をちょっと貸してくれないか」

私が名刺を返すと、彼は掌の上でそれを裏返し、小さな金属製の鉛筆でゆっくりと字を書いた。唇に舌を這わせながら。彼の顔は刻一刻と若々しくなっていった。今では二十歳そこそこにしか見えなかった。でもそんなことはあり得ない。グレグソン事件があったのは六年前なのだから。

彼は鉛筆をしまい、私に名刺を返した。住所はコート・ストリート一二八番地、フローレンス・アパートメント二〇四号室だった。

私は好奇の目で彼を見た。「バンカー・ヒルのコート・ストリートか?」

彼はブロンド色の肌を赤くして肯いた。「好ましい地域とは言えない」と彼は早口で言った。「ここのところツキがまわってこなくってね。そんなところに足を運ぶのは気が進まないか?」

「いや。進むも進まないもないさ」

私は立ち上がり、手を差し出した。彼はその手を握り、離した。私は手をヒップ・ポケットに突っ込み、そこに入れてあるハンカチーフで掌を拭った。彼の唇の上に汗の線が見えた。鼻の脇にはもっとたくさんの線があった。それほど暑いわけではないのに。

私はそこを立ち去りかけたが、引き返し、身を屈めて彼の顔に顔を近づけた。そして言った。「いい加減な話にはもう慣れっこになっているが、念のために確かめておきたいんだ。彼女は背の高い金髪女で、あぶなそうな目をしているか?」

「あぶなそうという風には見えなかったが」と彼は言った。

私はなんとか真顔を保ったままこう言った。「我々二人だけのあいだのことにしてほしいが、離婚云々のことはたぶんでたらめだ。裏には何かぜんぜん違うことがある。そうじゃないか？」

「そのとおりだ」と彼は穏やかな声で言った。「そしてその何かについて考えるたびに、ますますいやな感じになってくるんだ。ほら」と言って彼はポケットから何かを取り出し、私の手にそれを落とした。それは部屋の鍵だった。

「もしおれが外出していたら、廊下で待たずに、勝手に中に入っててくれ。鍵は二つ持っているから。何時くらいに来られそうだ？」

「おそらく四時半くらいになるだろう。しかし本当にこの鍵を預かってかまわないのか？」

「もちろんさ。だっておれたちは同業の仲間じゃないか」と彼は無邪気そうな目で私を見上げながら言った。サングラス越しにうかがえる限りにおいて無邪気そうな目で、ということだが。

ロビーの端まで行って私は振り向いた。彼はそこにいかにも平和そうに座っていた。半分吸われたまま火の消えた煙草を口にくわえ、派手な茶色と黄色のバンドのついた帽子をかぶって。その姿は「サタデー・イブニング・ポスト」の裏表紙の煙草の広告みたいに物静かだった。

我々は同業の仲間だ。だからものを盗んだりはしない。素敵な話だ。私はもらった鍵を使って彼の部屋に入り、ゆっくりそこで寛ぐことができる。彼のスリッパを履き、彼の酒を飲み、カーペットをめくってその下にある千ドル札を数えることだってできる。なにしろ我々は同業の仲間なのだから。

7

ベルフォント・ビルディングは、これという特徴のない八階建てのビルだった。緑色とクロムでできた安売りスーツの専門店と、三階建てプラス地下の駐車場（餌やり時間のライオンの檻のようなすさまじい騒音を立てている）に窮屈そうに挟まれて建っている。薄暗くて細長い小さなロビーは鶏小屋並みに汚かった。館内案内板を見ると、多くの部屋が空室になっていた。私にとって意味を持ちそうな名前はそこにひとつしかなかったし、私は既にそれを知っていた。案内板の向かいの人造大理石の壁には、大きな看板が傾いてかかっていた。「葉巻スタンドに最適の賃貸スペース、空きあり。問い合わせは三一六号室まで」とあった。

格子のついた開放式のエレベーターが二基あったが、稼働しているのは一基だけらしく、それもかなり暇そうだった。顎がたるみ、目の潤んだ老人が中で木の丸椅子に座っていた。椅子には黄麻布のようなものが畳まれ、クッション代わりに敷いてあった。老人は南北戦争の頃からずっとそこに座っているかのように見えた。その戦争では惨々な目にあったようだ。

私はそこに乗り込み、八階にと言った。彼はずいぶん苦労して扉を閉め、おんぼろ機械をがたがたと操作し、それはよろめきながら上昇した。老人はまるで自分の背中にエレベーターを背負って運んでいるみたいに、はあはあと荒く息をしていた。

私は八階で降り、廊下を歩いていった。背後では老人がエレベーターの外に身を乗り出し、箒《ほうき》で掃き集めた床のゴミでいっぱいのカートン箱に向けて、手鼻をかんでいた。

イライシャ・モーニングスターのオフィスは裏側の、防火扉の向かいにあった。二部屋続きで、どちらもドアの曇りガラスに、剝げかけた黒い字で「イライシャ・モーニングスター　古銭売買」と書かれていた。いちばん奥のドアに「入り口」という表示があった。

ノブを回して中に入ると、そこは小さく細長い部屋になっていた。窓が二つあり、みすぼらしいちっぽけなタイプライター用の机（蓋は閉じられている）があり、変色したコインを入れた壁付きのケースがいくつかあった。コインは傾いた仕切りの中に収められ、その下に貼ってあるタイプされたラベルは黄ばんでいた。奥の壁には茶色のファイリング・ケースが二つ置かれ、窓にはカーテンがかかっていなかった。くすんだ灰色のカーペットはあまりにも擦り切れていて、実際につまずいてみるまで、そこにほころびがあることにすら気づかないくらいだった。

もうひとつの部屋に通じる木製のドアが、ファイリング・ケースの向かい側、ちっぽけなタイプライター用の机の背後にあった。ドアは開いていた。その奥から、一人の男がまったく何もしていないときに立てる微かな音が聞こえた。それからイライシャ・モーニングスターの乾いた声が呼びかけた。

「こちらにお入りください。どうぞ」

私はそちらに行って隣室に入った。奥のオフィスは手前の部屋に負けず劣らず狭く、また遙かに混み合っていた。緑色の金庫が入り口側のおおよそ半分を占めていた。その向こうに、入り口のドアに面してどっしりした古いマホガニーのテーブルが置かれ、そこには何冊かの暗い色合いの書物と、何冊かのよれた古い雑誌と、たくさんの埃が載っていた。その背後の壁に窓がひとつあり、五センチほど開かれていたが、部屋の黴臭さはいかんともしがたかった。帽子かけには脂染みた黒いフェルト帽がかかっていて、上にガラスが敷かれた長い脚のテーブルが三つあり、ガラス板の下にはやはりコインが並べられていた。部屋の真ん中あたりには重々しく暗い、トップが革張りのデスクがあった。そこには一般にデスクの上に置かれているものが置かれていたが、それに加えてガラスのドーム型容器の中に、宝石商の使う秤があった。大きなニッケルの枠のついた拡大鏡が二個あり、もみ革のレンズ磨きの上には宝石商の接眼鏡が置かれ、その隣にはインクの染みのついた、ぱりぱりになった黄色いシルクのハンカチーフがあった。

デスクの回転椅子にはダークスーツを着た、年配の男が座っていた。スーツはラペルが高く、前についたボタンの数が多すぎた。よれよれの白髪がいくらか生えていて、それは耳にかかるまで長く伸びていた。その上に淡い灰色に禿げ上がった頭が浮かび、それは樹木限界線の上に出た岩肌を思わせた。耳からは毛が出て、蛾を捕まえられそうなくらい遠くまで伸びていた。

目は黒く鋭かったが、両目の下には袋が垂れさがっていた。褐色がかった紫の袋で、そのまわりは網のようになった皺やら血管やらで縁取られていた。頬はてかてかして、短くシャープな鼻には、元気な頃はしょっちゅう一杯ひっかけていたのだろうという気配があった。まともな洗濯屋ならまず引き受けそうもない丸襟のカラーは、のど仏を軽く押し、黒いストリング・タイの堅い結び目が、襟のいちばん下から顔をのぞかせていた。巣穴から出かかっている鼠みたいに。

彼は言った。「受付の女性が今、歯医者に行っておりましてな。あなたはミスタ・マーロウ？」

私は肯いた。

「どうかお座りください」、彼は細い手を振って、デスクの向かい側にある椅子を指した。私は腰を下ろした。「何か身分証明になるものをお持ちでしょうな」

私はそれを見せた。彼がそれに目を通しているあいだ、私はデスク越しに相手の匂いを嗅いだ。黴臭い乾いた匂いがした。そこそこ清潔な中国人みたいに。

彼は私の名刺をデスクの上に裏にして置き、そこに両手を重ねた。その鋭い黒い目は私の顔から何ひとつ見逃さなかった。

「さて、ミスタ・マーロウ、ご用の向きは？」

「ブラッシャー・ダブルーンについて教えていただきたい」

「ああ、そうでしたな」と彼は言った。「ブラッシャー・ダブルーン。興味深いコインだ」、彼は両手をデスクから上げ、指で塔の形を作った。一昔前の家庭顧問弁護士が、いささか込み入った語法にとりかかる用意をするときのように。

「ある意味では、初期アメリカのあらゆるコインの中で、最も興味深く、また価値のあるものです。それくらいは既にご存じでしょうが」

「初期アメリカのコイン事情について私が知らないことを集めたら、ローズ・ボウルのスタジアムだって満杯にできますよ」

「まことに？」と彼は言った。「私にその説明を本気で求めておられるのかな？」

「そのためにここにうかがったのですよ、ミスタ・モーニングスター」

「それは金貨で、大まかに言って二十ドル分の金の塊と同価値です。サイズは五十セント硬貨とだいたい同じ。ほぼ寸分違わず同じです。一七八七年にニューヨーク州の注文で作られました。鋳造されたのではありません。一七九三年にフィラデルフィアに鋳造所ができるまで、アメリカで貨幣の鋳造はおこなわれておりません。ブラッシャー・ダブルーンはおそらくは圧力鋳型工程で作られたのでしょう。製作者はエフレイム・ブラッシャー(Brasher)、あるいはブラッシェア(Brashear)という民間人の金細工師でした。その名前を名乗る人は今日、通常ブラッシェアと綴ります。しかしコインにはそのように綴られてはいません。なぜだかはわかりませんが」

私は煙草を口にくわえ、火をつけた。黴臭い匂いを少しでも消したいと思ったのだ。

「その圧力鋳型工程というのはなんですか?」

「鋳型の半分ずつを鉄に彫るのです。もちろん沈み彫りでです。それら半分ずつの鋳型が鉛の台に据え付けられます。そこに金の地金を挟み、コイン・プレスで圧力をかけます。それから重量を揃えるために、はみ出た縁が削り取られます。ぎざぎざはつけられません。そのための機械は一七八七年には存在しませんでしたから」

「作るのにずいぶん手間がかかりそうだ」と私は言った。

彼は尖った白い頭を縦に振った。「そのとおりです。そして鉄の表面を歪みなく固める技術は当時まだなかったので、型はだんだんすり減っていきますし、時折新しいものに造り替えなくてはなりません。そのようなわけで、強力な拡大装置を使えば、わずかなデザインの変化があることが見てとれます。現代の顕微鏡を使用した検証を経たとき、まったく同一のコインは存在しないと申し上げていいでしょう。この説明でおわかりになりましたか?」

「ええ、あるところまでは」と私は言った。「どれくらいの数のそのコインが存在していて、それはどれくらいの価値を持つのですか？」

彼は指で作っていた塔を解体し、両手をデスクの上に戻し、優しくぱたぱたと上下させた。

「どれくらい数があるのか、私にはわかりません。誰も知りません。数百枚、千枚、あるいはもっとたくさんかもしれない。しかしその中でもとりわけ稀少品とされるのは、流通しなかった見本用貨幣、いわゆる『未使用品』と呼ばれるものです。その価値は二千ドルを下りません。一流のディーラーの手を通して注意深く扱われた場合、平価切り下げ（一九三三年におこなわれた）後の現在のドルの価値になおしますと、このコインの未使用品は一万ドルを軽く超えるかもしれません。あるいはもっと高い値がつくかもしれない。もちろんその場合、出所履歴のようなものが必要とされるでしょうが」

私は「なるほど」と言って、肺からゆっくりと煙を吐き出し、手でそれを払った。デスクの向こう側にいる人物にその煙が及ばないように。彼は煙草を吸わないようだった。

「もし出所がはっきりせず、それほど注意深く扱われもしなかった場合には、いかほどになるのでしょうか？」

彼は肩をすくめた。「その場合には、コインが非合法的に入手されたということが考えられます。盗まれたか、あるいは詐欺でだまし取られたか。もちろんそうとばかりは限りません。稀少なコインが思いがけぬときに思いがけぬ場所でひょっこり見つかることはありますから。たとえばニューイングランドの旧家で、古い手提げ金庫の中から、あるいは机の隠し抽斗から。そんなにしばしば起こることではありません。しかしまったくないというわけじゃない。非常に価値のあるコインが、ソファの馬の毛の詰め物からこぼれ落ちた例を私は知っています。アンティークのディーラーがそのソファを補修しているときに見つけたのです。ソファはマサチューセッツ州フォール・リヴァーの同じ家の同じ部屋に、九十年間置きっぱなしになっていました。コインがどうしてそんなところに紛れ込んだのかは、誰にもわかりません。しかしながら一般的に申しまして、盗まれたものであるという可能性は高いでしょうな。とりわけこのカリフォルニアみたいなところでは」

彼はうつろな目を天井の隅に向けた。私はそれほどうつろではない目を彼に向けた。彼は信用して秘密を明かしてもよさそうな人物に見えた。それが彼が既に承知の秘密である場合には。

彼は視線をゆっくりと下げて私の方に戻し、そして言った。「五ドルになります」

私は言った。「何のことですか?」

「五ドルをいただきます」

「何のために?」

「とぼけるのはよしてください、ミスタ・マーロウ。今私が言ったようなことはすべて、公立図書館に行けば簡単にわかることだ。とくに『フォスダイク目録』に目を通せばね。しかしあなたはわざわざここにやって来て、私の時間をあなたのために費やさせることを選んだ。その手間賃として五ドルを頂戴したい」

「もしそんなものは払いたくないと言ったら？」と私は言った。

彼は背中を後ろにもたせかけ、目を閉じた。きわめて微かな笑みが、唇の端っこで引きつっていた。「あなたは支払うことになる」と彼は言った。

私は支払った。財布から五ドルを出し、立ち上がってデスクに身を屈め、彼の前にその札を注意深く広げて置いた。そして子猫を撫でるみたいに、指先でそれをこすった。

「五ドルだ、ミスタ・モーニングスター」と私は言った。

彼は目を開けてその紙幣を見た。そして微笑んだ。

「それではそろそろ」と私は言った。「誰かがあなたに売ろうとしたブラッシャー・ダブルーンの話をしようじゃないか」

彼は目を少し大きく開けた。「誰かが私にブラッシャー・ダブルーンを売ろうとしたと？　またどうしてそんなことをするのですか？」

「金が欲しかったからですよ」と私は言った。「そしてあまり細かいことをあれこれ質問されたくなかった。彼らはあなたがこういう商売をしていることを、またあなたがオフィスをかまえているこのビルがみすぼらしい代物《しろもの》で、多少胡散《うさん》臭い行為もまかり通るだろうことを知っていた。あるいは新たに知った。あなたのオフィスが廊下の突き当たりにあり、あなたは高齢だから、健康のためにも、危ないことはしないだろうということも承知していた」

「ずいぶん多くのことを知っていたようですな」とイライシャ・モーニングスターは乾いた声で言った。

「仕事をうまく収めるために、彼らは必要なことはきっちり下調べします。私やあなたと同じようにね。調べるのはさしてむずかしいことじゃない」

彼は小指を耳の中に入れ、かき回し、暗い色合いの小さな耳垢《みみあか》を取り出した。そして何でもなさそうに指を上着で拭いた。

「私がミセス・マードックに電話をかけ、彼女の所有するブラッシャー・ダブルーンが売りに出ているかどうかを尋ねたというだけで、あなたはそこまで推測された」

「そのとおり。彼女も私と同じ考えでした。筋の通った考えだ。さきほど電話でも言ったように、そのコインが売りに出ていないことは、あなたも当然ご存じだったはずだ。この仕事に通じている人間なら、誰だって知っていることだ。そしてあなたはこの仕事に通じている」

彼は数センチばかり小さくお辞儀をした。微笑みこそ浮かべなかったものの、旧式の丸襟シャツを着ている人間にしては、精一杯嬉しそうな顔をした。

「そのコインを買ってほしいと、あなたが誰かから持ちかけられたとする」と私は言った。

「いささかいかがわしい話ではある。しかしもし安く買えれば、またそれだけの資金が手元にあれば、あなたはそれを買ってもいいと思う。しかしいちおう出所だけは確かめておきたい。でもその結果、盗品に間違いないとわかっても、値段さえおりあえば、あなたとしては買うにやぶさかではない」

「ほう、買うにやぶさかではない、と?」、彼は面白がっている顔をした。しかし大して面白そうには見えなかった。

「ああ、買っても元は取れる。もしあなたが名の通ったディーラーであるならね。そしてあなたはきっと名の通ったディーラーであるのでしょう。そのコインを買い取ることによって、しかも安価に買い取ることによって、あなたはそのコインの持ち主と保険会社を全損から護ることになる。彼らはあなたの出費を喜んで穴埋めしてくれるはずだ。そういうのは珍しいことじゃない」

「つまりマードック・ブラッシャーは盗まれたということだ」と彼はまっすぐ要点を衝《つ》いた。

「私から聞いたとは言わないでもらいたい」と私は言った。「あくまで内密のことなので」

彼はもう少しで鼻の穴をほじくりそうになったが、なんとかそれを思いとどまった。代わりに鼻毛を一本、顔をしかめてぐいと抜いた。そしてそれを宙にかざして見た。その鼻毛越しに私の顔を見た。それから言った。

「それであなたの雇い主は、そのコインを取り戻すためにいくら払うと言っているのだろう？」

私はデスクの上に身を屈め、意味ありげな流し目を送った。「千ドル。あなたはいくら払ったのだろう？」

「お若いの、あなたはずいぶん頭が働くお人のようだ」と彼は言った。それから彼は顔をぐいとねじりあげた。顎がぐらぐらと揺れ、胸が前後に大きく動き、その口からは、まるで長い病から回復の途上にある雄鶏《おんどり》が鳴き方の練習をしているような声が洩れ出てきた。

彼は笑っていた。

その笑いはしばらくして止まった。彼の顔は再びまっすぐになり、目は開けられていた。黒くて鋭くて抜けめない目だ。

「八百ドル」と彼は言った。「未使用見本品のブラッシャー・ダブルーンがたったの八百ドルだ」、彼はそう言って高笑いした。

「けっこう。あなたはそれを今手元にお持ちなのかな？　それで二百ドルの儲けにはなる。うまい話だ。迅速な取り引き、悪くない利ざや、誰も迷惑せずにすむ」

「このオフィスには置いていない」と彼は言った。「私をそんな愚か者だと思うのかね？」、彼はチョッキのポケットから年代物の銀の懐中時計を取り出し、顔をねじまげて時刻を見た。「朝の十一時でいかがかな」と彼は言った。「金を持ってここにもう一度いらしていただきたい。そのときコインはここにあるかもしれないし、ないかもしれない。しかしあなたの行動が満足のいくものであるなら、しかるべく手配はできる」

「それでけっこう」と私は言って立ち上がった。「いずれにせよ、こちらも金の用意をしなくてはならない」

「使用済みの紙幣でお願いしたい」と彼はほとんど夢見るような声で言った。「使用済みの二十ドル札がいいね。少しばかり五十ドル札が混じっていてもかまわんが」

私は笑みを浮かべ、ドアに向かった。途中で立ち止まり、振り向いてデスクに戻り、そこに両手をついて、顔を相手に近寄せた。

「どんな女だった？」

相手の顔から表情が消えた。

「そのコインをあなたに売った女だよ」

彼の顔は更に空白の度を深めた。

「なるほど」と私は言った。「女じゃなかったんだ。彼女は手助けを必要とした。それは男だった。どんな男だ？」

彼は唇をすぼめ、また指で塔を作った。「中年のがっしりした男で、身長は一六七、八センチ、体重は七五キロというところだろう。スミスと名乗った。青いスーツに黒い靴、緑色のネクタイとシャツ、帽子はかぶっていなかった。茶色の縁取りのあるハンカチーフを外ポケットに入れていた。髪の色は濃い茶色で、ところどころ白髪混じりだ。頭のてっぺんに一ドル硬貨くらいの禿げがある。顎の片側には五センチほどの傷跡。たぶん左側だったと思うな。そう、確かに左側だ」

「悪くない」と私は言った。「右の靴下に穴は開いていなかったかね？」

「靴を脱がせるのを忘れたものでね」

「そいつは手抜かりだったな」

彼は何も言わなかった。我々は無言のままお互いを見つめた。半ば好奇、半ば反感を含んだ目で。新来の隣人を眺めるときのように。それから彼はまた唐突に笑い出した。

私が渡した五ドル札はまだテーブルの上の彼の側にあった。私はさっと手を伸ばしてそれを取った。

「こいつはもう要らないだろう」と私は言った。「我々は今や千ドル単位の話をしているわけだから」

彼は笑いをぴたりとやめた。そして肩をすくめた。

「午前十一時に」と彼は言った。「妙な細工はなしだよ、ミスタ・マーロウ。私が身の守り方も知らないとは考えない方がいい」

「それは何よりだ」と私は言った。「なぜならあなたの扱っているのは、まさにダイナマイトだからね」

　私は彼から離れ、わざと大きく足音を立てて入り口側の部屋を横切った。そしてドアを開け、閉めた。しかし外には出なかった。外の廊下に足音が響かなくてはならないところだ。でも彼の部屋の明かり取り窓は閉まっていたし、私のゴム底の靴は来たときにもあまり音を立てなかった。相手がそのことを覚えていてくれればいいのだが。私は足音を忍ばせ、擦り切れたカーペットを踏んで引き返し、ドアの背後に身を隠した。ドアと、蓋の閉められたちっぽけなタイプライター机の隙間に身体を入れた。子供だましのトリックだが、これが意外に通用するのだ。とりわけ言葉を尽くし、洒落た機知を交換し合う、スマートな会話を終えたあとでは。フットボール試合のおとりプレイのようなものだ。もしうまくいかなくても、我々は再び顔を見合わせ、皮肉のやりとりをするだけのことだ。

　しかしことはうまく運んだ。しばらくのあいだ、彼が鼻をかむ以外には何も起こらなかった。やがて、部屋の中には自分しかいないにもかかわらず、その男は再び例の病み上がりの雄鶏のような笑い声をあげた。そして咳払いをした。そのあと回転椅子が軋み、男は立ち上がって歩き出した。

　薄汚い白髪頭が、ドアの端っこから五センチばかり、部屋の中に突き出された。それはしばしそこにじっと留まり、私はそのあいだ一切の動きを停止した。やがて頭は引っ込み、不潔な爪を持つ四本の指がドアの縁にかけられ、それを内に引いた。ドアがかちりと音を立てて閉まった。私は呼吸を再開し、木の壁板に耳をつけた。

回転椅子が再び軋んだ。ダイアルを回すしゃかしゃかという音が聞こえた。私はちっぽけなタイプライター机の上にある電話に急いで手を伸ばし、受話器を取った。電話の相手側のベルが鳴り始めていた。六回ベルが鳴って、それから男の声が聞こえた。「もしもし?」

「フローレンス・アパートメント?」

「そうだが」

「二〇四号室のミスタ・アンソンに繋いでいただきたいのだが」

「そのまま待って。在室かどうか確かめてみる」

モーニングスター氏と私は二人でそのまま待っていた。かなりの騒音が電話の向こうから聞こえた。大音量でかけられているラジオ、野球中継だ。ラジオは電話のそれほど近くにあるわけではなさそうだが、それでも十分うるさかった。

足音が虚《うつ》ろな音を立てながら近づいてきて、がさごそという耳障りな音を立てて受話器を取った。男が言った。

「不在だ。伝言は?」

「あとでかけなおそう」とモーニングスター氏は言った。

私は素速く電話を切り、足音を忍ばせて急いで部屋を横切り、入り口に向かった。ドアをとても静かに開いた。降る雪のごとく静かに。そして同じようにそっとドアを閉めた。最後のところはほとんど力を入れなかった。一メートルも離れていたら、そのかちりという音が聞こえないくらいに。

私は堅く厳しく息をし、その音を自分で聞きながら廊下を歩いた。エレベーターのボタンを押した。そしてメトロポール・ホテルのロビーでジョージ・アンソン・フィリップス氏が私にくれた名刺を取りだした。実際にそれに目を通すためではない。コート・ストリート一二八番地、フローレンス・アパートメントの二〇四号室とそこに記されていたことを思い出すために、わざわざ名刺を読み返す必要もなかった。旧式のエレベーターが、ヘアピン・カーブを懸命に曲がる砂利トラックのように、よたよたとシャフトを上昇してくるのを待ちながら、私はそこに立って名刺を爪の先で弾いていた。

時刻は三時五十分だった。

8

バンカー・ヒルは旧い街であり、失われた街であり、みすぼらしい街であり、すさんだ街だ。かなり昔のことになるが、かつてはここも市内で有数の洒落《しゃれ》た住宅地だった。今でも複雑な曲線を描くゴシック風の邸宅がいくつか残されている。広いポーチがあり、壁には端が丸くなったこけら板が張られ、紡錘形の小塔のついた広いベイ・ウィンドウが角についている。そんな立派な屋敷が、今ではそっくり下宿屋に姿を変えている。かつて艶やかな上塗りに護られていた寄せ木細工の床は、今や傷だらけで、擦り切れてしまっている。緩やかな曲線を描く幅広い階段は、歳月の移ろいと、幾世代にもわたる汚れに重ねて塗られた安物のニスのせいで、すっかり黒ずんでいる。天井の高い部屋では、険しい顔つきの女主人たちが、信用のおけない間借り人たちと口論をしている。広くて涼しいポーチには、負け戦《いくさ》を思わせる顔つきの老人たちが座り、ひび割れた靴を太陽に向けて差し出している。その目は何も見てはいない。

古い家屋の中には、あるいはそのまわりには、蝿の飛び回る不潔な食堂があり、イタリア人の果物スタンドがあり、安いアパートメントハウスがあり、小さなキャンディー・ストア（店頭に並んだキャンディーよりもっとたちの悪いものをそこで買うことができる）がある。そして訳ありげなホテルが並んでいる。そこには宿帳にスミスとかジョーンズとか署名する人間しか宿泊していないし、夜勤のフロント係は強面《こわもて》の番人とポン引きを兼業している。

そんなアパートメントハウスに出入りする女たちは、きっとまだ若いのだろうが、みんな気の抜けたビールのような顔をしている。帽子を目深《まぶか》にかぶった男たちは、マッチの炎を包んだ両手の上から、通りに素速く視線を走らせる。煙草を吸いすぎた咳をするやつれたインテリ崩れたち――銀行預金はゼロだ。花崗岩のような険しい顔つきの、目のすわった私服刑事たち。コカイン中毒者たち、コカイン密売者たち。そしてとくに何ものにも見えず、本人たちもそのことを承知している影の薄い人々がいる。中にはなんとか職を得ているものもいる。しかし彼らは朝の早いうちから仕事に出て行く。大きくひびの入った歩道に人影もなく、まだ朝露に濡れている時刻に。

約束の四時半より早く私はそこに着いた。でも早すぎるというほどでもない。通りのいちばん奥に車を駐めた。ヒル・ストリートからケーブルカーが、黄色い粘土質の急坂をよろよろと登ってやってくるところだ。それからコート・ストリートをフローレンス・アパートメントまで歩いた。正面は暗い色合いの煉瓦でできていて、三階建てで、低い窓が歩道すれすれについており、錆びた網戸と、薄汚れたメッシュのカーテンで目隠ししてあった。入り口のドアにはガラスのパネルがはまっており、名前が辛うじて読み取れた。私はそのドアを開け、真鍮で縁を飾った階段を三段下り、廊下に出た。両手を大きく伸ばさなくても、両側の壁に触れられそうなくらい狭い廊下だ。くすんだ色のドアに、くすんだ色のペンキで番号が書いてある。階段を降りたところにある窪みに、公衆電話が置かれていた。「管理人・一〇六号室」という表示があった。廊下の裏手には網戸のドアがあり、その向こうに狭い道路が見えた。道路には背の高い傷だらけのゴミ缶が四つ、一列に並べられ、その上の陽光に照らされた空中では、蝿たちが盛大に踊っていた。

私は階段を上った。電話で耳にしたラジオの野球中継はまだ大音量で鳴り響いていた。私は番号を読みながら廊下を進んでいった。二〇四号室は廊下の右手にあり、その真向かいが野球中継の鳴り響いている部屋だった。ノックをしてみたが返事はなかったので、もう一度もっと大きくノックをした。私の背後では、合成された観客の歓声の中で、三人のドジャーズのバッターが続けて三振を喫した。私は三度目のノックをし、廊下の正面にある窓の外を見ながら、ジョージ・アンソン・フィリップスがくれた鍵をポケットに探った。

通りの向かいにはイタリア人の経営する葬儀屋があった。小ぎれいで静かで控えめな見かけ、白く塗られた煉瓦、建物は歩道と同じ高さにある。ピエトロ・パレルモ、葬儀社。建物の正面に、細い緑色のネオンで、上品にそう書かれている。黒い服装の背の高い男が玄関から出てきて、白塗りの壁にもたれかかった。とてもハンサムな男だった。肌は浅黒く、鉄灰色の髪は額の後ろにぴたりと撫でつけられていた。遠目には銀かプラチナに黒の混じった、エナメルのシガレット・ケースと見えるものを取り出し、二本の長い茶色の指で物憂げに開き、金色の吸い口つきの煙草を選んだ。シガレット・ケースをしまい、ポケット・ライター（どうやらケースとお揃いらしい）で火をつけた。ライターをしまうと彼は腕組みをし、半ば閉じた目で、そこには存在しないものを見ていた。動きのない煙草の先端からは一筋の煙が、頬をかするようにして立ち上った。夜明けの消えかけたキャンプファイアのように細く、まっすぐな煙だった。

私の背後で繰り広げられている野球の再現中継では、また別のバッターが三振するか、フライを打ち上げてアウトになるかした。私は長身のイタリア人を眺めるのをやめ、二〇四号室のドアに鍵を差し込み、中に入った。

方形の部屋で、茶色のカーペットが敷かれていた。家具はごくわずかで、あるのはぞっとしない代物ばかりだった。壁付きのベッドにはお馴染みの歪んだ鏡がついていて、ドアを開けるとそこに私の姿が映っていた。大麻パーティーから足音をしのばせて帰宅した惨めな落ちこぼれみたいに見えた。樺材《かば》でできた安楽椅子があり、その隣にはごわごわの硬い詰め物をされた、ソファとおぼしき家具が置かれていた。窓の前にあるテーブルには、紙のシャーリングのついた電気スタンドが載っていた。ベッドの両側にはドアがあった。

左手のドアは小型のキッチンに通じていた。茶色のウッドストーンの流し台、火口《ほくち》が三つあるガスレンジ、古い電気冷蔵庫。私がドアを押し開けたとき、冷蔵庫がかたんと音を立て、いかにも苦しそうに動悸を打ち始めた。ウッドストーンの水切り台の上には誰かの朝食の食べ残しが置いてあった。カップの底に残った泥のようなもの、焦げたトーストの残り、まな板のパン屑、皿の縁にこびりついている黄色いどろりとしたバターの塊《かたまり》、汚れたままのナイフ、暑い納屋の中のずだ袋のような匂いのするみかげ石のコーヒーポット。

壁付きのベッドを回り込んで、もうひとつのドアに行ってみた。ドアの奥は短い廊下になっており、服をしまうスペースがあり、作り付けの化粧ダンスがあった。化粧ダンスの上には櫛と、金髪が何本か残った黒いヘア・ブラシがあった。タルカム・パウダーの缶があり、レンズにひびの入った懐中電灯がひとつあり、便箋の束があり、台付きのペンがあり、吸い取り紙の上にインク壺が置かれ、ガラスの灰皿の上には煙草とマッチがあった。灰皿には吸い殻が六本ほど残っている。

化粧ダンスの抽斗には、スーツケースひとつに収まってしまうくらいの靴下や下着やハンカチーフが入っていた。ハンガーにはダークグレーのスーツがかかっていた。新しくはないが、まだ十分着られる。その下の床にはいささか汚れの目立つ革靴が置いてあった。

浴室のドアを押し開けてみた。ドアは三十センチほど開いて、そこでつっかえた。私の鼻が引きつり、唇がこわばった。苦みのあるきつい匂いが、ドアの向こう側からつんと鼻をついた。私はドアに体重をもたせかけた。ドアは少し動いたものの、押し戻された。まるで誰かが向こうから力をかけているみたいに。私はドアの隙間に頭を突っ込んでみた。

浴室の床は彼の背丈には短すぎた。だから両膝が折り曲げられ、外側にだらしなく開かれていた。頭はウッドストーンの腰板に押しつけられていた。上に首をかしげるというより、無理にねじ込まれた感じだ。茶色のスーツは少しくしゃくしゃになり、サングラスが胸のポケットから危なっかしい角度で突き出ていた。まるでそれが何か大事な意味を持っているかのように。右手は腹の上に投げ出され、左手は手のひらを上に床に置かれていた。指がわずかに曲げられている。頭の右側の金髪の中に、血の凝固した傷跡があった。開かれた口の中は深紅の鮮血でいっぱいだった。

ドアは脚がつっかい棒のようになって開かなかった。私はそれを強く押し、回り込むように中に入った。屈み込んで指を二本、首の脇の動脈にあててみた。脈はなかった。こそりとも動かない。皮膚は氷のようにひやりとしていた。でもそこまで冷たくなっているはずはない。たぶん私にはそのように感じられたのだろう。私は身体をまっすぐにし、ドアにもたれかかった。ポケットの中で両手を握りしめ、コルダイト火薬の匂いを嗅いだ。野球放送はまだ続いていたが、二つのドアを間に挟んでいたから、さすがに遠くに聞こえた。

私は立って彼を見下ろしていた。そこには何もないんだ、マーロウ。おまえは何も目にしてはいない。こんなものと関わりあいになるんじゃない。その男のことは知りもしない。

ここから立ち去れ。一刻も早く。

ドアを離れ、それを引いて開け、廊下を抜けて居間に戻った。鏡の中の顔が私を見ていた。ひきつった、いやな目つきの顔だ。私は顔を背け、ジョージ・アンソン・フィリップスにもらった平らな鍵を取り出し、湿った手のひらに挟んでこすった。そして電気スタンドの脇に置いた。

私はドアを開けながらノブの指紋をこすり消し、外側のノブも同じようにしてからドアを閉めた。八回の表、ドジャーズは七対三でリードしていた。一杯加減の女がよく響く声で、品の良くない歌詞をつけた『フランキーとジョニー』を歌っていた。ウィスキーでさえ彼女の声をましにはできなかったようだ。男の太い声がうるさい、黙れとどやしつけたが、女は知らん顔で歌い続けた。床を歩く速く硬い足音が聞こえ、思い切りひっぱたく音と、甲高い悲鳴が聞こえた。女は歌うのをやめ、野球の試合は進行した。

私は煙草を口にくわえ、火をつけた。階段を降り、薄暗い廊下の角に立って、「管理人・一〇六号室」という小さな札を眺めた。

そんなものに目を向けるだけでも愚かしい行いだった。それでも私はくわえた煙草をぎゅっと嚙みしめながら、ひとしきりそれを見ていた。

それから向きを変え、廊下を裏手に向かって歩いた。エナメル塗りの小さな札がドアに掲げられていた。「管理人」とある。私はそのドアをノックした。

9

椅子が後ろに引かれ、床をひきずるような足音が聞こえた。ドアが開いた。

「管理人かね？」

「そうだ」、電話で耳にしたのと同じ声だった。イライシャ・モーニングスターと話していた声だ。

彼は空っぽの汚れたグラスを手に持っていた。誰かが金魚を入れて飼っていたようなグラスだった。ひょろりとした体格の男で、にんじん色の短い髪が額の上の方にあった。頭は狭く長く、中には狡猾さが詰まっていた。オレンジ色の眉毛の下に、緑がかった目があった。耳は大きく、風の強い日にははたはたと揺れそうだった。鼻は長くて、いかにもいろんなところにその先を突っ込みそうに見える。顔全体がよく訓練されている。秘密を守ることを心得ている顔であり、死体置き場の死体のように、何があろうと動じずにいられる顔だった。

チョッキのボタンを外し、上着は着ていなかった。動物の毛で編んだ懐中時計の紐をつけ、金属の留め金のついた丸くて青いガーターでシャツの袖をとめていた。

私は言った。「ミスタ・アンソンは？」

「二－〇－四」

「部屋にいないんだが」

「それでどうしろっていうんだ？　余興でもやってほしいのか？」

「言うねえ」と私は言った。「いつもそんなに陽気なのか、それとも今日はあんたの誕生日なのかな？」

「消えちまいな」と彼は言った。「邪魔なんだよ」、そしてドアを閉めようとした。それからまたドアを開いて言った。「とっとと失せろ。用はないんだから」。言いたいことを念押しするように重ねて言ってしまうと、またあらためてドアを閉めようとした。

私はドアに体重をかけた。向こうもまたドアの奥から体重をかけた。おかげで我々の顔と顔がぐっと近づいた。「五ドルだ」と私は言った。

相手の身体からすっと力が抜けた。彼が唐突にドアを開けたおかげで、私は前のめりになり、あやうく相手の顎に頭をぶっつけるところだった。

「入りな」と彼は言った。

壁付きベッドのある居間、すべてがそっくり同じ仕様だ。紙のシャーリングのランプ・シェード、ガラスの灰皿まで同じだ。部屋は卵の黄身に似た色に塗られている。人に神経症的発作を起こさせるためにあと必要とされるのは、その黄色の上に描かれた何匹かの太った黒い蜘蛛だけだった。

「座りなよ」と彼は言って、ドアを閉めた。

私は座った。私たちは澄んだ邪気のない目で互いを見つめ合った。まるで二人の中古車セールスマンが出会ったときのように。

「ビールを飲むか？」と彼は言った。

「いただこう」

彼は缶を二つ開けた。手に持っていたグラスに一つを注いだ。それから別のグラスに手を伸ばしかけた。缶のままでいいと私は言った。彼は私に缶を渡した。

「十セントだ」

私は十セントを払った。

彼はそれをチョッキのポケットに収め、そのまま私の顔を見ていた。それから椅子を引っ張って、腰を下ろし、骨張って上に突き出した膝を外に広げ、空っぽの手をその間にだらんと垂らした。

「何もあんたの五ドルに興味があるわけじゃない」と彼は言った。

「そいつはいい」と私は言った。「こっちも本気で払おうと思っていたわけじゃないからな」

「小賢《こざか》しいやつだな」と彼は言った。「どういうことだね？　おれたちはここでまっとうなアパートメントを運営しているんだ。やましいことなんてこれっぽっちもしちゃいないぜ」

「静かだしな」と私は言った。「上の階じゃ鷺の金切り声だって聞こえそうだ」

彼は微笑んだが、その微笑みは二センチくらいの幅しかなかった。「おれは簡単には面白がらない方でね」と彼は言った。

「ヴィクトリア女王のように」と私は言った。

「なんのことだかわからんな」

「私は奇跡を期待しない」と私は言った。実のない会話は私の神経をうまく冷やしてくれた。きりっと硬く鋭い気分がそこに生まれた。

私は札入れを取り出し、中にある名刺を一枚選んだ。私の名刺ではない。「ジェームズ・B・ポラック　リライアンス損害保険会社　調査員」とある。ジェームズ・B・ポラックがどんな見かけだったか、どこで彼と会ったのか、思い出そうと努めてみたが、思い出せなかった。私はその名刺をにんじん頭に渡した。

彼は名刺に目を通し、その角で鼻の頭を掻いた。「詐欺か？」と彼はその緑色の目を私の顔から離すことなく言った。

「宝石だ」と私は言って、手をひらひらと波打たせた。

男はそれについて考えを巡らせた。男が考えている間、それがわずかなりとも彼の心を煩わせているのかどうか、見定めようと努めた。煩わされているとは見えなかった。

「中にはそういう不心得者もいるさ」と彼は一歩譲った。「しかたあるまい。そんなタイプには見えなかったけどな。まともそうに見えた」

「あるいは人違いをしているのかもしれんな」と私は言った。そしてジョージ・アンソン・フィリップスの外見を（生きているときの彼の外見を）並べてみた。茶色のスーツを着て、サングラスをかけ、茶色と黄色のプリントのバンドを巻いたストローハットをかぶっている。あの帽子はどうしたのだろうと私は考えた。現場には帽子はなかった。目立ちすぎるから、帽子をかぶるのはやめたのかもしれない。金髪も目立ちはしたが、帽子ほどではない。

「そういう見かけで合っているか？」

にんじん頭がどうしようか心を決めるのに少し時間がかかった。でも最後に彼は肯いた。緑の目はまだ用心深く私を見つめていた。やせたごつごつした手が名刺を持ったまま口許《くちもと》に伸び、まるで垣根の柱を棒で叩いていくみたいに、その名刺で歯を順番に叩いた。

「悪事を働きそうなやつには見えなかったな」と彼は言った。「しかし人は見かけじゃわからんもんだ。ここに移ってきてからまだひと月だ。怪しい見かけのやつなら入居はさせないんだが」

それを聞いて大笑いしないためにはかなりの努力が必要だった。「やつが留守をしている間に家捜しすることは可能かな？」
管理人は首を振った。「ミスタ・パレルモはそういうことを好まないんだ」
「ミスタ・パレルモ？」
「この建物の持ち主さ。向かいに住んでいる。葬儀社の持ち主でね。この建物やら、他の
たくさんの建物を所有している。言うなれば、このあたりを仕切っているようなもんだ」、
彼は私に向かって唇をぐいと曲げ、右の瞼をしばたたかせた。「選挙の票も思いのままに
動かせる。実力者だ」
「じゃあ、彼が選挙の票をまとめたり、死体をいじったり、あるいは何でもいいが好きな
ことをしている間に、おれたちはさっさと上に行って部屋をさらってみようじゃないか」
「調子に乗るんじゃないぜ」とにんじん頭はさらりと言った。
「そんなことを気にしちゃなんにもできない」と私は言った。「上に行って部屋をさらっ
てみようぜ」、私はビールの空き缶をゴミ箱に向かって投げ、それが跳ね返って部屋の床
を半分くらいからからと転がるのを見ていた。
にんじん頭は急に立ち上がり、両足を開き、両手の埃を払い、下唇を嚙んだ。
「五ドルがどうこうってさっき言ってたな」、彼は肩をすくめた。
「そいつは何時間も前の話だ」と私は言った。「もっと良い考えを思いついた。上に行っ

て部屋をさらってみようぜ」

「もう一度それを口にしてみろ――」、彼の右手は腰の後ろに伸びた。

「もし拳銃を持ち出そうっていうのなら、ミスタ・パレルモはそれを喜ばないと思うね」と私は言った。

「ミスタ・パレルモなんぞ知ったことか」と彼は声を荒げた。唐突な怒りがそこに聞き取れた。顔はどす黒い色合いの血で素速く染まっていった。

「いいか」とにんじん頭はひどくゆっくりと言った。彼の手は身体の脇に下ろされていた。そして腰を立てたままこちらに屈み込み、精一杯いかつくした顔を私の顔に近づけた。

「いいか、おれはここでビールを一本か二本飲んでいた。三本か、あるいは九本か、そんなことはどうでもいい。誰にも迷惑はかけちゃいない。今日は気持ちの良い一日だった。このままいけば気持ちの良い宵《よい》になりそうだった。そこにおたくがやってきた」。彼は荒々しく手を波打たせた。

「上に行って部屋をさらってみようじゃないか」と私は言った。

彼は両手の拳を前に勢いよく突きだし、堅く握りしめた。しかるのちに両手をさっと開き、指先をできるだけ遠くまで伸ばした。鼻が鋭くひきつっていた。

「仕事中でさえなきゃな」と彼は言った。

私は口を開きかけた。「そいつはもう言うな！」と彼は怒鳴った。

管理人は帽子をかぶったが、上着は着なかった。抽斗を開けて、鍵の束を取り出した。先に立ってドアを開け、そこに立ち、私に向けて顎をしゃくった。その顔はまだ少しばかり荒々しさを浮かべていた。

我々は廊下を歩き、階段を上った。野球の試合は終わり、今はダンス音楽がかかっていた。とてつもない音量のダンス音楽だ。にんじん頭は鍵を一つ選び、それを二〇四号室のドアの鍵穴に差し込んだ。けたたましいダンス・バンドの演奏と張り合うように、背後の廊下を隔てた向かいの部屋から、女がヒステリカルな金切り声をあげた。

にんじん頭は鍵を抜き取り、歯をむき出して私を見た。それから狭い廊下を横切り、向かいの部屋のドアをどんどんと叩いた。長いあいだ激しくノックしなくてはならなかった。ほどなく反応があった。ドアが勢いよく開き、きつい顔をした金髪の女が、血走った目で我々をじっと見た。緋色のスラックスに緑色のセーターを着ていた。片方の目は腫れあがり、もう片方の目も数日前に殴られたらしかった。首にもひとつ傷があった。片手には琥珀色の液体の入った、細長い涼しげなグラスを持っていた。

「静かにしろ。今すぐに」とにんじん頭は言った。「ちょっと度が過ぎるぜ。二度と同じことを言わせないでくれ。この次は警察を呼ぶからな」

若い女は肩越しに後ろを振り返り、ラジオの大音量に抗して叫んだ。「ねえ、デル！

こいつがもっと静かにしろって言ってるよ！　一発かましてやるかい？」

　椅子が軋みを立てた。ラジオの音が一瞬で止み、肉付きの良い、肌の浅黒い男が金髪女の背後に姿を見せた。いやな目をしていた。女を片手で押しのけ、顔を前に突き出した。髭剃りを必要としている顔だった。ズボンをはいて、外用の靴を履いていたが、上はアンダーシャツだけだ。

　彼は両足を戸口に据え、鼻から音を立てて少しばかり息を吐き、言った。

「消えちまいな。おれはさっき昼飯から戻ってきたばかりだ。ろくでもねえ昼飯だった。今のところ、誰からも偉そうな口をきいてほしくねえんだよ」。彼はずいぶん酔っ払っていたが、飲み慣れている男のしっかりした酔い方だった。

　にんじん頭は言った。「言ったことは聞こえたね、ミスタ・ヘンチ？　ラジオの音をもっと低くして、ここでは暴力沙汰は控えてくれ。つべこべ言わずにな」

　ヘンチと呼ばれた男は言った。「いいか、このやろう――」、そして右足をどすんと強く前に踏み出した。

　にんじん頭は左足を踏みつけられないように、素速く引いた。痩せた身体はさっと後ろにさがった。鍵束は背後の床に投げ捨てられ、二〇四号室のドアに音を立ててぶつかった。にんじん頭の右手が敏捷《びんしょう》に動き、革で包んだブラックジャックを取り出した。

　ヘンチは「よし、来い！」と言った。そして二つの毛深い手で、ぐいと大きく空気をすくい取り、堅い拳に固めた。そして強く殴りかかったが、空振りに終わった。

にんじん頭はブラックジャックで相手の頭を打った。女はまた金切り声を上げ、酒のグラスをボーイフレンドの顔に投げつけた。今ならそうしても大丈夫と思ったのか、それとも相手を間違えたのか、判断に苦しむところだ。

ヘンチは顔から酒をしたたらせ、めくら滅法に後ろを向き、つまずきながら前のめりに走って部屋を横切った。一歩ごとに転んで、鼻を床にぶつけそうな具合だった。ベッドは下におろされ、乱れてくしゃくしゃになっていた。ヘンチはベッドの上に片膝をつき、枕の下に手を突っ込んだ。

私は言った。「気をつけろ。銃だ」

「負けちゃいないぜ」とにんじん頭は歯を嚙みしめて言った。そして右手を開いたチョッキの中に滑り込ませた。その手にはもうブラックジャックはなかった。

ヘンチは両膝をついて屈み込んでいた。それから片膝になって身を起こし、こちらを向いた。右手には短い黒い拳銃があった。彼はその銃をじっと見下ろしていた。でもグリップを握ってもいない。ただ手のひらにそれを載せているだけだ。

「銃を放せ！」とにんじん頭は締まった声で言った。そして部屋の中に乗り込んでいった。

金髪女がすかさず彼の背中に飛びかかり、元気良くわめきたてながら、緑のセーターに包まれた長い両腕をにんじん頭の首に巻きつけた。にんじん頭は身をよじり、罵り、拳銃をやみくもに振り回した。

「やっつけちまいな、デル！」と金髪女は金切り声を上げた。「さっさとやっちまいなよ」

ヘンチは片手をベッドに置き、片足を床に下ろし、両膝を折り曲げていた。黒い拳銃は右の手のひらに置かれたままだ。彼はゆっくり重々しく立ち上がり、喉の奥から声を絞り出した。

「これはおれの銃じゃない」

私はにんじん頭の手から銃を取り上げた。そんなものを振り回しても厄介なことになるだけだ。そしてその脇を回り込んだ。金髪女を背中からもぎ離そうと懸命になっている管理人は放っておいた。廊下の奥の方でばたんとドアが閉まる音が聞こえ、足音がこちらに近づいてきた。

「銃を捨てるんだ、ヘンチ」と私は言った。

彼は私を見上げた。その戸惑ったような黒い目からすると、一瞬にして酔いが醒めたようだ。

「これはおれの銃じゃない」と彼は言った。そして手のひらに置いた銃を差し出した。

「おれのはコルトの三二口径。銃身の短いリヴォルヴァーだよ」

私は彼の手から銃を取った。相手は抵抗しようとはしなかった。彼はベッドに腰を下ろしたまま、頭のてっぺんをゆっくりさすっていた。そしてわけがわからないという風に顔をねじった。「いったい、なんでまた——」、声はそのまま消え入るように終わった。彼は頭を振り、途方に暮れていた。

私は銃の匂いを嗅いでみた。発射されている。マガジンを抜き出し、横に開いたいくつもの小穴から、込められた弾丸を数えてみた。六発入っていた。薬室に一発。合わせて七発だ。拳銃はコルトの三二口径、オートマチック。八発装塡できる。誰かが引き金を引いた。もし再装塡されたのでなければ、撃たれたのは一発ということになる。

にんじん頭はなんとか金髪女を背中からふりほどいていた。彼は女を椅子の上に放り出し、頰につけられたひっかき傷を手でさすっていた。その緑色の目は悪意に淀んでいた。

「警察を呼んだ方がいい」と私は言った。「この拳銃は一発発射されている。そして向かいの部屋に死体がひとつ転がっている。自分の目で確かめてくるんだね」

ヘンチは呆《ほう》けた顔で私を見上げ、それから静かな、筋の通った声で言った。「なあ、あんた、何があろうとそれはおれの拳銃じゃないんだよ」

金髪女はどことなく芝居がかった仕草でしくしく泣いていた。そして開いた口を私の方に向けていた。その口は気落ちとまずい演技のせいで、醜くねじれていた。にんじん頭は足音を忍ばせてドアから出て行った。

10

「中口径の拳銃で喉を撃たれている。弾丸は軟弾頭《ソフトノーズ》だ」とジェシー・ブリーズ警部補は言った。「ここにあるのと同じような銃から、ここに込めてあるのと同じような弾丸が発射された」。彼は手の上で銃を踊らせた。ヘンチが自分のものではないと言っている拳銃だ。「弾丸は上に向けて撃たれ、頭蓋骨の裏側にぶつかったんだろう。まだ頭の中に残っているはずだ。死んでから二時間経過している。手と顔は冷たい。しかし身体はまだ温かい。硬直はない。撃たれる前に何か硬いもので頭を一発どやされている。おそらく拳銃のグリップだろう。みなさん、何か思い当たる節はないかね？」

彼が座っている新聞紙ががさがさと音を立てた。彼は帽子を取り、顔を拭い、ほとんど禿げた頭のてっぺんを拭った。頭頂を囲むように残った明るい色の髪は、汗で暗く濡れていた。それからまた帽子をかぶり直した。上が平らになったパナマ帽だった。太陽に焼かれて黒ずんでいる。今年買った帽子ではない。たぶん去年買った帽子でもない。

大きな男で、腹もけっこう出ていた。茶色と白の靴にたるんだ靴下、細い黒のストライプ入りの白いズボン。開襟シャツからはショウガ色の胸毛が少しばかりのぞいている。ジャケットは粗い生地でつくられたスカイブルー、その肩幅は二台入りガレージよりはいくぶん小ぶりかもしれない。年齢はおそらく五十前後で、彼が警官であることをはっきり示すものといえば、そのあまり瞬きしない、静かで揺らぎのない視線だけだった。とても特徴的な淡いブルーの目だ。その凝視は決して無礼になろうとしているわけではないのだが、警官以外の人間なら誰しもそれを無礼だと感じることだろう。その目の下、頬の上から鼻のブリッジにかけて、広い幅のそばかすの帯が走っていた。まるで戦時地図に記載された地雷原みたいに。

我々はヘンチのアパートメントに腰を下ろしていた。ドアは閉まっている。ヘンチは今ではシャツを着て、放心状態で、太くて短い指を使ってネクタイを締めようと努めていた。その指は細かく震えていた。若い女はベッドに横になっていた。緑色の布を頭のまわりに巻きつけ、小さなバッグを脇に置き、リスの毛皮のショートコートを足にかけていた。彼女の口は細く開かれ、顔はショックのために血の気が引いていた。

ヘンチはだみ声で言った。「あの枕の下にあった銃で誰かが撃たれたと思うのなら、それはそれでいい。おそらく実際にそうなのかもしれない。でもあれはおれの銃じゃないし、あれがおれの銃だなんて何があろうと言えないぜ」

「しかし解せない話だな」とブリーズが言った。「誰かがおまえの拳銃を持ち去り、かわりにあれを置いていったと言うのか？　いつ、どうやって？　そしておまえの銃はどんな銃なんだ？」

「おれたちは三時半くらいに何かを食おうということになって、角の安食堂に行った」とヘンチは言った。「調べてもらえればわかる。ドアの鍵をかけないで出たみたいだ。おれたちはちょいと酒を飲んでいたからな。けっこうやかましかったと思う。ラジオで野球を聴いていたんだ。出かけるときにはラジオは切っていったと思う。おまえ覚えてるか？」、彼はベッドに横になっている女の方を見た。彼女は真っ白な顔をして、無言を守っていた。「おまえ覚えてるか、スイート？」

女は彼の方を見もしなかったし、返事もしなかった。

「あいつはへばってるんだよ」とヘンチは言った。「おれの持っていた銃はやはりコルトの三二口径だが、銃身の短いリヴォルヴァーだ。オートマチックじゃない。ゴムのグリップが少し取れている。三年か四年前に、モリスっていうユダヤ人がおれにくれたんだ。バーで一緒に仕事をしていたのさ。所持の許可証は持ってないが、いずれにせよ持ち歩いたりはしなかった」

ブリーズは言った。「おまえらみたいにしょっちゅう飲んだくれていて、枕の下に拳銃なんぞ置いていたら、遅かれ早かれ誰かが撃たれることになる。それくらい考えりゃわかるだろうが」

「だっておれたちは相手の男のことをまるで知らないんだぜ」とヘンチは言った。ネクタイはやっと結べたが、ひどい結び方だった。酔いはすっかり醒めて、身体ががたがた震えていた。立ち上がって、ベッドの足もとにあった上着を取り、それを着て、再び腰を下ろした。彼が細かく震える指で煙草に火をつけるのを、私は見ていた。「あの男の名前さえ知らない。あいつのことは何ひとつ知らないんだ。廊下で二、三度見かけただけだ。でもあいつは話しかけもしなかった。会ったのはたぶん同じ男だと思うよ。それさえ確かじゃない」

「その男はここに住んでいたんだぞ」とブリーズは言った。「その野球の試合は中継じゃなくて、スタジオで再構成したやつだろう?」

「三時に始まった」とヘンチは言った。「三時から始まって四時半か、あるいはもっと遅くまでやっていた。おれたちが外出したのは三回の裏くらいだったと思う。一イニングか、一イニング半くらい外にいた。あるいは二イニングか。時間にすれば二十分か三十分くらいだ。それ以上は留守にしていない」

「彼が撃たれたのは、おまえさんたちが外出する少し前だと思う」とブリーズは言った。「ラジオの音で銃声はほとんど聞こえなくなる。出るとき、ドアの鍵を閉めるのをきっと忘れていったんだな。あるいは開けっ放しだったかもしれない」

「かもしれん」とヘンチは疲れた声で言った。「おまえ、覚えてないか、ハニー?」

ベッドの上の女は相変わらず返事をせず、顔も上げなかった。

ブリーズは言った。「おまえはドアを開けっ放しにしたか、あるいは鍵をかけなかった。殺人者はおまえらが出ていく音を聞いた。やつはおまえのアパートメントに入り、銃を始末しようと思った。ベッドが下ろされているのを見て、枕の下に銃を突っ込もうとした。しかしびっくりしただろうな。なにしろ別の銃がそこに既にあったんだから。だからやつはそれを持って行った。しかしだな、もし銃を始末したければ、どうして殺した現場にそのまま置いていかないんだ？　なんでわざわざ危険を冒して、よそのアパートメントに入らなくちゃならない？　どうしてそんなややこしい真似をするんだ？」

私は窓際の大きなソファの角に座っていたが、そこでひとこと意見を言わせてもらうことにした。「拳銃を始末することを思いついたとき、犯人は既にフィリップスのアパートメントの外に出ていて、ドアはロックされてしまったということじゃないのかな。たぶん人を殺したショックから立ち直ったとき、彼は自分が人を撃ったばかりの拳銃を手に、廊下に立っていることに気づいた。なんとか早くそれを処分しなくちゃならない。そのときドアが開いていて、彼らが廊下を歩いて外に出ていく物音を耳にしていたとしたら——」

ブリーズはちらりと私の方を見て、ぶつぶつと口ごもった。「そうじゃないとは言ってない。いろいろと考えているところだ」。彼はまたヘンチに注意を向けた。「もしそれがアンソンを殺害した銃であるとしたら、おまえの銃の行方を追わなくてはならない。それを調べるあいだ、おまえとそのお嬢さんには署まで来ていただくことになるが、異存はあるまいな」

ヘンチは言った。「そこでこてこてに締めあげられたって、違う話はできないぜ」

「ものは試しってこともある」とブリーズは穏やかな口調で言った。「やってみなきゃわからんだろう」

彼は立ち上がった。振り向いて椅子の上にあったくしゃくしゃの新聞紙を床に払い落とした。そしてドアの方に行った。それから振り向いて、そこに立ったままベッドの上にいる若い女を見た。「あんた大丈夫か？　それとも婦警を呼んでほしいか？」

女は彼に対しても返事をしなかった。

ヘンチは言った。「一杯やりたいぜ。たまらなく」

「おれの見ている前では困る」とブリーズは言って、出て行った。

ヘンチは部屋を横切り、酒瓶を口に突っ込み、音を立ててぐいぐい流し込んだ。瓶を下におろし、残っている量を確かめ、女のところに行った。そして女の肩を押した。

「起きて、一緒に飲めよ」と彼は怒ったような声で言った。

女はじっと天井を見ていた。返事をしなかったし、相手の声が聞こえたような素振りも見せなかった。

「放っておいてやれ」と私は言った。「こたえているんだ」

ヘンチは瓶に残っていた酒を飲み干した。空瓶を注意深く置き、再び女の方を見た。それから女に背中を向け、じっとそこに立ったまま顔をしかめて床を見た。「やれやれ、いろんなことがもっとはっきり思い出せたらな」と小さな声で言った。

ブリーズが部屋に戻ってきた。若々しい顔つきの若い私服刑事と一緒だった。「スパングラー警部補だ」と彼は言った。「彼がおまえたちを署まで連れて行く。さあ、用意をしろ」

ヘンチはベッドに行って、女の肩を揺すった。「起きろよ、ベイビー。おれたち、車に乗らなくちゃならん」

女は顔を動かさずに、目だけを動かし、彼をゆっくりと見た。彼女はベッドから背中を起こし、片手で身体を支え、両脚を回して床に下ろし、立ち上がった。そして右足でとんとんと床を叩いた。まるで足が痺《しび》れてしまったみたいに。

「困ったことになったな。でもまあ、なんとかなるさ」とヘンチは言った。

若い女は手を口許《くちもと》にやり、表情のない目で彼を見ながら、小指の付け根の関節を噛んだ。それから突然手を振り上げて、男の顔を思い切り叩いた。そして小走りにドアの方に向かった。

ヘンチは長いあいだ筋肉ひとつ動かさなかった。外で人々が話すもつれあった声が聞こえた。下の通りから車の騒音が混じり合って聞こえた。ヘンチは肩をすくめ、それから肉厚の背中をまっすぐにし、もう一度ゆっくりと部屋の中を見渡した。もうしばらくは、あるいは永遠に、この部屋を目にすることはあるまいという風に。それから青年顔の刑事の先に立って部屋を出て行った。

刑事が外に出て、ドアが閉められた。外のがやがや声が少し小さくなった。ブリーズと私はそこに腰を下ろし、お互いの顔を見つめあった。

11

少しして、ブリーズは私をじっと見ていることに飽きたらしく、ポケットから葉巻を取り出した。ナイフでセロファンのバンドに切れ目を入れ、先端を少し削った。注意深くそこに火をつけ、炎の中で葉巻をぐるぐると回した。次にまだ燃えているマッチを少し離して手に持ち、虚空を眺め、葉巻を吸い込み、しっかり火がついていることを確認した。

それからゆっくりとマッチを振って火を消し、手を伸ばして窓の敷居に置いた。そして私の顔をあらためてしげしげと見た。

「あんたとおれとはうまくやっていけそうだ」と彼は言った。

「それは何よりだ」と私は言った。

「そうは思っちゃいるまいが、でもそうなるんだよ」と彼は言った。「でもそれは何も、おれがあんたのことを一目で好きになったからじゃない。それがもともとおれの仕事の進め方なんだ。隠しごとは抜き、すべては見通しよく明快かつ穏やかに進める。あの女みたいなのは困る。あれは死ぬまで面倒を求めて生きていく女だ。そしていざ面倒を見つけると、それはいつだって、彼女が簡単に爪を身体に食い込ませることのできる手近な男のせいになっちまうんだ」

「あの男は彼女の目に二つばかりあざをつけた」と私は言った。「そんなことをされて女の愛が深まるわけはない」

「ほほう」と彼は言った。「あんたも女についてはかなりの知識があるようだ」

「女について多くを知らないことが、この商売の役に立ってきた」と私は言った。「ものごとをオープンに受け入れる性格でね」

彼は肯き、葉巻の先端を点検した。ポケットから紙片を取り出し、それを読んだ。「デルマー・B・ヘンチ、四十五歳、バーテンダー、現在失業中。メイベリン・マスターズ、二十六歳、ダンサー。連中についてわかっているのはそれくらいだ。おれの勘では、それだけわかれば十分だろう」

「アンソンを撃ったのはやつじゃないと思っているんだね？」と私は尋ねた。

ブリーズは面白くもなさそうに私を見た。「ここにある名刺によれば」、彼は名刺をポケットから取り出し、読み上げた。「ジェームズ・B・ポラック。リライアンス損害保険会社　調査員。いったい何のつもりだ？」

「このあたりじゃ本名を使うのは剣呑《けんのん》だ」と私は言った。「アンソンも本名を使っていなかった」

「このあたりの何がいけないんだ？」

「ほとんど何もかもが」と私は言った。

「おれが知りたいのはだな」とブリーズは言った。「死んだ男について、あんたがどれほどのことを知っているかだ」

「そいつはもう話したよ」

「もう一度言ってくれないか。みんなの口からいろんな話を聞くものだから、頭の中がごっちゃになっちまうんだ」

「私は彼の名刺に書かれていることしか知らない。名前はジョージ・アンソン・フィリップス、私立探偵と自称している。ランチをとりに出たとき、彼はうちの事務所の外にいた。そしてダウンタウンまでつけてきて、メトロポール・ホテルのロビーに入ってきた。私がそこに誘い込んだんだ。問い詰めると、彼は自分が尾行してきたことを認めた。それは、自分とチームを組める程度に私の頭が働くかどうかを見極めるためだったと言った。もちろん嘘っぱちだ。たぶんどうすればいいのか自分ではわからなくなって、誰かに判断してもらいたかったのだろう。彼は依頼を受けていたが――本人はそう言っていた――びくついていて、誰かと組んで仕事をしたいと思っていた。できることなら、自分より経験を積んだ誰かと。彼の仕事ぶりは、とても経験豊かという代物ではなかったからね」

ブリーズは言った。「そしてあんたを選んだ理由は、ただ六年前に、彼がヴェンチュラで保安官事務所に勤務していた頃、仕事で関わったことがあったからだと」

私は言った。「それが私の言わんとするところだ」

「でもいつまでもそいつに固執する必要はないんだぜ」とブリーズは静かな声で言った。

「もう少しまともな話を思いついたら教えてもらいたいね」

「それでじゅうぶんまともに思えるが」と私は言った。「真実はたいてい嘘っぽく聞こえるものだという文脈においては、筋はしっかりと通っているじゃないか」

彼は大きな頭をゆっくりと縦に振った。

「いったいどういうことなんだ？　あんたの考えをひとつ聞かせてくれ」と彼は言った。

「フィリップスの事務所を調べてみたか？」

彼は首を横に振った。ノー。

「そうすれば、彼が雇われたのは、ただ頭が単純にできていたためだとわかるはずだ。彼は偽名でここに部屋を借りるように言われた。そしてあることをやれと言われたんだが、それはあまり好ましく思えないことだった。それで肝を冷やしてしまった。彼は味方を必要とし、助けを必要としていた。ずいぶん昔のことなのに、また私のことなどろくに知らなかったのに、私にすがってきたというのは、探偵商売の業界にあまり多くの知り合いがいなかったことを示している」

ブリーズはハンカチーフを出して、頭と顔の汗をもう一度拭った。「でもそれは、なぜ迷った子犬みたいに、あんたをはるばるつけまわさなくちゃならなかったかということの説明になっていないぜ。まっすぐ歩いてあんたの事務所にやってくれば、それで話は済むことだ」

「たしかに」と私は言った。「その説明にはなっていない」

「そこの説明はしてもらえないのかな？」

「いや、その説明はできないんだ」

「ちょっとでも試してみたら？」

「できるだけの説明は既にしたよ。彼は私に話をもちかけたものかどうか、迷っていたんだ。何かが起こって、それが自分を決断させてくれることを待っていた。私はこっちから話しかけることで、その決断をさせてやった」

ブリーズは言った。「そいつはとてもシンプルな説明だね。シンプルすぎて実に胡散臭い」

「そう言われても仕方ない」

「その小さなホテルのロビーでの会話の結果、見ず知らずの他人が、自分のアパートメントにあんたを誘い、鍵まで渡してくれた。それというのも、あんたに折り入って相談があったからだ」

私は言った。「そのとおり」

「どうしてその場で話さなかったんだろう？」

「私には約束があったからだ」と私は言った。

「仕事か？」

私は肯いた。

「なるほど。どんな仕事をしていたんだね？」

私は首を横に振り、黙っていた。

「これは殺人事件なんだ」とブリーズは言った。「教えてもらわなくては困る」

私はもう一度首を振った。彼は頬をわずかに赤らめた。

「なあ」と彼は硬い声で言った。「話してもらわなくちゃならんぞ」

「申し訳ないのだが」と私は言った。「ここまでの成り行きを見る限り、私にはそうは思えない」

「もちろんご存じだろうが、あんたを重要証人としてぶち込むことだってできるんだぜ」と彼はさりげない口調で言った。

「その根拠は？」

「あんたが死体を発見したというのがその根拠だ。管理人に偽名を告げたし、死んだ男との関係について満足のいく説明ができなかった」

私は言った。「本気で言ってるのか？」

彼はすさんだ笑みを顔に浮かべた。「弁護士はついているか？」

「弁護士は何人か知っているが、顧問弁護料を払って契約しているわけじゃない」

「個人的に知っている警察監督官《コミッショナー》は何人くらいいる？」

「一人もいない。つまり、三人と話したことがあるが、相手は私のことなど覚えていないかもしれないということだ」

「しかし市庁舎の上の方とか、どこかに有力者の知り合いはいるだろう？」

「もし誰かいたら、紹介してもらいたいくらいだ」と私は言った。

「そいつはなかろう」と彼は身を乗り出すようにして言った。「あんたにだって一人くらいはコネはあるはずだ。なくちゃ嘘だぜ」

「保安官事務所に一人良い友だちがいる。でもできれば彼をこの事件に引き込みたくはないんだ」

彼は眉をつり上げた。「どうしてだ？　きっとこの先、友人を必要とすることになるぜ。おれたちが信頼するに足ると思う警官からの一言があれば、そいつはかなり役に立つと思うがな」

「個人的な友人なんだ」と私は言った。「厄介をかけたくない。もし私が面倒に巻き込まれたら、それは彼のためにならない」

「殺人課はどうだね？」

「ランドールがいる」と私は言った。「まだ本署の殺人課にいればだが。一度ある事件で少しばかり関わり合いになった。でも彼は私のことをそれほど好ましくは思っていないだろうな」

ブリーズはため息をつき、床に置いた両足を動かし、さっき椅子からはたき落とした新聞紙をがさごそとこすった。

「それはほんとに正直なところなのか？　それとも抜け目なく手の内を隠しているってことか？　その、有力なコネみたいなのはまるでなしっていう話は」

「正直なところだ」と私は言った。「でも正直さの用い方にかけては、私はそれなりに抜け目がない」

「そこまで言っちまうのは抜け目ないとは言えまい」

「そうでもないいさ」

彼はそばかすだらけの大きな手で顔の下半分を包み、きつくつまんだ。その手をどかせたとき、頬の上には丸い指のあとが赤くなって残っていた。そのあとがだんだん薄れていくのを私は眺めていた。

「おとなしくうちに帰って、あとは警察にまかせろ」と彼は面白くもなさそうに言った。

私は立ち上がり、肯き、ドアに向かった。ブリーズが私の背中に声をかけた。「あんたの自宅の住所を教えてくれ」

私は住所を教えた。彼はそれを書き留めた。「じゃあな」と彼は冴えない声で言った。「この街から離れるんじゃないぜ。供述書が必要になる。あるいは今夜のうちにも」

私は外に出た。階段の踊り場には二人の制服警官が立っていた。向かいのドアは開いていて、指紋採取係が一人、中でまだ仕事をしていた。階下の廊下に警官があと二人立っていた。一人ずつ両端に控えている。にんじん頭の管理人の姿は見えなかった。私は正面玄関から外に出た。一台の救急車が道路脇から離れていった。道路の両側には人だかりができていた。ある種の地域において集まる野次馬ほどたくさんの数ではなかったが。

私は人を押しのけるようにして歩道を歩いた。一人の男が私の腕を摑んで言った。「よう、いったい何があったんだ？」

私は何も言わず、相手の顔も見ず、その手を振り払い、そのまま車を駐めてあるところまで歩いた。

12

私がオフィスに入り、明かりをつけ、床に落ちていた紙片を拾い上げたのは七時十五分前だった。それはグリーン・フェザー宅配便からの通知で、私宛ての小包があり、連絡してもらえれば昼夜を問わずいつでもお届けすると書いてあった。私はその紙片を机の上に置き、上着を脱ぎ、窓を開けた。オールド・テイラーのハーフボトルを机の深い抽斗から出し、ぐいと短く一口飲み、舌の上を転がした。それから腰を下ろし、ひやりとしたボトルの首を握り、もし私が殺人課の刑事で、床に転がった死体を目にしてもまったく心乱れず、ドアノブについた指紋を拭ってから部屋をこっそり出て行く必要もなく、依頼人に迷惑をかけずに済むには事情をどこまで明かしていいか、あるいは自分をそれほど不利な立場に置くことなく事情をどこまで伏せておけるかなんてことを斟酌《しんしゃく》する必要もなかったとしたら、どんなものだろうと想像してみた。殺人課の刑事にはなれそうにないというのが私の結論だった。

私は電話を引き寄せ、紙片に書かれている番号を回した。荷物はすぐにでも配達できるということだった。ここで待っていると私は言った。

外はもう暗くなり始めていた。ラッシュ時の車の騒音はやや静まったものの、開けた窓から入ってくる風は、まだ涼しい夜風とは言いがたく、そこには一日の終わりにつきものの埃っぽい、くたびれた匂いが含まれていた。自動車の排気ガス、壁や歩道から放射される陽光の余韻、無数のレストランから立ち上る料理の匂い、そしておそらくは――もしあなたが猟犬並みの鋭い嗅覚を持っていればだが――ハリウッドの丘の上の住宅地から漂い降りてくる、あの独特の匂いを嗅ぎとることもできるだろう。暖かい気候の中でユーカリの木が発する、雄猫のような、あの独特の匂いだ。

私はそこに座って煙草を吸っていた。十分後にノックが聞こえ、ドアを開けると制帽をかぶった少年がいて、私のサインを求め、引き替えに小さな四角の包みをくれた。サイズはせいぜい縦横五センチあまり。私は少年に十セントを与え、彼が口笛を吹きながらエレベーターまで歩いて戻っていくのに耳を澄ませていた。

ラベルには私の名前と住所がインクで書かれていた。タイプされた文字をなかなかうまく真似た書体だ。12ポイントの活字よりは大きくて細い。私はラベルを箱にとめていた紐を切り、茶色の薄紙をはがした。中身は安物の薄いボール紙の箱だった。箱には茶色の紙が貼られ、「メイド・イン・ジャパン」というゴム印が押されていた。日本人の経営する店で小さな彫り物の動物や、小さな翡翠《ひすい》を買ったりすると、それを入れてくれるような箱だ。蓋は下まであって、ぴったりしまっていた。開けてみると、中にはティッシュペーパーと生綿《きわた》が見えた。

その中から金貨が出てきた。五十セント硬貨くらいの大きさで、造幣局から直行してきたみたいにぴかぴかで、眩しく光っていた。

私に向いている方の側には、羽を広げている鷲の姿があった。鷲の胸のところには盾があり、左の翼にはE・Bというイニシャルが刻印されている。そのまわりに玉飾りが巡らされ、玉飾りとぎざぎざのないつるりとしたコインの縁の間には、E PLURIBUS UNUM（「多数からひとつに」の意味。米国のかつてのモットー）という銘が刻まれている。その下には１７８７という製造年が記してあった。

私は手のひらの上でそれを裏返してみた。コインは重く冷たく、その下で私の手のひらはじっとり湿っているように感じられた。裏側には太陽が描かれていた。険しい山頂の後ろから昇ってくる、あるいはそこに沈もうとしている太陽だ。それから樫の葉のようなものでできた二重の輪があった。そして再びラテン語の銘。NOVA EBORACA COLUMBIA EXCELSIOR（ニューヨーク、アメリカ、より高く）。こちら側のいちばん下には小さい大文字で BRASHER という名前が刻まれていた。

私が目にしているのはブラッシャー・ダブルーンだった。

箱の中にも、包装紙の中にも、他には何も見当たらなかった。手書きの活字体は私に何も手がかりを与えてくれなかった。そんな字を書く人間を私は一人も知らない。

　私は煙草を入れる小袋《パウチ》を半分ばかり煙草の葉で満たした。コインをティッシュペーパーで包み、その上から輪ゴムをかけ、それをパウチの葉の中に押し込んだ。そしてその上にまた煙草の葉を入れた。パウチのジッパーを閉め、ポケットに入れた。包装紙と箱と紐とラベルは書類キャビネットに入れて鍵をかけた。それから腰を下ろし、イライシャ・モーニングスターの電話番号を回した。電話の向こうでベルが八回鳴った。誰も出なかった。予測されたことではあったが。私は受話器を置き、電話帳でイライシャ・モーニングスターを調べてみたが、ロサンジェルス市内にも、あるいはその電話帳が扱っている近郊地域にも、彼の自宅電話は登録されていなかった。

　机の中からショルダー・ホルスターを取り出し、身につけ、コルトの三八口径オートマチックを突っ込んだ。帽子をかぶり、上着を着て、再び窓を閉めた。ウィスキーを抽斗に戻し、明かりを消し、ドアの掛けがねを外したところで、電話のベルが鳴り出した。

　ベルの鳴り方は不吉だった。でもそれはベルそのもののせいではない。聴く耳の問題なのだ。私はそこに立ち、身体をこわばらせ、じっと息を詰めていた。唇を堅く嚙んでいた。曖昧な笑みを浮かべるみたいに。閉じた窓の外にはネオンが光っていた。空気は死んだように動かなかった。外の廊下はしんと静まりかえっていた。暗闇の中でベルは鳴り続けた。揺らぎなく、力強く。

戻って、机の上に身を屈め、受話器を取った。ぷつんという音がして、あとはぶーんというなりになった。それから何も聞こえなくなった。私は電話機の受けボタンを指で押し下げ、暗闇の中に身を屈めるようにして立っていた。片手に受話器を持ち、もう片方の手で受け台を押さえ続けた。何を待っているのか、自分でも定かではなかった。

再び電話のベルが鳴った。私は喉の奥で小さく唸り、受話器をもう一度耳にあてた。一言も発しなかった。

双方が沈黙を守った。二人の間には何マイルもの距離があるのだろう。どちらも受話器を握り、息を殺して耳を澄ませている。でも何も聞こえない。息づかいの音さえ。ひどく長い時間が経ったような気がした。遙か遠くでこっそりとした囁《ささや》きが聞こえた。その声は不明瞭で、抑揚を欠いていた。

「気の毒したな、マーロウ」

そして再び電話が切れた。ぶーんというなり。受話器を置くと、私はもう一度部屋を横切って外に出た。

13

サンセット通りを西に向かった。二、三ブロック適当に車を走らせてみたが、誰かがあとをつけているかどうか、そこまではわからなかった。ドラッグストアの前に車を停め、電話ボックスに入った。五セント貨を入れ、パサデナに繋いでほしいと交換手に言った。必要な料金を彼女は教えてくれた。

電話口に出た声は険があり、冷ややかだった。「ミセス・マードック宅です」

「フィリップ・マーロウだが、ミセス・マードックをお願いしたい」

待つように言われた。柔らかいが、とてもクリアな声が言った。「ミスタ・マーロウですか？ ミセス・マードックはお休みになっています。ご用件をお聞かせいただけますか？」

「君は彼に話を漏らすべきじゃなかったな」

「私が――誰に――？」

「君が涙したハンカチーフの持ち主である、あのへなへな男だよ」

「まあ、なんていうことを」

「いいからミセス・マードックを電話に出してくれ」と私は言った。「大事な用件なんだ」

「わかりました。やってみます」。そのソフトな声は立ち去り、私はそのまま長い時間待った。みんなで彼女をクッションの上に担ぎ起こし、灰色の堅い手で握りしめられたポートワインの瓶をもぎ取り、受話器を握らせるためにそれだけの時間がかかったのだろう。出し抜けに咳払いが聞こえた。トンネルの中を貨物列車が通り抜けるようなすさまじい音だった。

「こちらはミセス・マードック」

「今朝話していた物件を見分けることはできますか、ミセス・マードック？　つまり同じようなものの中から、それを特定できるかどうかということですが」

「つまり——同じようなものが他にもあるということ？」

「あるはずです。何ダースも、あるいは何百も。どれほどかはわかりません。おそらくはダース単位でしょう。どこにそういうものがあるか、そこまではもちろんわかりませんが」

彼女は咳をした。「コインのことはあまりよく知らないのです。そうなると、それを特定することはむずかしいかもしれない。しかし状況を見れば——」

「それがまさに私の言わんとするところです、ミセス・マードック。物件を特定するには、それがあなたのところに到達するまでの来歴を辿ることが必要になりそうです。少なくとも人を納得させるためには」

「ええ、たぶんそういうことになるでしょうね。でもどういうことかしら？　それがどこにあるか、あなたは知っているのですか？」

「モーニングスターはそれを目にしたと言っています。自分のところにそれを売りに来たものがいると。あなたが想像されたように。彼には買う気はなかった。彼の話によれば、売りに来たのは女ではなかったということです。しかしそんなことはあてにはなりません。彼が教えてくれたその男の細かい特徴は、まったくのでっち上げか、あるいは彼が比較的よく知っている関係のない男の特徴か、そのどちらかです。だから売り手は女だったかもしれない」

「なるほど。しかしそれはもう重要な問題ではありません」

「重要じゃない？」

「そうです。他に報告するべきことは？」

「もうひとつ質問があります。あなたはジョージ・アンソン・フィリップスという金髪の若い男をご存じですか？　わりにがっしりした体格で、茶色のスーツを着て、明るい色のバンドをつけたポークパイ・ハットをかぶっています。少なくとも今日はそいつをかぶっていた。私立探偵を自称しています」

「知りません。なぜ私がその人を知っていなくちゃならないのですか？」

「わかりません。途中から話に絡んできたのです。どうやら彼が物件を売りに来た男のようだ。私が立ち去ったあと、モーニングスターは彼に電話をかけました。私は彼のオフィスに密やかに忍び戻り、聞き耳を立てていたのです」

「なにをしたって？」

「密やかに忍び戻った」

「いちいち凝った表現を使う必要はありません、ミスタ・マーロウ。他には？」

「私はモーニングスターに千ドル払う話をまとめました。そのもの――その物件を取り戻すためにです。彼はそれを八百ドルで買いとることができると言うもので……」

「それであなたはどこでそのお金を調達するつもりなの？」

「ただ、そういう話をしただけです。このモーニングスターという人物は、実に食えないやつなのです。金をちらつかせないと、話が前に進みません。それにひょっとしたらあなたはそれを買い戻したいと思うかもしれない。あなたを説得するつもりは私にはありません。そうしたければ、いつでも警察に連絡することはできます。しかし警察を巻き込みたくないのであれば、それが物件を回復する唯一の手段になるかもしれません。買い戻すことが」

もし彼女が、まるでアシカが吠えるような声で遮らなかったら、私はおそらくこういう会話を、自分でも行く先のわからないまま、ただのらくらと続けていたことだろう。

「そんなことはもうどうでもいいのよ、ミスタ・マーロウ。この件はもう終わりにします。コインは無事に私のところに戻ってきましたから」

「そのまま少し待っていただけますか?」と私は言った。

私は受話器を棚の上に置き、電話ボックスのドアを開けて、頭を外に突き出し、彼らがドラッグストアの空気として用いているものを、胸に思い切り吸い込んだ。誰も私には注意を払っていなかった。正面には淡いブルーのスモックを着た薬剤師がいて、葉巻カウンター越しにおしゃべりをしていた。カウンター係はソーダ売り場でグラスを磨いていた。スラックスをはいた二人の少女がピンボールで遊んでいた。黒いシャツに淡い黄色のスカーフを巻いた、痩せて背の高い男が、雑誌棚の雑誌をぱらぱらと繰っていた。ガンマンには見えない。

私は電話ボックスのドアを閉め、受話器を取り上げ、言った。「ネズミが私の足を齧っていましてね。でももう大丈夫です。物件はもう取り戻したとあなたはおっしゃった。それはなによりです。でもどうやって?」

「あなたがあまり失望しなければいいのですが」と彼女はしっかりしたバリトンの声で言った。「状況はいささか込み入っています。説明をしてあげられるかもしれないし、してあげられないかもしれない。明日の朝こちらに来てもらえるかしら。何にせよこれ以上の調査は不要です。前渡し金はそのままとっておいてけっこうです」

「ひとつはっきりさせてください」と私は言った。「あなたはそのコインを実際に手にしているのですか？　単にそう約束されただけではなく」

「ただの約束じゃありません。私はくたびれました。そろそろこれで——」

「ちょっと待ってください、ミセス・マードック。話はそれほど簡単には済みません。いろんなことがあったのです」

「明日の朝にその話は聞きましょう」と彼女は鋭い声で言い、電話を切った。

私は電話ボックスを出て、太い不器用な指で煙草に火をつけた。そして店を通り抜けて戻った。今では薬剤師は一人になり、小さなナイフで鉛筆を削っていた。すごく真剣な顔つきで、眉をひそめて。

「とても素敵な尖った鉛筆だね」と私は言った。

彼はびっくりしたように顔を上げた。ピンボールで遊んでいた少女たちもびっくりして顔を上げた。私はそのまま進んで、カウンターの背後の鏡で自分の顔を見た。私自身びっくりしているように見えた。

私はカウンターのスツールのひとつに座り、言った。「スコッチのストレートをダブルで」

カウンターの店員は驚いたようだった。「すみませんが、ここはバーじゃないんです。リカー・カウンターでボトルを買うことはできますが」

「そうかい」と私は言った。「いや、そのとおりだ。私はショックを受けていてね。頭が少しうわついているんだ。コーヒーをもらおう。ろくに味のしないやつを。それから紙のように薄いハムと、黴臭くなりかけたパンで作ったサンドイッチを。いや、食べるのもまだ無理かもな。それでは」

私はスツールを降り、沈黙のうちにドアまで歩いた。しかしその沈黙は一トンの石炭が傾斜路《シュート》を落ちてくるくらい騒がしいものだった。黒いシャツと黄色いスカーフの男が「ニュー・リパブリック」（政治・文化記事を扱う硬派週刊誌。一九一七年創刊）ごしに、冷ややかな目で私を見ていた。

「そんなちゃらちゃらした雑誌はやめて、もっとしっかり歯応えのあるものを読んだらどうだね？　パルプ・マガジンとか」と私は彼に言った。あくまでフレンドリーに。

私は店を出た。私の背後で誰かが言った。「ハリウッドにはああいうのが山ほどいるんだ」

14

風が吹き始めていた。乾いた、ひりひりした肌触りの風で、それは樹木のてっぺんを揺さぶり、道路のアーク灯を傾がせ、流れゆく溶岩のような影を路上に作っていた。私は車のエンジンをかけ、再び東に車を走らせた。

その質屋はサンタモニカ通りの、ウィルコックス街の近くにあった。古風でひっそりとした小さな店で、ひたひたと寄せる時の流れにほどよく洗われていた。正面のウィンドウには、およそ人が思いつく限りの品物が並んでいた。薄い木箱に入った鱒《ます》釣りの毛鉤《けばり》セットから、ポータブルのオルガン、折りたたみ式の乳母車から、四インチのレンズのついたポートレイト用写真機、色あせたビロードのケースに入った真珠母《しんじゅぼ》をあしらった柄付きオペラグラスから、四四口径のコルト・シングルアクション・フロンティアモデルに至るまで。この拳銃は西部の法執行官たちのためにまだ製造されている。彼らは祖父たちから、引き金を押さえたまま、撃鉄を平手打ち連射《ファニング》する方法を教わったのだ。

私はその質屋に入った。頭上でじゃらじゃらとベルが鳴った。奥の方で誰かが足を引きずり、鼻をかむ音がした。丈の高い黒いスカル・キャップをかぶった年老いたユダヤ人がカウンターの背後に現れ、老眼鏡の上から私に微笑みかけた。

私はきざみ煙草のパウチを取り出し、そこからブラッシャー・ダブルーンを出してカウンターの上に置いた。正面の窓は透明なガラスで、私は自分が丸裸になったような気がした。閉めると自動的にロックされるドアがついた、手彫りの痰壺のあるパネル張りの小房みたいなものも見当たらなかった。

ユダヤ人はコインを手に取り、手のひらに載せて持ち上げた。「金《きん》ですな。庭にたっぷり埋めておられるとか」と目を煌めかせながら言った。

「二十五ドルほしい」と私は言った。「女房と子供たちが腹を空かせているものでね」

「ほう、そりゃ大変だ。重さからすれば、どうやら金のようだ。これだけずしりとくるのは金か、それともプラチナくらいだ」。彼は小さな秤にそれをひょいと載せた。「確かに金だね」と彼は言った。「それで十ドルほしいとおっしゃったのかな？」

「二十五ドルだよ」

「二十五ドルも出したら、商売あがったりだよ。売るにしたって、ここに含まれた金の値打ちはせいぜい十五ドルだ。よろしい。十五ドルだそう」

「しっかりした金庫はあるんだろうね？」

「ミスター、この世の中で、質屋に預けとくくらい安全なことはありゃしません。何ひとつ心配することはない。十五ドルで決まりだね？」

「質札をくれ」

彼はそれを書いてくれた。部分的にペンで、部分的に舌で。私は本名と自宅の住所を教えた。ハリウッド、ノース・ブリストル・アヴェニュー一六二四番地、ブリストル・アパートメント。

「そんなけっこうなところに住んでいて、十五ドル借りたいっていうのかね？」とユダヤ人は悲しそうに言った。そして半券をちぎり、金を数えた。

私は角のドラッグストアに歩いて行き、封筒を買って、ペンを借りた。そして質札を私自身にあてて郵送した。

空腹だったし、中身が空洞になったような気がした。食事をするためにヴァイン・ストリートに行った。そのあとまたダウンタウンに戻った。風はまだ強く吹いていて、空気は前より乾燥していた。ハンドルは指の下でざらつき、鼻の内側には硬く引きつった感触があった。

高いビルの窓は明かりが灯っていたり、灯っていなかったりした。九番街とヒル・ストリートの角にある、緑色とクロムで装飾された衣料品店は、煌々と明かりが灯っていた。ベルフォント・ビルディングでは、明かりのついている窓は数えるほどしかなかった。この前と同じくたびれた老人がエレベーターの中で、畳んだ粗布の上に腰を下ろし、虚ろな目でただまっすぐ前を眺めていた。そのまま歴史に吸い込まれようとしているように見えた。

私は言った。「どこに行けばこのビルの管理人に会えるか教えてもらえるだろうか？」

彼はゆっくり首を曲げ、私の肩越しに目をやった。「ヌーヨークではとんでもなく速いエレベーターがあるそうな。三十階くらいひゅっと行っちまうらしい。高速エレベーター。ヌーヨークにあるそうな」

「ニューヨークなんてどうでもいい」と私は言った。「私はここが好きなんだ」

「そういう速いやつを運転するには、さぞや立派な人が必要なんだろうね」

「冗談を言っちゃいけないよ、おやじさん。そういうのを運転する可愛いエレベーター・ガールは、ただボタンを押すだけでいいんだよ。『おはようございます、なんとかさん』とか言って、エレベーターの鏡でつけぼくろを確かめながらね。でもあんたが扱っているのは昔ながらの律儀なエレベーターだ。そういうものを動かすには男手が必要なんだ。それで満足したかね？」

「わしは一日十二時間働いている」と彼は言った。「そしてこの仕事についていることを喜んでいる」

「その言葉は組合には聞かせない方がいいね」

「組合に何ができるか知っておるかね」。私は首を横に振った。彼は私に教えてくれた。

それから目をそろそろと下におろし、私をほとんどまっすぐ見た。「前にどこかであんたにお目にかかったかな？」

「ビルの管理人のことを尋ねたんだが」と私は優しく言った。

「かなり前に彼は眼鏡を割ったことがあって」と老人は言った。「わしはあやうく笑いそうになったよ。もうちょっとで笑っちまうところだった」

「わかった。それでこの時刻、どこに行けば彼と話ができるのかな？」

彼はもう少しまっすぐ私を見た。

「ああ、ビルの管理人か。もう家に帰ってるよ。そうだろ？」

「そうだよな。たぶん。あるいは映画を見に行ったか。でも家はどこなんだね？　彼の名前は？」

「何か用事があるのかね？」

「そうだよ」私は叫び出さないように、ポケットの中で拳を握りしめた。「私はここのテナントの一人の住所が知りたいんだ。私が知りたいテナントの住所は電話帳に載ってないんだよ。自宅の住所がね。オフィスにいないときにどこに彼がいるのか、それが知りたいんだ。わかるだろう、自宅《ホーム》だよ」。私はポケットから手を出し、空中に家のかたちを作り、ゆっくりとH‐O‐M‐Eと字を書いた。

老人は言った。「どのテナントだね？」、あまりにはっきりした反応だったので、私はぎくりとした。

「ミスタ・モーニングスターだよ」

「あの人なら自宅には帰っておらん。まだオフィスにいるよ」

「確かかね？」

「もちろん確かだとも。わしはあまり人の顔は覚えんのだが、あの人はわしと同じ年寄りだから、わかる。まだ下に降りとらんよ」

私はエレベーターに乗り込み、「八階を」と言った。

ドアを閉めるのが一苦労だった。それからよたよたと上に向かった。彼はもう私の方に目をやらなかった。エレベーターが停止し、私が降りたときも、何も言わなかった。虚ろな目をして、木の丸椅子に敷いた粗布の上に腰掛け、身を前に屈めているだけだった。私が廊下の角を曲がったときも、老人はまだそこにじっとしていた。顔にはまた呆けたような表情が戻っていた。

廊下の突き当たりの二つのドアには明かりが灯っていた。目に見えるかぎりでは、その他に明かりのついたドアはなかった。私はその前で立ち止まり、煙草に火をつけ、耳を澄ませた。しかし人の気配はまったく聴き取れなかった。「入り口」というドアを開け、蓋の閉まったちっぽけなタイプライター用の机のある狭いオフィスに足を踏み入れた。奥に通じる木製のドアはやはりわずかに開いたままになっている。そこまで歩いて行って、ドアをノックし、「ミスタ・モーニングスター」と呼びかけてみた。

返事はない。沈黙があるだけだ。息づかいさえ聞こえない。首筋がひやりとした。私はドアを回り込んだ。天井の明かりが、宝石商用の秤にかぶせられたガラスの蓋や、革製のデスクトップのまわりの、磨き込まれた木部を光らせていた。そして机の脇を照らし、先端が角ばって、サイドがゴムになっている黒靴の片方を、またその上の白い木綿の靴下を照らしていた。

靴は奇妙な角度にねじれ、先端は天井の隅を向いていた。脚の本体は巨大な金庫の裏にあった。その部屋に足を踏み入れる私の格好は、泥の中を歩く人のようだった。

彼はくしゃりと崩れた格好で仰向けになっていた。どこまでもひとりぼっちで、どこまでも死んでいた。

金庫の扉は開いて、鍵は内側の仕切りの鍵穴にささったまま、金属製の抽斗が引き出され、中身は空っぽだった。そこには現金が入っていたのかもしれない。

それ以外には、部屋の様子に前と変わったところはなさそうだった。

老人のポケットは裏返しにされていた。しかし私は身を屈め、鈍い紫色になった顔に手の甲をあてた以外には、彼の身体には一切触れなかった。蛙の腹に手を当てたような感じがした。こめかみを殴打されたらしく、そこに血が滲んでいた。しかし今回、硝煙の匂いはなかった。皮膚が紫色になっているところを見ると、死は心臓麻痺によってもたらされたものだ。おそらくはショックと恐怖によるものだろう。とはいえ、殺人であることに変わりはない。

明かりはつけたままにしておいた。ドアノブの指紋を拭き取り、非常階段を六階まで降りた。これという理由もなく、私は歩きながらドアの名前を読み上げていった。H・R・ティーガー歯科工房、L・プリッドヴュー公認会計士、「ダルトン&リーズ」タイプライティング・サービス、ドクターE・J・ブラスコヴィッツ、その名前の下には小さな書体で「カイロプラクティック療法士」とある。

エレベーターががたごとと上がってきて、老人はこちらの顔も見なかった。老人の顔は私の脳味噌と同じくらい空白だった。

私は角の公衆電話から救急病院に電話をかけた。こちらの名前は伏せて。

15

象牙でできた赤と白のチェスの駒たちは、整然と列をなして準備をととのえていた。ゲームが開始されるとき、彼らはいつもそういう鋭く、戦意盛んな、含みのある顔つきをしている。アパートメントに帰ったのは、夜の十時だった。私は口にパイプをくわえ、脇に酒のグラスを置いていた。心にかかることといえば、二件の殺人と、私の手中にブラッシャー・ダブルーンがしっかり収まっている一方で、ミセス・エリザベス・ブライト・マードックがどうやってそれを取り戻せたかという謎だけだった。

私はチェスのトーナメント試合の小さな軽装本を開いた。ライプチヒで刊行された本だ。そして颯爽《さっそう》とした見かけの、クイーンズ・ギャンビット（ポーンを捨て駒にして有利な位置をとる序盤作戦）の試合を選んだ。白のポーンをクイーンの4に進めた。そのときドアのベルが鳴った。

私はテーブルの向こうにまわり、デスクの袖板の上からコルトの三八口径を手に取った。それを右脚の脇に付けて持ち、戸口に向かった。

「誰だ？」

「ブリーズ」

私はデスクに戻り、銃を元に戻し、それからドアを開けた。ブリーズがそこに立っていた。前と同じように大柄でのっそりと。しかし前よりくたびれて見えた。スパングラーという童顔の若い刑事も同行していた。

二人はさりげなく私を部屋に押し込んだ。スパングラーがドアを閉めた。彼の若々しい目は四方に向けられながら、まぶしく輝いていた。その一方でブリーズのより年老いてより厳しい目は、長い間まっすぐ私の上に注がれていた。それから彼は私のそばを抜けてソファのところに行った。

「奥を調べろ」と彼は口の端で言った。

スパングラーはドアを離れ、部屋を横切り、略式食堂《ディネット》に行ってそこを見渡し、また部屋を横切って戻り、廊下に行った。浴室のドアが音を立て、彼の足音は更に先まで行った。

ブリーズは帽子を脱ぎ、半ば禿げ上がった頭の汗を拭った。遠くの方でドアが開けられ、また閉められた。クローゼットを調べているのだろう。スパングラーが戻ってきた。

「誰もいない」と彼は言った。

ブリーズは肯き、腰を下ろした。パナマ帽を脇に置いた。

スパングラーはデスクに置かれた私の拳銃を見た。彼は言った。「見せてもらってかまわないかな？」

私は言った。「やなこった、と言いたいがね」

スパングラーは銃のところまで歩いて行って、銃口を鼻につけ、匂いを嗅いだ。マガジンを抜き出し、薬室に入っていた弾丸を排出した。それを手にとって、マガジンに押し込んだ。マガジンをデスクの上に置き、開いた銃尾から明かりが入るように銃をかざした。そうやって目を細めて銃身をのぞき込んだ。

「少し埃がたまっている」と彼は言った。「たっぷりじゃないが」

「何を期待していたんだ？」と私は言った。「ルビーが詰まっているとでも？」

彼は私を無視し、ブリーズの方を見て付け加えた。「この二十四時間、銃は使われていません。そいつは確かだ」

ブリーズは肯いて唇を嚙み、私の顔をまじまじと見た。スパングラーは慣れた手つきで銃を組み立て直し、脇に置いて、腰を下ろした。煙草を口にくわえ、火をつけ、満足そうに煙を吐いた。

「使われたのが、銃身の長い三八口径でないことは既にわかっていた」と彼は言った。「こいつなら壁でも撃ち抜ける。人の頭の中で弾丸が止まったりはしない」

「何の話をしているのだろう？」と私は言った。

ブリーズは言った。「おれたちのビジネスではありきたりの話題だよ。殺人だ。座ったらどうだい。落ち着けよ。ここで声が聞こえたような気がしたんだ。きっと隣の部屋の声だろう」

「たぶん」と私は言った。

「あんたはいつもデスクに拳銃を出しっ放しにしておくのかい？」

「枕の下に入れてないときにはね」と私は言った。「あるいは脇の下に差していないときには。あるいはデスクの抽斗の中に入れてないときには。あるいはどこに置いたか自分でも思い出せないようなところにたまたま置いていないときには。それで何かの役に立ったかな？」

「おれたちはタフになるためにここに来たわけじゃないんだ、マーロウ」

「そいつは何よりだ」と私は言った。「だからこそ君たちは私のアパートメントを勝手に家捜しし、許可も得ずに私有財産を取り上げて調べたわけだ。もしタフになったら、いったい何をするつもりなんだ？　突き倒して、顔でも蹴るのか？」

「冗談がきついねえ」と彼は言って、にやりと笑った。私も笑い返した。我々はみんなで笑った。ブリーズは言った。「電話を使っていいか？」

私は指さした。彼は番号を回し、モリソンという男と話をした。「こちらはブリーズだが、今いるところは――」と彼は言って、電話の台に目をやり、記されている番号を読み上げた。「いつでもかまわない。名前はマーロウだ。そうだ。五分か十分したらかけ直してくれ」

彼は電話を切り、ソファに戻ってきた。

「なぜおれたちがここに来たか、きっと理由がわからないんだろうな？」

「同胞《はらから》がひょいと立ち寄ることは、常に念頭に置いているよ」と私は言った。

「殺人は笑いごとじゃないぜ、マーロウ」

「誰も殺人が笑いごとだなんて言ってないぜ」

「態度がそう見える」

「気がつかなかったね」

彼はスパングラーに目をやり、肩をすくめた。そして床を見た。それから、重いものでも持ち上げるみたいに、ゆっくりと両目を上げ、私をまた正面から見た。私は今ではチェス・テーブルの脇に腰を下ろしていた。

「あんたはよくチェスをするのか？」と彼はチェスの駒を見ながら尋ねた。

「しょっちゅうはやらない。たまに遊びでやるだけだ。あれこれ考えを巡らせながらね」

「チェスをやるには二人の人間が必要じゃないのか？」

「本に収録されたトーナメント・ゲームを再現するだけさ。チェスに関してはいろんな本が出ている。ときどき問題を解くこともある。でも正確に言えばそれはチェスとは違う。なんで我々はチェスの話をしているんだろう？　何か飲むかね？」

「今はけっこうだ」とブリーズは言った。「ランドールと話した。彼はあんたのことをよく記憶していた。海辺での事件に関してな」。彼はカーペットの上で両足を動かした。足がくたびれてならないというように。彼のいかつく老いた顔は疲弊のために灰色になり、皺が刻まれていた。「あんたは人を殺すような男じゃないと彼は言っていた。まっすぐで確かな人物だと」

「そいつはありがたいことだ」と私は言った。

「彼の話によれば、あんたはうまいコーヒーを作り、朝はかなり遅く起きる。気の利いた会話が得意で、五人の別々の証人によって裏付けられない限り、あんたの口にすることを何ごとによらず、そのまま真に受けない方が良いということだ」

「ひどいことを言うもんだ」と私は言った。

期待通りの返事が返ってきたという顔で、ブリーズはこっくりと肯いた。微笑んでもいなければ、タフになってもいない。大柄なたくましい男が仕事を片付けているだけだ。スパングラーは頭を椅子の後ろにやり、目を半ば閉じ、立ち上る煙草の煙を見つめていた。

「ランドールが言うには、あんたには用心しなくてはならんそうだ。あんたは自分で思っているほど頭が切れるわけじゃないが、いろんなことを招き込んでいく男だし、そういう男はものすごく頭が切れる人物よりも、遙かに厄介な存在になりかねない。それがやつの言ったことだ。わかるかね。あんたはおれの目にはまともな人間に見える。おれとしてはすべてのものごとを明らかにしておきたいんだ。だからこそこうして腹を割って話をしている」

それはご親切にと私は言った。

電話のベルが鳴った。私はブリーズの顔を見たが、彼は動かなかった。だから私は手を伸ばして受話器を取った。若い女の声だった。どことなくその声には聞き覚えがあった。しかし誰だか特定はできなかった。

「フィリップ・マーロウさんのお宅でしょうか?」

「そうです」

「マーロウさん、私は面倒に巻き込まれています。深刻な面倒です。どうしても会いたいんです。いつお会いできるかしら?」

私は言った。「今晩ということですか? あなたはどなたでしょう?」

「私の名前はグラディス・クレイン。ランパート通りのホテル・ノーマンディーに住んでいます。それでいつなら――」

「今夜のうちにそこに来てほしいということなのですか?」、そう尋ねながら、私はそれがどこで耳にした声だったか、懸命に記憶を探った。

「私は――」、ぷつんという音が聞こえ、電話は切れた。私は受話器を手にしたまま腰を下ろし、むずかしい顔でそれを見た。そして受話器越しにブリーズを見た。彼の顔には興味の色はまったく浮かんでいなかった。

「どこかの娘が面倒に巻き込まれているということだ」と私は言った。「途中で電話が切れた」。私は受話器の受けボタンを指で押したまま、ベルがまた鳴り出すのを待った。二人の刑事はまったく無言のまま、身動きひとつせず待っていた。その沈黙と動きのなさはいかにもわざとらしかった。

ベルがもう一度鳴り、私は受けボタンを放して言った。「ブリーズに話があるんだろうね？」

「そうだ」と男の声が言った。少し驚いたようだった。

「いいとも。いろんな手を考えつくもんだ」と私は言って椅子から立ち上がり、台所に行った。ブリーズはとても短く話しただけだった。受話器が置かれる音が聞こえた。

台所の戸棚からフォア・ローゼズの瓶を出し、グラスを三個用意した。冷蔵庫から氷とジンジャー・エールを出し、ハイボールを三杯作り、トレイに載せて、そのトレイをブリーズの座っているソファの前にあるカクテル・テーブルに置いた。グラスを二つ手に取り、ひとつをスパングラーに渡し、ひとつを持って自分の椅子に戻った。

スパングラーはどうしていいかわからない様子で、下唇を指でつまみ、ブリーズの方を見た。酒を受け取っていいかどうか確かめるように。

ブリーズは私をじっと怠りなく見ていた。それからため息をついた。グラスを手に取り、一口飲み、またため息をつき、半ば微笑みながら首を左右に振った。ひどく酒を飲みたいと思っていた男が、絶妙のタイミングでそれを与えられ、一口味わい、より澄み渡り、より光に満ち、より輝かしい世界をのぞき見た気持ちがするときにとる動作だった。

「なかなか読みが鋭いね、ミスタ・マーロウ」と彼は言った。そして身体の力を完全に抜いて、ソファに深くもたれかかった。「これで我々は一緒にことにあたれるだろう」

「そうはいかない」と私は言った。

「なんだって？」、彼は両方の眉をひそめた。スパングラーは椅子の上で身を乗り出し、目を輝かせ、耳を澄ませた。

「どこかの素性の知れない娘に、私に電話をかけさせ、適当なことを言わせ、私の声に聞き覚えがあるかどうか、確かめさせたんだろう」

「娘の名前はグラディス・クレインという」とブリーズは言った。

「彼女もそう名乗った。でもそんな女は知らない」

「オーケー」とブリーズは言った。「わかったよ」。彼はそばかすだらけの両手を私に広げてみせた。「おれたちとしては、法に背いたインチキなことをあんたにしかけるつもりはない。あんたの方も、おれたちにそうしていないことを望んでいるだけだ」

「そうするってどういうことだね？」

「法に背いたインチキをするってことだよ。警察に対して隠しごとをするとかな」

「なぜ私が君たちに隠しごとをしちゃいけないんだろう？　するもしないもこっちの勝手

じゃないか」と私は尋ねた。「私は君たちから給料をもらっているわけじゃない」

「なあ、マーロウ、そうつっぱるもんじゃないぜ」

「つっぱってはいない。なんでつっぱる必要があるんだ？　私は警官のことをよく知っている。警官相手につっぱって、良いことなんかひとつもありやしない。言いたいことがあればはっきり言えばいいだろう。さっきのやらせ電話みたいなつまらん小技を使ってほしくはないね」

「おれたちは殺人事件の捜査にあたっているんだ」とブリーズは言った。「あらゆる手を使わなくちゃならん。あんたが死体を発見した。あんたは殺された男と話をしている。その男は自分のアパートメントに来てくれとあんたに言った。鍵まで渡した。なのにどうして彼があんたに会いたがったのか、あんたは知らないと言う。おれたちとしては、もう少しゆっくり時間をかけて考えたら、何か思い出してくれるんじゃないかと思ったのさ」

「つまり、私は最初から正直に話しちゃいないと」と私は言った。

ブリーズはくたびれた笑みを浮かべた。「殺人事件がからむと、人はまず本当のことは言わない。それくらいはあんたにもわかるだろう」

「しかし私が嘘をつくのをやめたと、どうやって君たちにわかるんだ」

「あんたの言っていることが意味をなしてくれれば、その時点で我々は納得する」

私はスパングラーを見た。彼は身をすっかり前に乗り出していて、今にも椅子から落ちてしまいそうだった。すぐにでも飛び上がれる体勢をとっているみたいだ。なぜ彼が飛び上がらなくてはならないのか、そのわけがわからなかった。たぶん興奮しているだけなのだろう。私はブリーズに目をやった。こちらは壁の穴ほども興奮していなかった。太い指で例のセロファンで包装された葉巻を持ち、ペンナイフでそのセロファンを切っていた。彼がその包装を取り、刃で葉巻の先を削り、ナイフをズボンで丁寧に拭いてから脇に置くのを私は見ていた。木のマッチを擦って葉巻に注意深く火をつけ、それを炎の中でぐるぐる回し、まだ燃えているマッチを少し離して手に持ち、しっかり火がついていることがわかるまで深々と葉巻を吸い込む様子を見ていた。そしてマッチを振って火を消し、カクテル・テーブルのグラストップの上にあるくしゃくしゃになったセロファンの隣にそれを置いた。それから後ろに身を反らせ、ズボンの片方を引っ張り上げ、安らかに葉巻を吸った。この男すべての動作が、ヘンチの部屋で彼が葉巻に火をつけたときと寸分違わなかった。この男は葉巻に火をつけるときには、いつも正確に同じ動作をするのだろう。そういう種類の男なのだ。そういう男は危険だ。頭が切れる男の危険さとは違う。それでもスパングラーのようにすぐ頭に血が上る男よりは遙かに危険だ。

「今日より前にフィリップスに会ったことはない」と私は言った。「彼は昔、ヴェンチュラ郡で私に会ったことがあると言ったが、それは勘定には入れてない。なぜなら私はその男のことを覚えていないからだ。彼に会った経緯は、前に話したとおりだ。あの男は私のあとをつけていて、私は彼をつかまえて、そのわけを問いただした。フィリップスは私に相談があると言って、鍵を渡してくれた。私は彼のアパートメントを訪ねたが、ドアをノックしても返事がないので、鍵を使って中に入った。そうするように言われていたからね。彼は死んでいた。警察が呼ばれ、私とは無関係な騒動が持ち上がっているときに、ヘンチの枕の下から拳銃が一丁出てきた。拳銃には発射された形跡があった。それが私の述べた話だし、偽りのないところだよ」

ブリーズは言った。「死体を見つけたとき、あんたは管理人のところに行った。パスモアという名前の男だ。そして誰かが死んでいることは伏せて、彼をそこに連れて行こうとした。あんたはパスモアに他人の名刺を渡し、宝石盗難の調査をしていると言った」

私は肯いた。「パスモアのような男相手では、またあの手のアパートメントみたいなところでは、抜け目なく振る舞うに越したことはないからね。私はフィリップスに関心を持っていたし、彼が死んだことを持ち出さなければ、パスモアはフィリップスについての情報を何か与えてくれるかもしれないと期待したんだ。警察が間もなく踏み込んできて、自分がもみくちゃにされるとわかっていたら、何か話そうなんていう気にはなれないだろう。それだけのことだよ」

ブリーズは酒を一口飲み、葉巻を一服吹かせた。「おれがひとつはっきりさせたいと思っているのは、こういうことだ。今あんたが話したことは、まったく偽りない事実かもしれない。しかしそれでもなお、あんたはおれたちに真実を告げていないかもしれない。言っている意味はわかるかね？」

「さて、どういうことかな？」と私は言った。彼の言いたいことは完全に理解できたのだが。

ブリーズは膝をとんとんと叩き、下から見上げるような目で静かに私を見ていた。敵対的でもなく、疑いを含んでもいない目で。ただ物静かな人間が職務を果たしているだけだ。

「こういうことだよ。あんたは仕事をしている。どんな仕事か、おれは知らん。フィリップスは探偵気取りで動き回っている。彼にも依頼人がいる。そしてあんたを尾行する。あんたが詳しい事情を明かしてくれなかったら、彼のやっていた仕事と、あんたがやっていた仕事がどこかで結びつくのかどうか、おれたちには知りようがない。その二つがもし結びついたなら、おれたちの出番になる。そうだろう？」

「そういうものの見方もあるだろう」と私は言った。「しかしそれが唯一の見方ではないし、私の取る見方でもない」

「これが殺人事件だということを忘れないでもらいたいね、マーロウ」

「忘れないよ。しかしこいつも忘れないでほしいんだが、私はこの街で長く暮らしている。もう十五年になるかな。これまでたくさんの殺人事件を目にしてきたよ。そのうちのいくつかは解決され、いくつかは解決不能だった。いくつかは解決可能だったが解決されなかった。そして一つか二つか三つは誤った解決のされ方をした。報酬をもらって、代わりに罪をかぶったものもいた。そのことがわかっていたとしても、あるいは強く推測できたとしても、見て見ないふりをして、そのままやり過ごされた。そういうことだってあるんだ。しょっちゅうではないにしてもね。たとえばキャシディー事件がそうだ。君だってその事件のことは覚えているだろう。どうだ？」

ブリーズは腕時計に目をやった。「おれは疲れたよ」と彼は言った。「キャシディー事件のことなんて忘れろよ。フィリップス事件に話をしぼろう」

私は頭を振った。「私は論点を明らかにしようとしているのだし、それは重要な点なんだ。キャシディー事件のことを考えてみてくれ。キャシディーは大金持ちだった。数百万ドルの資産を持っていた。彼には成人した息子がいた。ある夜、警察が彼の自宅に呼ばれた。息子のキャシディーが床に仰向けに倒れていた。顔が血だらけで、こめかみに弾丸の穴が開いていた。息子の男性秘書が部屋に隣接した浴室に、これも仰向けに倒れていた。頭は浴室のもうひとつのドアに押しつけられていた。廊下に通じるドアだ。左手の指に挟んだ煙草が燃え尽きていた。短くなった燃えさしが、彼の指の間に火傷の痕を残していた。銃が彼の右手の隣に落ちていた。彼は頭を撃たれていたが、密着して撃たれたのではなかった。多量に飲酒していた。死後四時間が経過しており、そのうちの三時間は家族の主治医が一緒だった。それで、君たちはキャシディー事件にどのように対処したのだっけね？」

ブリーズはため息をついた。「酒を飲んで口論になり、殺人と自殺があった。秘書が錯乱して若いキャシディーを撃った。新聞か何かでそういう記事を読んだ。おれの口からそれが聞きたかったのか？」

「新聞でそういう記事を読んだとね」と私は言った。「でも実際はそうじゃなかった。更に言えば実際はそうじゃなかったことを君たちは知っていたし、本当はそうじゃなかったことを地方検事も知っていた。検事局の捜査員たちはわずか数時間後に引き上げ命令を受けた。審問もおこなわれなかった。しかしこの街で犯罪記事を担当しているすべての新聞記者、殺人犯罪を受け持っているすべての警官たちは、銃を撃ったのは息子のキャシディーの方であることを知っていた。泥酔して手がつけられなくなったのはキャシディーで、秘書は彼を制止しようとしたがもみあいになり、危険を感じて逃れようとしたのだが間に合わなかった。キャシディーの傷は銃口をつけて撃たれたもので、秘書の傷はそうじゃなかった。秘書は左利きだが、銃弾を受けたとき、煙草を左手に持っていた。たとえもし君が右利きだとしても、君は煙草を別の手に移し、のんびりそれを指に挟んだまま相手を撃ったりはしないだろう。『ギャング・バスターズ』（ラジオの犯罪ドラマ）ではそういうこともあるかもしれないが、富豪の秘書はそんなことはしない。そして家族と一家の主治医は、警察に連絡するまでの四時間、いったい何をしていたんだ？　表面的な捜査だけでことが収まるように手を打っていたのさ。そしてどうして手の硝酸塩のテストがおこなわれなかったんだ？　なぜなら君たちは真実を明らかにしたくなかったからだ。キャシディーは大物すぎた。しかしこれだって殺人事件だったぜ。そうだろう？」

「二人はどっちも死んでいた」とブリーズは言った。「どっちがどっちを撃ったとしても、別にかまわんじゃないか」

「よく考えてみてくれよ」と私は言った。「キャシディーの秘書にだって、母親や妹や恋人がいるかもしれないんだぜ。あるいは全部いたかもな。彼女たちにも母としての誇りがあり、妹としての信頼があり、恋人としての愛があるとは思わないのか？　それが酒乱の殺人狂にされてしまったんだぞ。ボスの父親が一億ドル持っているというだけの理由でな」

ブリーズはグラスをゆっくり持ち上げ、ゆっくり酒を飲み干した。そしてグラスをカクテル・テーブルのグラストップの上にゆっくり置き、ゆっくり回転させた。スパングラーは身体をこわばらせてそこに座っていた。目は明るく輝き、唇は軽く開いて、ひきつった笑みのようなものを作っていた。

ブリーズは言った。「論点を明確にしてくれ」

私は言った。「君たちが自ら誠意を持たない限り、私の誠意を手に入れることはできない。あらゆる場合、どのような状況であれ、いかなる事情があろうと君たちは信頼できるし、君たちはとことん真実を追究し、それを見出し、いささかも事実を粉飾したりしないと思える日が来るまで、私は自らの良心の声に従うしかない。そして全力を尽くして依頼人を守る。君たちが真実をどこまでも尊重し、またそれに劣らず私の依頼人を尊重してくれると確信できる日が来るまでは。あるいは私が、真実を口にしないわけにはいかない誰かさんの前に引き出されるその日が来るまではね」

「そいつはかなり無理をして良心の折り合いをつけようとしている人間の言いぐさのように、おれの耳には聞こえるが」

「好きにとればいい」と私は言った。「もう一杯飲もう。それから私が電話で話をさせられた娘のことを話してくれないか」

彼はにやりと笑った。「フィリップスの隣の部屋に住んでいる娘だよ。ある夜、一人の男が戸口で彼と話している声を、彼女は耳にした。彼女は昼間は劇場の案内係として働いている。だからいちおう彼女にあんたの声を聞かせた方がよかろうと、思ったわけさ。他意はない」

「それはどんな声だったんだね？」

「どすのきいた声だったようだ。すごく嫌な感じがしたと彼女は言った」

「それで私のことを、君たちは思い浮かべたわけだ」と私は言った。

そして三つのグラスを取り、それを手に台所に戻った。

16

台所に戻ったとき、どれが誰のグラスだったかわからなくなっていた。だからグラスを洗って拭き、それから新しく飲み物を作り始めた。スパングラーがふらりとやってきて、私の背後に立った。

「心配しなくていい」と私は言った。「今夜のところ、青酸カリを盛ったりはしないから」

「あの御老体を相手に下手な細工はよした方がいいぜ」と彼は私の背中に向かって語りかけた。「見かけよりずっと狸だからな」

「そいつはご親切に」と私は言った。

「それはそうと、そのキャシディー事件について詳しく読んでみたいな」と彼は言った。「なかなか面白そうな事件だ。おれがこの仕事に入る前に起こったことのようだが」

「ずいぶん昔のことだよ」と私は言った。「というか、実際にあったことじゃない。余興にでっちあげたのさ」。私は飲み物をトレイに載せ、居間に戻り、グラスを並べた。私は自分のグラスを手に、チェス・テーブルの後ろに腰を下ろした。

「またつまらない小細工だ」と私は言った。「君の相棒がさっき忍び足で台所にやってきて、私にこっそりと耳打ちしてくれた。あんたは見かけよりずっと策士だから、用心深く立ち回った方がいいとね。いかにももっともらしい顔をしてそう言っていたよ。フレンドリーで、オープンで、いくぶん顔を赤らめてね」

スパングラーは椅子の端の方に腰を下ろし、顔を赤らめた。ブリーズは表情も変えず、彼の方にちらりと目をやった。

「フィリップスについて何がわかった？」と私は尋ねた。

「ああ、フィリップスね」とブリーズは言った。「ジョージ・アンソン・フィリップス。気の滅入る身の上だ。探偵を自称していたが、それに同意してくれる人間はまわりにただの一人もいなかったようだ。ヴェンチュラの保安官《シェリフ》とも話してみた。ジョージは良いやつだと彼は言っていた。優秀な警官になるにはいささか人が良すぎたともね。仮にいくらか脳味噌を持ち合わせていたとしてもだ。ジョージは言われたことはやったし、けっこうそつなくやった。しかしそのためには、どっちの足から踏み出して、どっちの方向に何歩進んで、ああしてこうしてと手取り足取り教えてやらなくてはならなかった。おまけに進歩がなかった。言いたいことはわかるだろう？ 彼はニワトリ泥棒を捕まえるのに向いた警官だった。捕まえるといっても、もしその男がニワトリを盗むのをその場で目撃して、男が逃げようとして転び、頭をたまたま杭《くい》にぶっつけるか何かして、気を失ってしまったとしたらの話だ。そうでなければ、ジョージは署に戻って、逐一指示を仰がなくてはならない。シェリフはそういうことに疲れ果てて、ほどなくジョージを解雇した」

ブリーズはまた少し酒を飲み、顎を爪でぽりぽりと掻いた。シャベルのブレードのような爪だった。

「その後ジョージは、シミの雑貨食品店《ゼネラル・ストア》で働いた。経営者はサトクリフという男だ。つけ売りの商売で、顧客にはそれぞれの小さな台帳があったが、ジョージは帳面をつけるのに向いていなかった。取り引きを帳面につけるのを忘れたり、違う帳面につけてしまったりした。顧客の中には彼をとっちめるものもいたし、彼が記帳を忘れてもそのまま放っておくものもいた。それでサトクリフは、ジョージはこの商売に適していないかもしれないと考えるようになった。その後ジョージはロサンジェルスに出てきた。彼はちょっとした金を手にした。それほどの額じゃないが、私立探偵の免許を取得し、保証金を積み、小さなオフィスを構えるには十分なくらいだ。オフィスにも行ってみたよ。デスクがあるだけの部屋で、彼はそこをもう一人の男と共同で借りていた。マーシュという男で、クリスマス・カードを売っているんだそうだ。ジョージが依頼人と会うときには、マーシュはしばらく席を外すという取り決めだった。ジョージがどこに住んでいたか知らないし、彼に人が会いに来たことはないと、マーシュは言っている。マーシュの知る限り、オフィスに仕事の依頼が入ったことは一度もなかった。しかしジョージは新聞に広告を出していたから、そちらから仕事の依頼は舞い込んだかもしれない。おそらくそうだったのだろう。というのは、一週間ほど前にマーシュはジョージの残したメモを机の上に目にしたからだ。何日か街を離れるとそこには書かれていた。それが彼からの最後の連絡になった。そしてジョージはコート・ストリートに行って、アンソンの名前でアパートメントを借り、そこで殺害されたわけだ。わかったのは今のところその程度だ。哀れをさそう話だと思わないか」

彼はとくに興味もなさそうに、まっすぐ私を見ていた。そしてグラスを口に運んだ。

「この広告をどう思う？」

ブリーズはグラスを置き、札入れから薄い紙片を取り出し、カクテル・テーブルの上に置いた。私はそこに行って、紙片を取り上げた。そして読んだ。

「なぜ悩むのです？　なぜ一人で苦しむのです？　なぜ疑いに心を苛ませるのです？　沈着冷静、秘密厳守、信用のおける探偵にご相談ください。ジョージ・アンソン・フィリップス。グレンヴュー九五二一」

私はそれをガラスの上に戻した。

「それほど悪い広告じゃない」とブリーズは言った。「高級な客層を狙ったものとは言いがたいが」

スパングラーが言った。「新聞社の娘がその文案を考えてやった。彼女はそれを書きながら思わず吹き出しそうになったんだけど、ジョージはそれを素晴らしいと思ったらしい。

『クロニクル』紙のハリウッド大通りの支局だ」

「調べが迅速だ」と私は言った。

「おれたちは情報を集めるのに手間どらない」とブリーズは言った。「あんたのことを別にすればな」

「ヘンチについてはどうだ？」

「ヘンチには問題はない。やつと女は飲みまくっていた。歌を歌ったり、つかみ合いの喧嘩をしたり、ラジオを聴いたり、ときどき思い出したら外に出て食事をしたり、そんなこんな。おそらく何日もそういうのを続けていたんだろう。おれたちがストップをかけてやってよかったよ。娘は目を二発殴られていた。次は首の骨を折られていたかもしれない。世界はヘンチのような飲んだくれの落伍者で満ちているんだ。あるいはあの娘のような」

「ヘンチが自分のものじゃないと主張する銃についてはどうだった？」

「あれはまさに犯行に使われた銃だよ。銃弾はまだ摘出しちゃいないが、薬莢は見つけた。ジョージの死体の下にあり、あの銃のものとぴったり符合した。数発実際に発射して、排出時につく跡と、撃鉄で受けるへこみを比較した」

「誰かがヘンチの枕の下にそれを突っ込んでいったと、君は信じるのか？」

「ああ、信じるね。なんでヘンチがフィリップスを撃たなくちゃならない？　やつのことを知りもしなかったんだぜ」

「それが君にはわかるのか？」

「わかるさ」とブリーズは両手を広げて言った。「なあ、世の中には白か黒かではっきり証明されて、その結果それとわかるものごともある。一方で、理屈がいちおう通っていて、そうでなくちゃつじつまが合わないから、それとわかるものごとがある。人をずどんと撃っておいて、そのあと大騒ぎをして注目を集め、そのあいだ枕の下に凶器の拳銃を突っ込んだままにしておくなんて、いくらなんでもあり得ない。女は朝からずっとヘンチと一緒にいた。もしヘンチが誰かを撃っていたとしたら、何らかの形で気づいていたはずだが、彼女にはまるで思い当たる節がなかった。もし何か知っていたら、すぐに吐いているはずだ。あの娘にとってヘンチなんて、ただ遊び歩くだけの相手さ。いいか、ヘンチのことは忘れろ。拳銃を撃ったやつはラジオが大音量で鳴っていることを知り、これで銃声がカバーされると思った。それでもなお犯人はフィリップスの頭を殴打し、浴室に引きずっていってドアを閉め、撃ち殺した。酔っ払いのやることじゃない。仕事の手順をわきまえているし、用心深い。そいつは外に出てバスルームの戸を閉める。そのときラジオの音が止む。ヘンチと女が食事をとるために外出する。たまたまそういう巡り合わせになったのさ」

「ラジオが消されたってどうしてわかるんだ？」

「そういう証言があった」とブリーズは静かに言った。「あの木賃宿《きちんやど》に住んでいる他の住民からな。間違いないよ。ラジオが消され、彼らは外出した。それもひっそりと静かに出て行ったわけじゃない。殺人者は部屋を出て、ヘンチの部屋のドアが開いているのを目にした。もしそうじゃなかったら、ヘンチの部屋に入ろうなんて考えもしなかっただろう」

「普通、人はアパートメントのドアを開けっぱなしにして出かけたりはしないものだぜ。とくにあのあたりでは」

「酔っ払いならするさ。酔っ払いってのは不注意な連中だ。あいつらの頭はピントがずれている。一度にひとつのことしか考えられない。ドアは開いていた。少しだけかもしれんが、とにかく開いていた。殺人者は中に入って、ベッドに銃を突っ込もうとしたが、そこで別の拳銃を発見し、それを持って行った。ヘンチの立場を更に悪くするためにな」

「その銃を照合することはできるのだろう？」と私は言った。

「ヘンチの拳銃か？　もちろんするさ。でもヘンチは製造番号も知らないそうだ。もしも、のが見つかったら、何か判明するかもしれん。でもどうだろうな。今おれたちが手にしている拳銃については照合を試みている。しかしそういう捜査ってのは鈍くさいこつこつ仕事でね。いろんなことがすんなり捗《はかど》って、これが突破口になるかもしれんと思い始めると、そこで手がかりの線がぱったり途切れてしまう。デッドエンドだ。他に何かあるかね？　あんたの仕事の手助けになりそうなことで、おれたちが知っているかもしれないと、あんたが考えていることは？」

「いささかくたびれたよ」と私は言った。「想像力がうまく働かない」

「さっきまでは活発に働いていたみたいじゃないか」とブリーズは言った。「キャシディー事件のことなんかじゃ」

私は何も言わなかった。再びパイプに煙草を詰めたが、火をつけるにはまだ熱すぎた。だから冷ますためにテーブルの端にパイプを置いた。

「正直に言って」とブリーズは言った。「あんたをどう扱っていいか、おれにはよくわからん。あんたが殺人がらみで意図的に隠しごとをするような人間だとは思わんが、かといって包み隠さずすべてを語っているとも思えない」

それについてもまた、私は口を閉ざしていた。

ブリーズは前屈みになって灰皿の中で短くなった葉巻をぐるぐるとまわし、火を消した。酒を飲み干し、帽子をかぶって立ち上がった。

「いつまでだんまりを決め込んでいるつもりだ?」と彼は尋ねた。

「わからんな」

「じゃあ手伝ってやろう。明日の正午まで猶予をやるよ。それまでに十二時間とちょっとある。いずれにせよ、それより前には検視報告は手に入らんからな。依頼人とよく話し合って、事情を明らかにする段取りをつけておくんだな」

「そのあとは?」

「そのあとおれは刑事部長に会って、フィリップ・マーロウという私立探偵が、殺人事件の捜査に必要な情報を隠匿しているか、あるいは隠匿しているとかなり強く確信していると報告する。それからどうなるか？　たぶん今すぐそいつをしょっぴいてこいということになるだろうね。ケツに火がつくくらいの速さで」

私は言った。「なるほど。ところで君たちはフィリップスのデスクをさらってみたか？」

「もちろんさ。とてもきちんとした青年だよ。小さな日誌みたいなものの他にはほとんど何もなかった。日誌にもほとんど何も書いてなかった。どっかの娘と一緒にビーチに行ったとか、映画館に行ったとか、それくらいだ。女の方はあまりその気にならなかったようだが。それから、オフィスで待っていても仕事は来ない、みたいなことが書いてあった。あるときは洗濯屋に腹を立てて、一ページ丸々そのことを書いていた。でもだいたいは三行か四行で終わっている。ひとつ気になるのは、すべて活字体で書かれていたことくらいだ」

私は言った。「活字体？」

「ああ、ペンとインクを使って、活字体に似せた書体で書いてあるんだ。人が筆跡を特定されたくないときに使うような、大文字の活字体じゃない。まるでそんな風に字を書くのがいちばん速くていちばん簡単みたいに、とても端正に、いかにもすらすらと細かい字で書かれていた」

「もらった名刺に書いた字はそんな風じゃなかったが」と私は言った。

ブリーズはそれについて少し考えた。それから肯いた。「そのとおりだ。こういうことかもしれない。だいいちその日誌にはどんな名前も書かれてなかった。活字体に似せることは、彼にとってちょっとしたゲームみたいなものだったのかもしれない」

「ピープス（サミュエル・ピープス。十七世紀英国の海軍大臣。克明な日記で有名）の速記体と同じように？」と私は言った。

「誰だ、それは？」

「自分だけの速記体を使って日記を書いていた男だよ。大昔の話だが」

ブリーズはスパングラーを見た。スパングラーは椅子の前に立ち、グラスを傾けて最後の数滴を飲み干していた。

「そろそろ引き上げよう」とブリーズは言った。「こいつはまた、別のキャシディー事件みたいなものをでっちあげそうだ」

スパングラーはグラスを下に置き、二人はドアに向かった。ブリーズはドアノブに手をかけながら、片足をもぞもぞさせ、横目で私を見た。

「背の高い金髪女を知っているか？」

「考えさせてくれ」と私は言った。「知っているかもしれない。どれくらい背が高いんだ？」

「ただ背が高い。身長まではわからん。かなり身長のある男にさえ、長身だと思わせるくらいだ。コート・ストリートのアパートメントハウスの持ち主は、パレルモという名前のイタリア系だ。向かいにある葬儀場に彼に会いにいった。その葬儀場もそいつの持ち物だ。彼が言うには、三時半くらいに背の高い金髪女が、そのアパートメントハウスから出てきたそうだ。管理人のパスモアは、その建物には背の高い金髪女なんて住んでいないと言う。イタリア人によれば、女はなかなかの美人だったらしい。やつの証言はかなり信頼できるとおれは思う。というのは、彼が描写したあんたの人相風体は実に正確だったからだ。その長身の金髪女が建物に入っていったところを彼は見ていない。出てくるところを目にしただけだ。スラックスをはいて、スポーツ・ジャケットを着て、頭に何かを巻いていた。しかしふさふさとした明るい色の金髪が、巻きものの下から見えていた」

「思い当たるところはないな」と私は言った。「でも他のことをちょっと思い出した。フィリップスの車のプレートナンバーを封筒の裏に控えておいたんだ。それで彼の以前のアドレスがわかるかもしれない。取ってこよう」

彼らはそこに立って、私が寝室に置いた上着からそれを取ってくるのを待っていた。私は封筒をブリーズに渡した。彼はそこに書かれた字を読み、封筒を札入れの中に収めた。

「で、あんたはこいつを今やっと思い出したと？」

「そのとおりだ」

「それはそれは」と彼は言った。「それはそれは」

二人は首を振りながら廊下をエレベーターの方に歩いて行った。

私はドアを閉め、ほとんど水のように薄まってしまった二杯目の酒を口にした。泡も消えていた。それを台所に持って行って、瓶から酒を注いで濃いものにした。そしてグラスを手に持って立ち、窓の外を眺めた。ユーカリの木々がそのしなやかなてっぺんを、青みの混じった暗い空を背景に大きく揺らせていた。また風が立ち始めたようだった。風は北向きの窓にあたって音を立てた。そして建物の壁を叩く、ゆっくりとした重い音も聞こえた。断熱材に挟まれた漆喰に太いワイヤがぶつかっているような音だ。

私は酒を味わった。そしてそんな気の抜けた飲み物に生のウィスキーを注いで無駄にしてしまったことを悔やんだ。それを流しに捨て、新しいグラスを出し、それで氷水を飲んだ。

十二時間のあいだに状況に筋道をつけなくてはならない。しかしその糸口すらつかめていない。下手をすれば私は依頼人の素性を警察に明かし、連中が彼女やら彼女の家族やらを洗いざらい調べ上げることになる。マーロウを雇って、家中を警官で溢れかえらせよう。なぜ悩むのです？　なぜ一人で苦しむのです？　なぜ疑いに心を苛ませるのです？　とんちんかんで、不注意で、へまばかりする、ほろ酔い加減の探偵にご相談ください。フィリップ・マーロウ、グレンヴュー七五三七。私にまかせれば、腕ききの刑事たちがどっとお宅に押し寄せてきます。どうして落胆するのですか？　どうして孤独になるのですか？　マーロウに連絡をして、警察車両がやってくるのを待ちましょう。

そんなことを考えていても始まらない。私は居間に戻り、チェス・テーブルの端っこに置いた、今はもう冷めたパイプを手に取り、マッチで火をつけた。そしてゆっくりと煙を吸い込んだ。しかしそれはまだ熱くなったゴムのような匂いがした。私はパイプを置いて、部屋の真ん中に立ち、下唇を指でぐいとひっぱり、放して歯に打ちつけた。

電話のベルが鳴った。私は受話器を取り、唸り声を出した。

「マーロウか？」

その声はかすれた低い囁きだった。聞き覚えのあるかすれた低い囁きだった。

「誰かは知らないが、言いたいことがあるのならさっさと言ってくれ」と私は言った。

「私は今、誰のポケットに手を入れているんだろう？」

「おまえは頭の切れる男だろう」とかすれた声は言った。「少しは良い目にあいたいんじゃないか？」

「どれくらい良い目なのかな？」

「五百ドル程度だと言ったら？」

「そいつは豪儀だな」と私は言った。「何をすればいい？」

「余計なことに鼻を突っ込まないことさ」とその声は言った。「それについて話をしたいか？」

「いつ、どこに、誰に会いに行けばいい？」

「アイドル・ヴァレー・クラブ。モーニー。いつなりと好きな時間に」

「そちらの名前は？」

はっきりとしないくすくす笑いが受話器から聞こえた。「入り口のゲートで、エディー・プルーに会いに来たと言え」

かちりと音を立てて電話が切れた。私は受話器を戻した。車をガレージから出し、カフエンガ・パスに向かったとき、時刻は十一時半近くになっていた。

17

峠の北、三十キロ余りのところで、低い街路樹を真ん中に連ねた広い大通りは、丘陵のなだらかな麓《ふもと》に入っていく。それが五ブロックばかり続き、そして終わる。その間には一軒の家もない。道路が終わったところから、曲がりくねったアスファルト道路が丘の上に向けて縫うように続いている。これがアイドル・ヴァレーだ。

最初の丘の肩にかかるあたりに、低層の白い建物があった。タイルの屋根で、道路際に建っている。屋根のかかったポーチがあり、投光器で照らされた標識が立ち、そこには「アイドル・ヴァレー・パトロール」と書かれている。ゲートは両側の路肩に折りたたまれるようにして開き、道路の真ん中には四角の白い標識が、角を下に向けて置いてあった。光を反射するボタンを並べて「ＳＴＯＰ」と記されている。その標識の手前のスペースを、別の投光器が火ぶくれするくらい煌々と照らし出していた。

私は車を停めた。星章をつけた制服姿の男が私の車を見た。革で編んだホルスターに拳銃を入れている。男は掲示されたボードに目をやった。

彼は車にやってきた。「こんばんは。あなたの車は登録されていません。ここは私道です。ご訪問ですか？」

「クラブに行く」

「どのクラブでしょう？」

「アイドル・ヴァレー・クラブ」

「エイティーセブン、セブンティーセブン（８７７７）。ここじゃそういう名前で呼ばれています。ミスタ・モーニーのところですね？」

「そのとおりだ」

「あなたはメンバーではありませんね？」

「メンバーじゃない」

「照会をしなくてはなりません。誰かメンバーである方か、それともここに住んでおられる方の確認が必要です。ここは全体が私有地ですから」

「ゲートを破るものはいない？」

彼は微笑んだ。「そんなものはいません」

「私の名前はフィリップ・マーロウ」と私は言った。「エディー・プルーに会いにきた」

「プルー？」

「彼はミスタ・モーニーの秘書か、何かそんなところだ」

「少々お待ちください」

彼は建物のドアのところに行って、何かを言った。中にいたもう一人の制服の男が電話交換機にプラグを差し込んだ。私の後ろに一台の車がやってきて、警笛を軽く鳴らした。パトロール詰め所の開いたドアの奥からタイプライターを打つ音が聞こえた。私と話していた男が警笛を鳴らした車を見て、行っていいと手を振って合図した。それは私の脇を抜け、闇の中に走り去った。緑色の長い、屋根を開けたコンバーティブル・セダンで、フロント・シートには派手な見かけの若い女が三人乗っていた。みんな煙草を吸い、アーチ形の眉を描き、つんつんした顔をしていた。車は勢いよくカーブを曲がり、消えていった。

制服の男が私のところに戻ってきて、車のドアに手をかけた。「オーケー、ミスタ・マーロウ。クラブの係員に名前を言ってください。一キロ半ほど行ったところの右手にあります。灯りのついた駐車場があり、壁に番号が書いてあります。番号だけです。8777。係員にあなたの名前を告げてください」

私は言った。「どうしてだろう?」

彼はとても物静かで、とても丁重で、とても確固としていた。「あなたがどこに行ったかをいちおう確認しておきたいからです。アイドル・ヴァレーには保護されなくてはならないものがたくさんあります」

「もし私が係員に名前を言わなかったら?」

「からかっているのですか？」、彼の声が硬くなった。

「いや、ただ単に知りたいだけさ」

「パトロール・カーが二台ばかり、行方を探しに行くことになります」

「全部で何人くらいが警備にあたっているんだね？」

「申し訳ありませんが」と彼は言った。「クラブは一キロ半ほど行った右手にあります、ミスタ・マーロウ」

彼の腰につけられた拳銃を私は見た。シャツには特製のバッジがつけられていた。「こういうのがデモクラシーと呼ばれているんだね」と私は言った。

彼は後ろを振り返り、地面に唾を吐き、車の窓の下枠に手をかけた。「あんたの言いたいことはわかる」と彼は言った。「おれはジョン・リード・クラブ（アメリカ共産党系の団体）のメンバーを知っている。ボイル・ハイツに支部がある」

「同志《タワリシチ》」と私は言った。

「革命の問題点は」と彼は言った。「間違った連中がその主導権を握ることだ」

「実に」と私は言った。

「とはいうものの」と彼は言った。「ここに住んでいる金持ちのあほうどもより間違っているってことはあり得ない」

「あるいは君がいつかここに住むことになるかもしれないぜ」と私は言った。

彼はもう一度唾を吐いた。「年に五万ドルの報酬をもらって、シフォンのパジャマを着て、それに似合ったピンクの真珠の首飾りをつけて寝させてもらえたとしても、こんなところには住みたくもないね」

「君にそういう申し出はしないようにしよう」と私は言った。

「申し出はいつでも歓迎するさ」と彼は言った。「昼夜を問わず。申し出をして、どうなるか見ればいい」

「そろそろ行くよ。クラブで係員にちゃんと名前を言おう」と私は言った。

「自分のズボンの左の裾に唾を吐くようにそいつに言ってくれないか」と彼は言った。

「おれがそう言っていたと」

「そう言っておく」と私は言った。

一台の車がやってきて、後ろから軽く音で合図をした。私は車を進めた。全長半ブロックはあろうかという暗い色合いのリムジンが、私の車を吹き飛ばすように警笛を鳴らしながら追い越していった。枯れ葉が舞う程度のエンジン音しか聞こえなかった。

このあたりの風は静かで、谷間に浮かぶ月はひどくくっきりして、黒い影はまるで鋭い鑿《のみ》で切り取られたようだった。

カーブを曲がる時に、谷間全体が私の眼前に広がった。千戸にも及ぶ白い家々が丘の斜面に沿って建ち並んでいた。一万に及ぶ灯りのついた窓があり、その頭上に無数の星がほど良い距離を保ちながら、整然とまたたいていた。それもやはりパトロールのおかげなのだろう。

クラブの建物の道路に面した壁は真っ白で、のっぺりしていた。入り口のドアもなければ、一階には窓もついていない。番号は小さく、しかし紫色のネオンでくっきりと表示されていた。8777。ただ数字があるだけだ。他には何もない。その脇の駐車場には傘のかかった明るいダウンライトが並び、その下に車が何列かに整然と並べられていた。滑らかな黒いアスファルトの上に白い線が引かれ、枠の中に車がひとつひとつ収まっている。糊のきいた清潔な制服に身を包んだ配車係の男たちが、灯りの下を行き来していた。

道路が回り込むように裏に通じていた。深いコンクリートのポーチがあった。ガラスとクロムでできたキャノピーが上に張り出している。しかし灯りはとても暗い。私は車を降りて、プレートナンバーを記した受け取りをもらい、それを持って制服姿の男が座っている小さなデスクに行った。その受け取りを彼の前に置いた。

「フィリップ・マーロウ」と私は言った。「ビジターだ」

「ありがとうございます、ミスタ・マーロウ」、彼は名前を書き、番号を控え、受け取りを私に返し、電話を手に取った。

白い麻のダブル・ブレストの、護衛兵のような制服を着た黒人が、私のためにドアを開けてくれた。金色の肩章をつけ、幅広い金のバンドのついた帽子をかぶっていた。

ロビーはふんだんに予算をかけたミュージカルのようだった。光と煌めきが満ち、背景がふんだんにあり、衣装がふんだんにあった。音響がふんだんにあり、オールスター・キャストで、見事にオリジナルなプロットがあり、手に汗握るスリルがあった。美しくソフトな間接照明の下、壁は永遠に上に伸び、実際にまたたく柔らかく扇情的な星の中に呑み込まれているように見えた。カーペットは腰までのゴム長靴なしでは歩くのが困難なほどふわふわしていた。奥には吹き抜けのカーブした階段があり、カーペットを敷いた幅広く浅いステップの中に、クロムと白いエナメルでできた通路が設けられていた。ダイニングルームの入り口には小太りの給仕長が偉そうに立っていた。ズボンには五センチの幅のストライプがつき、金板の表紙のついたメニューを一束、脇の下にはさんでいた。へつらったにやにや笑いから冷酷きわまりない怒りへと、筋肉ひとつ動かさずにすぐさま飛び移れそうな顔だった。

バーの入り口は左手にあった。薄暗く静かな場所で、重ねられたグラスの反射する光の中で、バーテンダーが蛾のように動き回っていた。金粉を振りかけた海水を思わせるドレスを着た、長身の顔立ちの良い金髪女が婦人用化粧室から出てきて、唇に手をやり、ハミングしながらアーチの方に向かった。

アーチのある通路の奥からはルンバが聞こえてきた。女はその音楽にあわせて微笑みながら、肯くように頭を振っていた。目をぎらぎらさせた、背の低い赤ら顔の太った男が、白いショールを手に彼女を待っていた。彼はその太い指を女のむき出しの腕に食い込ませ、流し目で彼女を見上げた。

紫紅色の中国風パジャマを着たクローク係の娘がやってきて、私の帽子を受け取り、私の服装を見て浮かぬ顔をした。彼女は見慣れぬ罪のような目をしていた。

煙草売りの娘が階段を降りてきた。羽根飾りを髪につけ、爪楊枝の背後に隠せるほどの服しか身につけていなかった。長く美しい脚の一本は銀色で、もう片方は金色だった。そして長距離電話でデートの約束をする娘のような、つんとお高くとまった表情を顔に浮かべていた。

私はバーに入り、革のバーシートに腰を下ろした。シートは羽毛を詰めたみたいにふわふわしていた。グラスが軽やかな音を立て、照明はソフトに煌めいていた。愛を囁く、それとも十パーセントの口銭を囁く、ひそやかな声があった。何はともあれ、とにかくこのような場所で囁かれそうなことが囁かれていた。

天使に裁断してもらったようなグレーのスーツを着た、顔立ちの良い長身の男が出し抜けに小さなテーブルから立ち上がり、バーにやってきて、一人のバーテンダーに向かって毒づき始めた。長いあいだ大きな明瞭な声で聞くに堪えないことを言っていた。九つくらいの汚い呼び名をバーテンダーに浴びせた。そんな素敵なカットのグレーのスーツを着た、顔立ちの良い長身の男なら、普通は口にしないようなすさまじい言葉だった。誰もが話をやめ、無言でその男を見ていた。男の声は遠くから聞こえてくるルンバの音楽を、まるでシャベルの刃で雪を刺すみたいに、ぐさりと貫通していた。

バーテンダーは身動きひとつせずにそこに立ち、相手を見ていた。バーテンダーは髪が巻き毛で、温かみのあるきれいな肌で、くりっとした注意深そうな目をしていた。彼は身動きもせず、口もきかなかった。バーテンダー以外の全員が、男の後ろ姿を見守っていた。

大股にバーから歩き去った。長身の男は言いたいことを言ってしまうと、ゆっくりと

バーテンダーはバーをゆっくりと移動して、私の座っている端っこまでやってきた。そして私の方には目を向けず、そこに立っていた。顔はまさに蒼白だった。それから私の方を見て言った。

「イエス、サー？」

「エディー・プルーという男と話をしたいんだが」

「それで？」

「彼はここで働いている」と私は言った。

「ここでどんなことをして働いているんですか？」、その声はあくまで表情がなく、砂のようにさらさらに乾いていた。

「彼はボスの後ろをついて歩いているような男だと思う。だいたいわかるだろう？」

「ああ、エディー・プルーね」、彼はひとつの唇をもうひとつの唇の上にゆっくりと重ね、

布巾でカウンターの上に小さく完結した円を描いた。「あなたの名前は?」

「マーロウ」

「マーロウ。待っている間に何か飲みますか?」

「ドライ・マティーニがいいな」

「マティーニ。すんごくドライなやつ」

「そうだ」

「スプーンか、フォークとナイフ、どちらを使いますか?」

「細切りにしてくれればいい」と私は言った。「つまんで囓《かじ》るから」

「学校に向かう途中で」と彼は言った。「オリーブは袋に入れて添えた方がいいでしょうか?」

「その袋で私の鼻をひっぱたくといい」と私は言った。「君の気が少しでも晴れるのであれば」

「サンキュー・サー」と彼は言った。「ドライ・マティーニひとつ」

彼は三歩ばかり離れ、それから戻ってきて、カウンターの上に身を乗り出した。そして言った。「私は飲み物の作り方を少しばかり間違えました。あの紳士はそれについて私に文句を言った」

「彼の言ったことは聞こえた」

「彼は紳士がそういう場合にあなたに向かって口にしそうなことを、私に向かって口にした。大物の映画監督が、あなたの犯した些細な過ちを得意気に指摘するみたいにね。そしてあなたは彼の言ったことを聞いた」

「そのとおり」と私は言った。いつまでこういう会話を続けるつもりなのだろう。

「彼はわざとみんなに聞こえるように言い立てた。それがあの紳士のやったことです。だから私はここに来て、あなたを事実上侮辱するようなことを言った」

「なるほど」と私は言った。

彼は指を一本上げて、それを考え深げに見つめた。

「まったく見ず知らずの相手に、そんなことするなんて」

「この大きな茶色の目のせいだよ」と私は言った。「優しく人を誘うんだ」

「どうもありがとう」と彼は言って、静かに去って行った。

カウンターの端にある電話に向かって彼が話している姿が見えた。それから彼はシェイカーを使って飲み物を作った。それを持ってこちらにやってきたとき、彼はしっかり普通に戻っていた。

18

飲み物を持って壁際の小さなテーブルに移った。そこに腰を下ろし、煙草に火をつけた。五分が経過した。靄《もや》をぬけるように聞こえてくる音楽は、知らないうちにテンポを変え、今は若い女が歌っていた。豊かな、足首のあたりまで降りてきそうなほど深いコントラルトで、その声を聴いているのは心地よかった。曲は『ダーク・アイズ』で、伴奏をつけているバンドは、眠り込んだみたいにおとなしかった。

彼女が歌い終えたとき、大きな長い拍手があり、口笛も少し聞こえた。

隣のテーブルの男が連れの娘に言った。「リンダ・コンクエストがバンドに戻ってきたみたいだな。パサデナに住む金持ちと結婚したが、うまくいかなかったという話を聞いた」

娘は言った。「素敵な声ね。女性のクルーナー歌手が好みの人にとっては」

私が立ち上がろうとしたとき、テーブルの上に影が落ちた。男が前に立っていた。

絞首台並みにがっしりとした背の高い男で、すさんだ顔をしていた。右目は禍々《まがまが》しく凍りつき、虹彩が凝固していた。動きのないところを見ると、見えていないのだろう。あまりにも背が高くて、私の向かい側の椅子の背に手をかけるにも、身を屈めなくてはならなかった。彼はそこに立ち、無言で私を見定めていた。私は席に腰を下ろしたまま残っていた酒を飲み干し、コントラルトが別の曲を歌っているのを聴いていた。客たちの好みは古くさい曲らしかった。おそらく彼らは職場で、少しでも時代に先んじようと躍起になっていることにくたびれ果てたのだろう。

「おれがプルーだ」としゃがれた囁き声が言った。

「そのようだね。君は私に話があると言った。こっちも君に話がある。それから今歌っていた女性とも話がしたい」

「ついてきな」

バー・カウンターの奥の端に鍵のかかったドアがあった。プルーはその鍵を開け、ドアを手で持って、私を中に入れた。そして我々は左手にあるカーペットの敷かれた階段を上った。長いまっすぐな廊下があり、いくつかの閉じられたドアが並んでいた。廊下の突き当たりは網戸になっていて、細かい網目の向こうに星がひとつ、明るく輝いていた。プルーはその網戸の近くにあるドアをノックした。そしてドアを開け、脇に寄って私を中に通した。

整然としたオフィスだった。さして広くはない。フレンチ・ウィンドウのそばに、据え付けの革張りコーナー・シートがあり、白いディナージャケットを着た男が部屋に背を向けて立ち、窓の外を見ていた。髪は白くなっている。黒とクロムの大きな金庫があり、いくつかの書類ケースがあり、大きな地球儀があり、作り付けの小振りなバーがあり、お決まりの広々として重厚な重役用デスクがあり、その奥にはこれも定番の、高い背もたれのついた詰め物入り革椅子があった。

デスクの上にあるものはどれも標準的な装飾品で、銅でできていた。銅製のライト・スタンド、ペンセットと鉛筆皿、ガラスと銅でできた灰皿（銅でできた象が縁についている）、銅のレター・オープナー、銅の盆に置かれた銅の魔法瓶、四隅に銅があしらわれたデスク用下敷き。銅の花瓶にスイートピーが一輪挿されていたが、その花までほとんど銅色だった。

とにかく銅だらけだ。

窓際の男はこちらを振り向いた。年齢は五十がらみ、灰白色の髪はふさふさして、左の頬にくぼんだ傷跡があることを別にすれば、そのハンサムな肉厚の顔に特別な点はない。傷はむしろ深いえくぼのような役目を果たしていた。もし傷跡がなかったら、その人物のことは覚えていなかっただろう。ずいぶん前にその男を映画で見たことがある。少なくとも十年以上前だ。映画の題は思い出せない。どんな映画だったのか、彼がどんな役をしていたのか、それも思い出せない。しかし浅黒い肉厚のハンサムな顔と、くぼんだ傷跡だけは覚えていた。当時、髪はまだ真っ黒だった。

彼はデスクまで歩いて行って、そこに腰を下ろし、レター・オープナーを手に取り、その先で親指の付け根のふくらみをつついた。そしてまったく表情を浮かべることなく私を見た。「おまえがマーロウか？」

私は肯いた。

「座れよ」。私は腰を下ろした。エディー・プルーは壁を背にした椅子に座り、椅子を傾けて前の脚を浮かせた。

「おれは覗き屋を好かない」とモーニーは言った。

私は肩をすくめた。

「おれが覗き屋を好かない理由はたくさんある」と彼は言った。「おれはそいつらを何によらずも、いかなるときでも好かない。そいつらがおれの友だちを悩ませるのも好かないし、そいつらがおれの女房にちょっかいを出すのも好かない」

私は何も言わなかった。

「そいつらがうちの運転手にあれこれ質問するのも好まないし、うちの客に向かってタフぶるのも好まない」と彼は言った。

私は何も言わなかった。

「ひとことで言えば」と彼は言った。「おれはただただそいつらが嫌いなんだ」

「君の言いたいことが少しずつつかめてきた」と私は言った。

彼は顔を紅潮させた。目はぎらぎらと光っていた。「その一方で」と彼は言った。「今この時点に限ってということだが、おまえには利用価値があるかもしれない。おれとうまく折り合えば、おまえは金を受け取れるかもしれない。悪くない話だ。余計なことに鼻先を突っ込まないだけで、金が入ってくるかもしれないのだから」

「どれくらいの金を受け取れるかもしれないのだろう？」と私は尋ねた。

「それは時間と健康によって支払われるかもしれない」

「そういうレコードを以前どこかで聴いたことがある気がする」と私は言った。「曲名までは思い出せないが」

彼はレター・オープナーを下に置き、デスクの扉を勢いよく開け、カット・グラスのデキャンターを取り出した。そこから液体をひとつのグラスに注ぎ、それを飲み、デキャンターの蓋を閉めた。そしてデキャンターをまたデスクの中に戻した。

「おれのビジネスでは」と彼は言った。「タフなやつらなんて一ダースあたり十セントで買える。タフになりたいと思っているやつなんぞ、一グロスあたり五セントで買える。おまえはおまえの仕事だけを考えてろ。おれはおれの仕事だけを考える。そうすれば何の問題もない」。彼は煙草に火をつけた。その手は少し震えていた。

私は部屋の向こうで、壁に背をつけ、椅子を傾けて座っている男を見た。まるで田舎の雑貨店で暇を潰している男のようだった。彼はそこにじっと腰を下ろしているだけで、まったく動かなかった。長い両腕をだらんと垂らし、皺のよった灰色の顔は表情をまったく欠いていた。

「誰かが、金がどうこうという話をした」と私はモーニーに言った。「何のためだ？ 偉そうに吹きまくる人間の魂胆は最初から見えている。相手を怖がらせることができると、自分に言い聞かせたいのさ」

「おれにそういう口の聞き方をしていると」とモーニーは言った。「今にチョッキに鉛のボタンをつけることになるぜ」

「それはそれは」と私は言った。「チョッキに鉛のボタンをつけた気の毒なマーロウ」

エディー・プルーが喉の奥で乾いた音を立てた。くすくす笑いだったかもしれない。

「そして私が自分の仕事だけをして、君の仕事に口を出さないということについていえば」と私は言った。「私の仕事と君の仕事とが、どこかで少しばかり重なり合うことだってあるかもしれない。私の落ち度ではなくして」

「そうならないことを祈るんだな」とモーニーは言った。「でもたとえばどんな風にだ？」。彼は両目を素速く上げ、それからまた下ろした。

「そうだな、たとえばここにいる君のタフ・ボーイが、私に電話をかけてきて、死ぬほど脅してくれた。そのあとで、夜遅くにまた電話をかけてきて、五百ドルの話を持ち出し、ここまで車を運転してきて、君と話をしたら良いことがあるかもしれないと言った。そしてまたたとえば同じタフ・ボーイが、あるいは彼にそっくりの別人が――これはちょっとありそうにないことだが――私と同業の男を尾行していた。その男はたまたま今日の午後、射殺された。バンカー・ヒルのコート・ストリートでね」

モーニーは口にくわえていた煙草を取り、目を細めてその先端を眺めた。すべての動き、すべての仕草が、カタログからそのままもってきたものみたいだ。

「誰が撃たれたって？」

「フィリップスという男だ。金髪の若く見える男だ。きっと君は彼のことが気に入らなかっただろう。覗き屋だったからね」。私はフィリップスの見かけを細かく教えた。

「そいつの名前は聞いたことがない」とモーニーは言った。

「そしてまたたとえば、居住者ではない背の高い金髪女が、そのアパートメントハウスから出てくるところを目撃されている。フィリップスが射殺された直後にね」と私は言った。

「どんな背の高い金髪女だ？」。彼の声は少しばかり変化していた。切迫したものがそこに聴き取れた。

「私は知らない。彼女は目撃されたし、彼女を見た人物は、もう一度見たら見分けられると言っている。もちろん彼女は、フィリップス事件とはまったく無関係かもしれないが」

「そのフィリップスという男は探偵なのか？」

私は肯いた。「それはもう二度も言ったぜ」

「なぜその男は殺されなくてはならなかったんだ？　どうやって殺されたんだ？」

「頭を一発どやされ、そのあと部屋の中で射殺された。なぜ殺されたのか、それは我々にもわからない。もし理由がわかれば我々にも、誰が殺したのかわかってくるかもしれない。そういう類《たぐい》の展開みたいだ」

「『我々』って誰のことだ？」

「警察と私のことだよ。私が彼の死体を発見したんだ。だから私としても、事件に関わらざるを得なかった」

プルーは椅子の前の脚を、どこまでもそっとカーペットの上に降ろし、こちらを見た。彼の見える方の目には眠そうな表情が浮かんでいた。私はそれが気に入らなかった。

モーニーは言った。「それでおまえは警察にどんなことを話したんだ？」

私は言った。「ほんのわずかしか話していない。君が最初に言ったことから推し量ると、私がリンダ・コンクエストの行方を探していることを、君は知っている。レスリー・マードック夫人だ。彼女の居場所はわかった。彼女はここで歌っている。それを秘密にしておく必要なんてどこにもなかったはずだ。君の奥さんか、あるいはミスタ・ヴァニアーがそのことを私に教えてくれたってよかったんだ。なのに彼らは口を閉ざしていた」

「おれの女房が覗き屋に教えることなんて、せいぜいぶよの片目に書き込めるくらいのものさ」

「彼女には彼女の理由があったのだろう」と私は言った。「でもそれはもうさして重要なことではない。実際のところ、ミス・コンクエストに会うことも、今ではもうさして重要なことではない。しかしそれはそれとして、彼女と少し話がしたい。もしかまわなければ」

「もしかまうとしたら」とモーニーは言った。

「それでもやはり私としては、彼女と話がしたい」と私は言った。私はポケットから煙草を一本取り出し、指の間でそれを転がし、モーニーのたっぷりとした、そしてまだ黒々とした眉毛を鑑賞した。眉毛の形は美しく、エレガントなカーブを描いていた。

プルーはくすくす笑いをした。モーニーは彼を見て眉をひそめ、それからまた私を見た。眉はまだ曲げられたままだ。

「警察に何を話したかと尋ねたんだぞ」と彼は言った。

「警察にはどうしても話さなくちゃならないことしか話していない。このフィリップスという男が、自分の住まいに来るように私を誘ったんだ。自分のやっている仕事が剣呑で、にっちもさっちもいかなくなって、助けを求めているというようなことを、彼は私に匂わせた。そこに私が着いたとき、フィリップスは既に死んでいた。その次第を警察に話した。しかし彼らは私が知っていることを全部話したとは思っていない。実際そのとおりかもしれない。明日の正午までに私は、話の隙間を埋めなくちゃならない。だから今こうして隙間を埋めるべくつとめているところだ」

「それなら、おまえはここに来て時間を無駄にしたことになる」とモーニーは言った。

「呼ばれたからここに来たという認識が私にはあるんだが」

「いつでも好きなときに、好きなところに帰っていいぜ」とモーニーは言った。「あるいは五百ドルで、おれのためにちょっとしたことをしてくれてもいい。いずれにせよ、おまえが警察で話すかもしれない筋書きから、おれとエディーの存在を抜いておいてくれ」

「どんな種類の仕事なのかな？」

「おまえは今日の朝、おれの家にいた。察しはつくはずだ」

「離婚がらみの件は扱わない」と私は言った。

彼の顔は蒼白になった。「おれは女房のことを愛している」と彼は言った。「結婚してまだ八ヶ月にしかならない。離婚なんぞ考えてもいない。あいつは素敵な女だし、大筋のところでは物事の是非がわかっている。ただし今のところ、不適当な相手とつきあっている」

「不適当なって、どんな風に？」

「わからんよ。おれとしてはそれが知りたい」

「話をはっきりさせてくれ」と私は言った。「君は私にその仕事をさせたいのか、それとも今とりかかっている仕事から私を下ろしたいのか？」

　プルーはまたくすくす笑った。今度は壁に向かって。

　モーニーは再びブランデーを出して、素速くそれを喉の奥に流し込んだ。顔に血色が戻ってきた。しかし私の質問に返事はしなかった。

「それともうひとつはっきりさせたいことがある」と私は言った。「君は奥さんが他の男と遊び回ることを気にしてはいない。しかしヴァニアーという名前の男と遊び回るのは気に入らない。要するにそういうことなのか？」

「おれは女房の心根を信用している」と彼はゆっくり言った。「しかし判断を信用してはいない。そう考えてもらいたい」

「そして君は、あのヴァニアーという男の何かを、私に探り出してほしいと思っている？」

「あの男の企んでいることを知りたいんだ」

「ほう、あの男は何か企んでいると？」

「そう思っている。どんなことかはわからないが」

「彼が何か企んでいると君は思っているのか。あるいはそうであってほしいと思っているのか？」

　彼は表情のない目で私をしばしじっと見ていた。それから真ん中の抽斗を開け、そこに手を入れて、一枚の畳まれた紙を私の方に放り投げた。私はそれを手にとって広げて見てみた。それは灰色の頭書きのついた請求書のカーボン・コピーで、頭書きには「カル・ウエスタン歯科医療材会社」とあり、住所が記されていた。その請求書には、三十ポンドのカー社製クリストボライト（十五ドル七十五セント）、二十五ポンドのホワイト社製アルバストーン（七ドル七十五セント）、及び税金とあった。請求書の振出人はH・R・ティーガー、留め置き商品。支払い済みの印が捺《お》され、隅の方にはL・G・ヴァニアーの署名があった。

私はそれをデスクの上に戻した。

「ある夜、ヴァニアーがここにいるとき、こいつがやつのポケットからこぼれ落ちた」とモーニーが言った。「十日ほど前のことだ。エディーがすかさずその上に大足を載せたから、ヴァニアーは自分がそれを落としたことに気づかなかった」

私はプルーを見た。そしてモーニーを見た。それから自分の親指を見た。「これが私にとって何か意味を持つのだろうか？」

「おまえさんは頭の切れる探偵なんだろう。しっかり頭を使ってくれよ」

私はもう一度その紙片に目をやり、畳んでポケットにしまった。「もし何かしらの意味がなければ、私にこれを渡すようなことはあるまい」と私は言った。

モーニーは壁際にある黒とクロムの金庫の前に行って、扉を開けた。そして五枚のぱりぱりの新しい紙幣とともに戻ってきて、ポーカーの手札を広げるみたいに指で広げた。端と端を揃え、ひらひらと軽く振ってから、私の前のデスクの上に投げた。

「ここに五百ドルある」と彼は言った。「ヴァニアーをおれの女房のまわりから追い払ってくれたら、あと同じだけ払おう。やり方はおまえに任せる。どういうやり方をとったか、そんなことは知りたくない。どうとでもおまえの好きなようにやればいい」

私は物欲しげな指でその新しいぱりぱりの紙幣をつついた。それから紙幣を押し戻した。「もしことがうまく運んだら、金はそのときにいただく」と私は言った。「今夜のぶんの報酬はミス・コンクエストと少し言葉を交わすというかたちでもらえないだろうか？」

モーニーは金には手を触れなかった。彼は四角いボトルを取り出し、自分のグラスにおかわりを注いだ。今回は私の分も注いでくれた。それをデスク越しにこちらに押し出した。

「そしてフィリップス殺しについていえば」と私は言った。「このエディーがしばらく彼を尾行していた。その理由を話してくれる気はないか？」

「ないね」

「こういう事件の問題点は、第三者から情報が入ってくるかもしれないということだ。いったん事件が新聞に発表されると、そこで何が起こるか予測がつかない。そしてそうなれば、君は私のせいだと思うだろう」

彼は私の顔を揺らぎのない目で見ていた。「それはあるまい。おまえがここに入ってきたとき、おれは少々タフに振る舞った。しかしおまえはひるまなかった。ひとまずおまえを信用しよう」

「それはどうも」と私は言った。「エディーがうちに電話をかけてきて、私を震え上がらせようとした理由は教えてもらえないか？」

彼は下を向いて、デスクを指でとんとんと叩いた。「リンダはおれの古い友だちだ。マードックの息子が今日の午後、ここにリンダに会いに来た。そしておまえがマードックばあさんのために仕事をしていると言った。彼女がおれにそれを伝えた。おまえがどんな仕事をしているか、おれは知らなかった。おまえは離婚がらみの仕事はしないと言う。ということはつまり、ばあさんは離婚を案配するためにおまえを雇ったのではないということだ」。彼はそう言うと、目を上げてじっと私を見た。

私も彼を見返し、待った。

「要するにおれはただ友だちを大事にする男なんだ」と彼は言った。「友だちが探偵に煩わされて、それを黙って見過ごすことはできない」

「マードックは君にいくらかの借金があった。そうだね？」

彼は顔をしかめた。「おれはそういう話はしない」

彼は酒を飲み干し、肯いてから立ち上がった。「リンダを呼ぼう。いいから金は持っていけ」

彼はドアを開けて出て行った。エディー・プルーは彼の長い身体を巻き戻すようにして立ち上がり、薄暗い灰色の笑みを意味もなく私に向けた。それからモーニーのあとに続いた。

私は新しい煙草に火をつけ、歯科医療材会社の請求書にもう一度目を通した。私の頭の奥の方で何かが蠢《うごめ》く感触があった。私は窓際に行ってそこに立ち、谷間の向こう側を眺めた。一台の車がカーブを曲がりながら坂道を上ってきて、塔のある大きな屋敷へと向かっていた。塔は半分ガラス・ブロックでできていて、その奥には明かりが灯っていた。車のヘッドライトが塔を舐めるように横切り、ガレージに入っていった。明かりが消えると、谷間は一段暗くなったようだった。

あたりはとてもしんとして、かなり涼しくなっていた。ダンス・バンドは私の足もとあたりに位置しているらしい。音はぼんやりとくぐもって、どんな曲かも聴きとれなかった。

背後の開いたドアからリンダ・コンクエストが入ってきた。彼女はドアを閉め、そこに立ち、冷ややかな光を浮かべた目で私を見ていた。

19

彼女は写真そのままであり、同時にそうではなかった。口は大きくてクール、短い鼻、目もまた大きくクールだ。黒髪を真ん中から分けて、分け目は一本の太く白い線になっている。ドレスの上に白いコートを、襟を立ててまとっていた。コートのポケットに両手を入れ、口には煙草をくわえている。

彼女は写真より歳を食って見えたし、目つきはもっときつかった。唇は微笑みなど忘れてしまったみたいに見える。歌っているときだけその唇は微笑むのだろう。営業用の人工的微笑みだ。でも休憩時間中にはその唇は薄く堅く、そして怒りを含んでいる。

彼女はデスクの前にやってきて、立ったままデスクの上を見下ろした。まるでそこに並んだ銅製の装飾品の数を数えるみたいに。カット・グラスのデキャンターを目にすると、蓋を取ってグラスに注ぎ、手首のひとひねりでそれをぐいと飲み干した。

「あなたがそのマーロウって男ね？」、彼女は私を見ながら尋ねた。デスクの端っこに腰をもたせかけ、足首をクロスさせた。

私がそのマーロウという男だと私は言った。「私があなたを好きになる余地はこれっぽっちもないと思う。だからさっさと用件を片付けて、どこかに消えちゃってくれる？」

「どう考えても」と彼女は言った。

「私がこの場所についてとても気に入っているのは、何もかもがそれらしく決まっていることだ」と私は言った。「ゲートの警備員、黒人のドアマン、煙草売りの娘、クローク係の娘、長身のつんつんした、いかにも退屈しているショーガールを同伴した、太って脂じみた好色そうなユダヤ人、酔っ払ってバーテンダーに当たり散らす、着こなしが良くて無礼きわまりない映画監督、拳銃を持った無口な男、B級映画の大根演技が身についた、ソフトな白髪のナイトクラブのオーナー、それから君だ。長身で黒髪の女性トーチ歌手、投げやりな冷笑、ハスキーな声音、ハードボイルドな科白《せりふ》」

彼女は言った。「そうかしら？」。そして煙草を唇に挟み、ゆっくりと煙を吸い込んだ。

「じゃあ、去年流行ったギャグ満載の、いやったらしい笑みを浮かべた、口の減らない私立探偵はどうなのよ？」

「じゃあ私はそもそも何ゆえに、君とこうして会話を交わす機会を持たせていただけたのだろう？」と私は言った。

「さあてね。私にはとんとわからないわ」

「彼女は返してもらいたがっている。今すぐにだ。手速く済ませないと、面倒なことになる」

「私はてっきり――」彼女はそう言いかけて、あわてて口を閉ざした。最初にその顔にはっと浮かんだ好奇の影を、煙草を小道具にし、その上に顔を伏せることによって、女が消し去っていく様子を私は見ていた。「彼女は何を返してもらいたがっているのかしら、ミスタ・マーロウ？」

「ブラッシャー・ダブルーン」

彼女は私の顔を見て肯いた。記憶を辿るみたいに。あるいは記憶を辿るところを私に見せつけるみたいに。

「ああ、ブラッシャー・ダブルーンね」

「そんなもののことは、すっかり忘れていたみたいだね」と私は言った。

「いいえ、そうでもない。何度か目にしたことがあるから」と彼女は言った。「彼女はそれを返してもらいたがっているとあなたは言った。ということは、私がそれを盗んだと思われているわけ？」

「そう。まさにそのとおり」

「あの女はとんでもない嘘つきよ」とリンダ・コンクエストは言った。

「人が何らかの考えを抱いたとして、その人を嘘つきだと断言することはできない」と私は言った。「でもときとして、人が思い違いをすることはある。彼女は考え違いしていると？」

「どうして私が、彼女の阿呆らしいコインを盗ったりしなくちゃならないわけ？」

「そうだな――それが高価だということもある。彼女は君が金を必要としていたかもしれないと思っている。どうやら彼女はあまり気前の良いタイプではないらしいから」

女は笑った。小馬鹿にしたような堅苦しい笑いだった。「そのとおり」と彼女は言った。「ミセス・エリザベス・ブライト・マードックは気前が良いとは、死んでも言えないわね」

「あるいは君はただ、その意趣返しをしたいと思ったのかもしれない」と私は希望を込めて言った。

「あるいは私は、あなたをひっぱたいてやるべきなのかもしれない」、彼女はそう言って、モーニーの金魚の形をした銅製の灰皿に煙草をこすりつけて消した。そしてほとんど無意識にレター・オープナーで吸い殻を突き刺し、それをゴミ箱に落とした。

「その話はさておいて、もう少し重要な問題に移れば」と私は言った。「彼と離婚する気はあるのかな？」

「二万五千いただければ」と彼女は私の顔を見ずに言った。「喜んで離婚してあげるわ」

「君はあの男に恋してはいない。そうだろう？」

「胸が張り裂けるようなことを言ってくれるわね、マーロウ」

「彼は君に恋している」と私は言った。「そしてなんといっても、君は彼と結婚したんだぜ」

彼女は気怠い目で私を見た。「私がその過ちの代償を払わなかったなんて言わないでね」、そして新しい煙草に火をつけた。「でもね、女ってのは生きていかなくちゃならないのよ。そしてそれは見かけほど楽なことじゃない。だから女は間違いもする。ろくでもない家族を持ったり、ろくでもない男と結婚したりもする。もともとそこにありもしないものを求めてね。安定した生活とか、その手のものを」

「しかしそこで、愛はとくに必要とはされない」

「ねえマーロウ、必要以上にシニカルになりたくはないけれど、でもどれくらいたくさんの若い娘が、ただ家庭というものを求めて結婚するかを知ったら、きっと驚くと思う。とくにこういう派手な高級クラブに通う道楽者たちを次々にはねのけることで、腕の筋肉がくたびれてしまったような娘たちがね」

「君は家庭を持ち、それを放棄した」

「あれじゃとても勘定が合わないもの。あのポートワイン漬けのばあさんのおかげで、すべてが台無しになってしまった。あなたは依頼人としてあの人をどう思う？」

「もっとひどい連中にも会ってきたよ」

彼女は唇についた煙草のかすを取った。「あのばあさんが彼女にやっていることに気がついた？」

「マールにか？　ずいぶんいたぶっているみたいだな」

「そんな生やさしいことじゃない。あの子は頭がおかしくなっている。彼女は何かしらの精神的ショックを受けていて、それをばあさんが残酷に利用し、思うがままに支配している。人前では娘を厳しく怒鳴りつけるけど、陰では耳元でやさしい声を出して、髪をそっと撫でてやったりしている。娘はただびくついている」

「そこまではわからなかったね」と私は言った。

「あの子はレスリーにそっこんなのよ。でも自分ではそのことがわかっていない。感情的にはあの子は十歳程度よ。あの家では遠からず何かまずいことが持ち上がるわ。その場に居合わせないですむだけで、私としてはとても嬉しい」

私は言った。「君は賢い娘だ、リンダ。タフで、頭が働く。結婚するときには、自分が宝の山に手を置いたみたいに思ったのだろうね」

彼女は唇をねじ曲げた。「それは少なくともヴァケーションみたいなものだろうと思ったわ。ところがとんでもない。あいつは知恵の働く、情け知らずの女よ、マーロウ。あいつがあなたに何をさせているにせよ、あいつが口にすることは本心じゃない。何か腹に一《いち》物《もつ》あるわ。よくよく気をつけた方がいい」

「彼女は男を二人ばかり殺したりするだろうか？」

彼女は笑った。

「冗談じゃなくて」と私は言った。「二人の人間が殺されて、少なくともその一人は稀少コインに関わっている」

「よくわからない」、彼女は表情を欠いた目で私を見た。「それって、殺人ということ？」

私は肯いた。

「あなたはそのことをモーニーに話したの？」

「そのうちの一人のことだけはね」

「警察には？」

「そのうちの一人のことだけ。同じ方だが」

彼女は私の顔をじろじろと眺め回した。私たちはお互いを見つめた。彼女の顔は少し青ざめていた。あるいはただ疲れていただけかもしれない。さっきよりいくぶん血の気が引いているように見えた。

「でまかせを言ってるのね」、彼女は歯の間から息を吐くように言った。

私はにやりと笑って肯いた。彼女は少しリラックスしたように見えた。

「ブラッシャー・ダブルーンのことだけど」と私は言った。「君はそれを盗んでいない。オーケー。それで離婚については？」

「それはあなたには関係のない問題よ」

「そのとおりだ。ああ、話をしてくれてありがとう。ところで君はヴァニアーという男のことを知っているか？」

「イエス」、彼女の顔は硬く凍りついた。「でもよくは知らない。ロイスのお友だちよ」

「とても親しい友だちだ」

「そのうちに彼の、ささやかな目立たない葬儀が出ることでしょうね」

「これまでにも、いくつかのその手の仄めかしがなされた」と私は言った。「あの男には何かいわくがありそうだな。彼の名前を出すたびに、その場が凍りつくんだ」

彼女はじっと私を見ていたが、何も言わなかった。その目の奥で、ある考えがちらついているようだった。しかしもしそうだとしても、それは表には現れなかった。彼女は静かに言った。

「もし彼がロイスと手を切らなければ、モーニーは間違いなく彼を始末するでしょうね」

「それはないね。ロイスはいざとなればさっと手のひらを返すさ。誰にだってそれくらいわかる」

「でもたぶんアレックスにはそれがわかっていない」

「ヴァニアーはいずれにせよ、私の仕事とは無関係だ。彼はマードック一家とは絡んでいないからね」

彼女は唇の端を持ち上げて私を見た。「そうかしら？　ひとつ言いたいことがあるの。どうしてこんなことをあなたに教えてあげなくちゃならないのか、自分でもよくわからないけれど。私は意外に広い心の持ち主なのかもね。ヴァニアーはエリザベス・ブライト・マードックのことを知っているわよ。それもよく知っている。私があそこに住んでいる間、彼が屋敷を訪れたことは一度しかなかったけれど、電話はよくかけてきた。私も何度か電話に出た。彼はいつもマールを出してくれと言った」

「そいつは妙だな」と私は言った。「マールだって？」

女は身を屈めて煙草をもみ消した。そしてまた吸い殻を刺して、ゴミ箱に捨てた。

「とても疲れたわ」と彼女は出し抜けに言った。「そろそろ帰ってくれない？」

私は女を見ながら、そして考えを巡らせながら、少しだけそこに立っていた。それから言った。「おやすみ。どうもありがとう。幸運を祈るよ」

私は女をあとに残して部屋を出た。彼女はそこに立って、白いコートのポケットに両手を突っ込み、うつむいて床を見ていた。

ハリウッドに戻り、車をガレージに入れ、自分の部屋に戻ったときには二時になっていた。風はすっかり収まっていたが、空気には砂漠特有の軽い乾きが感じられた。部屋の空気は死んでいたが、ブリーズの残していった葉巻の吸い殻のせいで、それは死んでいるという以上にすさんだものになっていた。私は服を脱ぎ、スーツのポケットの中のものをさらいながら、窓を開け、アパートメント全体の空気を入れ換えた。

ポケットには歯科医療材の請求書も入っていた。それはどう見ても、H・R・ティーガーという人物宛てに書かれた、三十ポンドのクリストボライトと二十五ポンドのアルバストーンの、通常の請求書だった。

私は電話帳を居間のデスクの上に出し、ティーガーを調べてみた。それから散らかった記憶がしかるべき場所にぴたっと収まった。彼の住所は西九番通りの四二二番地、ベルフォント・ビルディングの住所もやはり西九番通りの四二二番地だ。

H・R・ティーガー歯科工房という名前は、ベルフォント・ビルディングの六階のドアのひとつに掲げられていた。イライシャ・モーニングスターのオフィスから裏階段を使ってこっそり立ち去るときに、私はそれを目にしていた。

とはいえピンカートン探偵社だって睡眠はとらなくてはならない。そしてマーロウときたら、ピンカートン探偵社なんかよりもっともっとたっぷり眠る必要があるのだ。私はベッドに入った。

20

前日と同じくらいパサデナは暑かった。そしてドレスデン・アヴェニューにある暗赤色の煉瓦造りの大きな屋敷は、前日と同じくらい涼しげに見えた。馬繋ぎブロックの隣でじっと待機している、彩色された黒人の少年は、前日と同じくらい悲しげに見えた。前日と同じ蝶々が、前日と同じ紫陽花の茂みにとまっていた（あるいは同じものに見えただけかもしれないが）。前日と同じもったりとした夏の匂いが、朝の空気の中に漂っていた。ドアのベルを押すと、前日と同じ不機嫌そうな顔の中年女が出てきた。声は同じくぶっきらぼうだった。

彼女は私を連れて同じ廊下を歩き、陽光が差し込まない同じ部屋に案内した。そこではミセス・エリザベス・ブライト・マードックが同じ葦材の寝椅子に座っていて、私が入っていくと、前日と同じように見えるポートワインのボトルから、ぐいと一口飲んだ。しかしそれはたぶん三代目くらいにあたるボトルなのだろう。

メイドがドアを閉め、私は腰を下ろし、帽子を床に置いた。前日と同じように。そしてミセス・マードックは前日と同じゆるぎない視線を私に向けた。そして言った。

「それで？」

「状況はよくありません」と私は言った。「警察が私を追っています」

彼女は牛肉の片面ほども動揺しなかった。「そうなの。あなたはもう少し優秀かと思っていたけど」

私はそれを無視した。「私が昨日の朝ここを出ると、クーペに乗った男があとをつけてきました。彼がここで何をしていたのか、どうやってここに来ることになったのか、私にはわからない。ここまで私をつけてきたのかもしれません。でもそうではないという気がします。途中でまいてやったが、その後ちゃんと私のオフィスの廊下に姿を見せました。そしてまたあとをつけてきた。だから今度はこっちから誘って、尾行している理由を尋ねました。相手が言うには、彼は私のことを前から知っていて、私の助けを必要としていた。そして話があるので、バンカー・ヒルにある自分のアパートメントに来てくれないかと言いました。私はモーニングスター氏に会ったあとでそこに行きました。そして浴室の床で、その男が射殺されているのを発見しました」

ミセス・マードックはポートワインを少しだけすすった。彼女の手はいくらか震えていたかもしれない。しかし部屋はずいぶん暗かったから、定かにはわからない。彼女は咳払いした。

「それで？」

「彼の名前はジョージ・アンソン・フィリップス。金髪の若い男で、あまり頭の働く方じゃない。私立探偵と自称しています」

「その名前には覚えがない」とミセス・マードックは冷ややかな声で言った。「私の知る限りその人には一度も会ったことがないし、何の知識も持ちません。あなたを尾行させるために私がその男を雇ったと、あなたは考えているのかしら？」

「どう考えればいいのか、私にもわからなかった。お互いの情報を持ち寄ろうじゃないかと彼は持ちかけてきました。そして私が受けた印象では、彼はおたくのご家族の誰かから依頼されて仕事をしているようでした。それについては多くを語りませんでしたが」

「そんなことはあり得ません。わかりきったことです」、そのバリトン並みの声は石のように硬かった。

「あなたがご自分の家族のことを、それほどよくご存じだとは、私には思えないんですがね、ミセス・マードック」

「あなたが私の息子に質問したことを知っています。私の指示に反してね」と彼女は冷ややかに言った。

「私は彼に質問していません。彼が私に質問したのです。あるいは質問しようと試みた」

「それについては後でまた話しましょう」と彼女は厳しく言った。「あなたが発見したという、射殺された男はどうなったの？　彼のことであなたは警察と関わっているのかしら？」

「当然です。彼がどうして私のあとをつけていたのか、警察は知りたがっています。私がどんな仕事をしていたのか、なぜ彼が私に話しかけてきたのか、なぜ自分のアパートメントに来てくれと私に持ちかけたのか、そしてなぜ私がそこに行ったのか。でもそれはまだ全体の半分に過ぎないのです」

彼女はポートワインを飲み干し、またグラスに注いだ。

「喘息はいかがですか？」と私は尋ねた。

「よくない」と彼女は言った。「あなたの話を続けて」

「私はモーニングスターに会いました。そのことは電話で申し上げましたね。彼はブラッシャー・ダブルーンを所有していないというふりをしましたが、それを買ってくれともちかけられたことは認めたし、入手することは可能だと言いました。これも申し上げたはずです。そこであなたはおっしゃった。既にそれはあなたの手に戻ってきたし、問題はすべて解決したと」

私はそこで少し待った。彼女がコインが戻ってきた経緯について何か話をするかもしれないと思って。しかし彼女はただワイングラス越しに、殺伐とした目で私を睨《にら》んでいるだけだった。

「それで、私はミスタ・モーニングスターと段取りをつけて、千ドルでコインを買い戻すことになっていたものですから――」

「あなたにはそんなことを決める権限は与えていません」と彼女は吼えた。

私は肯いて、彼女に同意した。

「私は彼を少しばかりからかっていたのでしょう」と私は言った。「そしてまた私自身、少しばかり楽しもうとしていたのです。いずれにせよ、電話であなたの話を聞いたあとで、彼に連絡して、申し出はキャンセルされたと伝えようとしました。でも彼の名前では、オフィスの方しか電話帳に載っていなかった。で、オフィスに行ってみました。時間はかなり遅くなっていたけれど、エレベーター係の男は、彼はまだオフィスにいると言いました。モーニングスターはそこで床に仰向けになって死んでいました。頭に一撃を食らって、どうやらそのショックで死んだようです。老人にはちょっとしたことが命取りになります。殺そうとして殴打したわけではないかもしれません。私は救急病院に電話をしましたが、名乗りはしなかった」

「それは賢明だったわ」と彼女は言った。

「そうでしょうか？　私はそれなりに頭を働かせました。しかし賢明だったとは言えない。私は筋を通す人間でありたいと望んでいます、ミセス・マードック。そのことはあなたなりに、多少荒っぽくてもいいから理解していただきたいのです。しかし数時間の間に二件の殺人があり、そのどちらの死体も私が発見しています。そして両方の被害者は、ある意味においては繋がっているんです。あなたのそのブラッシャー・ダブルーンによってね」

「なんのことだか理解できませんね。もう一人の、その若い男もですか？」

「そうです。そのことは電話で話しませんでしたか？　話したと思うのですが」、私は額に皺を寄せ、記憶を辿った。そのことは話しているはずだ。

彼女は静かに言った。「言われたかもしれない。でもあなたの話をそれほど集中して聞いていなかったの。だってダブルーンは既に戻ってきていたわけですから。それにあなたは少し酔っているみたいだった」

「私は酔ってなんかいなかった。いくらかショックを受けていたかもしれませんが、酔ってはいなかった。私の話を冷静に受け取ってほしいのです」

「私にどうしてもらいたいの？」

私は深く息を吸い込んだ。「私は既にひとつの殺人事件に関与しています。死体を発見し、通報したことで。ほどなくもう一方の殺人事件とも結びつけられているかもしれません。死体を発見し、通報しなかったことで。そちらの方がより深刻な問題になります。今日の正午までには、私は依頼主の名前を明かさなくてはなりません」

「それは」と彼女は言った。その声は私の好みからすればいささか静かすぎた。「守秘義務に反する行為になります。まさかそんなことはしないでしょうね」

「そのろくでもないポートワインを飲むのをやめて、今の立場をちっとは真剣に考えてくれませんか」と私はぴしゃりと言った。

彼女はそれなりに少しは驚いたようだった。十センチほどだが、グラスを脇に押しやった。

「このフィリップスという男は」と私は言った。「私立探偵の免許を持っています。彼が死んでいるのを私がどのようにして発見したか？　私をつけていたその男に私が声をかけ、彼が自分のアパートメントに来てくれと私に頼んだからです。それでそこに行ってみると、彼は死んでいた。警察はその経緯をすべて承知しています。彼らはその話を信じたかもしれません。しかしフィリップスと私との繋がりが、まったく偶然のものだと言い張っても、そんなことは信じません。彼らはフィリップスと私との間にはもっと深い事情があると見て、私がどんな案件に関わっているかを、何としても聞き出そうとしています。依頼人が誰であるかをね。それはわかっていただけましたか？」

「そこから抜け出す道をなんとか考えなさい」と彼女は言った。「それには少しばかりお金が必要になるかもしれない。それくらいはわかっています」

私はなんだか鼻を強くつままれたような気がした。口の中がからからに渇いていた。空気が吸いたかった。私の向かいの葦材の寝椅子に、融資を断る銀行の頭取のような涼しい顔をして座っている女を見やった。そして大きく息を吸い込み、目の前のおぞましいクラゲの水槽の中に、もう一度ダイビングを試みた。

「私は今あなたのために仕事をしています」と私は言った。「今現在、今週、今日。来週になれば、もし運に恵まれればですが、私は他の誰かのために仕事をしていることでしょう。その次の週も、私はやはりまた別の依頼人のために仕事をしていることでしょう。そのためには、警察とそれなりに良好な関係を保っていなくてはならないんです。彼らに愛される必要まではありません。しかし、こちらには彼らを騙したりするつもりはないんだということを、ある程度わかってもらう必要があります。フィリップスがブラッシャー・ダブルーンについて、何も知らなかったと仮定しましょう。あるいはたとえ彼がそれについて何か知っていたとしても、彼の死はそれとは無関係だったと仮定しましょう。それでも私としては、彼について自分が知っていることをひとつ残らず、警察に話さなくてはなりません。そして彼らは質問したいと思えば、相手が誰であろうと、遠慮なく質問します。あなたにそれを理解していただくのは困難ですか？」

「依頼人を守る権利を、警察はあなたに与えてくれないということ？」と彼女は吐き捨てるように言った。「もしそうなら、いったい誰がわざわざ私立探偵なんて雇うかしら？」

私は立ち上がって、椅子のまわりをぐるりと一周し、そしてまた座った。私は前屈みになって、両膝に手をあてた。そして拳が白くなるまでそれを思いきり握り締めた。

「法律というのは、いかなるものであれ、お互いの出し入れで動いているものなんです、ミセス・マードック。他のたいていの世間のものごとと同じようにね。もし私が法的な権利を主張してだんまりを決め込み、牡蠣《かき》のように口を閉ざしていたとして、たとえそれでなんとかこの場を切り抜けられたとしても、私の職業生命はそこで終わってしまいます。私は面倒を引き起こす人間として、警察にマークされます。そしていつかきっと、彼らは私の息の根をとめるでしょう。私はあなたとの仕事を大事に思っています、ミセス・マードック。しかしだからといって、私はあなたのために喉を掻き切り、あなたの膝の上で盛大に血を流すような真似はできません」

彼女はグラスを手に取り、それを飲み干した。

「どうやらすべてを見事なまでに、むちゃくちゃにしてくれたようね」と彼女は言った。「あなたはうちの嫁がどこにいるかも発見できなかった。ブラッシャー・ダブルーンの在処《ありか》も見つけられなかった。その代わりに、私とは何の縁もない死体を二つ見つけた。そしてご丁寧にも、私生活やら家庭の事情をそっくり警察に話さなくてはならないような羽目に、私を追い込んでくれた。それというのも、自らの無能さの故に陥った苦境から、あなたの身を守るためにね。話を聞いているとそういうことになるみたいだけど、何か異論があったら言ってみなさい」

彼女はまたワインをぐいと飲んだ。しかしあまりに一気に喉の奥に流し込んだので、咳の発作に襲われた。震える手でグラスをテーブルの上に滑らせ、中身をこぼした。そしてシートの上に身を投げ出し、顔を紫色にした。

私は椅子から跳ね上がり、あわててそちらに飛んで行って、彼女のがっしりとした肉付きの良い背中をどんどんと叩いた。背中は市庁舎ビルと良い勝負になるくらい頑強な代物だった。

彼女は長い苦悶のうめきをもらし、激しく息を吸い込み、咳き込むのをやめた。私はディクタフォンのボタンのひとつを押し、誰かが出て、金属的で耳障りな声で、メタル・ディスクを通して何かを言うのを待って、言った。「ミセス・マードックに水のグラスを持ってきて。急いで！」。そして通話を切った。

私は再び腰を下ろし、彼女が立ち直る様子を見ていた。呼吸が安定し、まず普通に息ができるようになると、私は言った。「あなたは自分で思っているほどタフな人間じゃない。まわりの人々に恐れられて暮らすことに、あまりにも慣れすぎたようだ。警察を相手にするのを楽しみにしていなさい。連中はプロフェッショナルです。それに比べれば、あなたは甘やかされたアマチュアに過ぎない」

ドアが開き、メイドが氷を入れたピッチャーとグラスを持って入ってきた。彼女はそれをテーブルに置き、出て行った。

私はミセス・マードックのためにグラスに水を注ぎ、それを手に持たせた。

「ゆっくりすするんです。飲むんじゃなくて。味は気に入らないかもしれないが、少なくともこちらは身体の害にはなりません」

彼女はゆっくりそれをすすり、それからグラスの半分ほどを飲んだ。そしてグラスを置き、唇を拭った。

「まったくの話」と彼女は苛立たしそうに言った。「私立探偵なんて世間に掃いて捨てるほどいるのに、どうして選りに選ってこんな男を雇ってしまったのかしらね。私の家の中で私をいたぶるような男を」

「今更愚痴を言っても始まりません」と私は言った。「時間があまりないのです。警察にはどのように話せばいいでしょう？」

「警察なんて私には何の意味もありません。まったく何の意味もない。そしてもしあなたが警察で私の名前を持ち出したなら、私はそれを許しがたい守秘義務の不履行とみなします」

これではまた逆戻りだ。

「殺人事件となると、事情は一変します、ミセス・マードック。殺人が絡むと、だんまりを決め込むことはできません。あなたは彼らに話さなくてはなりません。なぜ私を雇ったのか、どんなことをさせるためか。彼らはそれを新聞記事にしたりはしません。もし彼らがそれが真実であると納得すれば、ということですが。あなたが私を雇ったのは、イライシャ・モーニングスターを調査させるためであり、それは彼がおたくに電話をかけて、ブラッシャー・ダブルーンを売る気があるかどうか問い合わせたからだと言っても、警察はそんなことはまず信じないでしょう。もしあなたがそれを売りたくても、実際に売ることはできないという事実を、彼らは知らずに終わるかもしれません。そういう線は彼らの視野に入らないかもしれませんから。しかしコインの買い手になりそうな人間の身上調査のために私立探偵を雇うなんて話を、彼らは信じません。なんでわざわざそんなことをしなくちゃならないんですか？」

「それは私の勝手じゃないかしら？」

「いいえ。警察をそんな風にたぶらかすことはできません。あなたはすべての経緯をそっくり打ち明け、隠し事なんて何ひとつしていないと、彼らを納得させなければなりません。あなたが何かを隠していると思えば、彼らはあなたを絶対に解放しません。もし筋の通ったもっともらしい話をすれば、彼らは満足して引きあげます。そして何より筋の通ったもっともらしい話というのは、いつだって真実のことです。真実を話すことに何か問題があるのですか？」

「問題だらけです」と彼女は言った。「でもそんなことを言っても始まらないのでしょうね。つまり警察にこう言わなくちゃならないわけ？　私は嫁がコインを盗んだと疑ったけれど、それは間違いだったと」

「その方がいいでしょうね」

「そしてそれが戻ってきた経緯も?」

「その方がいいでしょうね」

「私にとっては恥をさらすことになるけれど」

私は肩をすくめた。

「あなたは情け知らずの獣だわ」と彼女は言った。「冷たい血の流れる魚みたいなやつよ。まったくいけ好かないったら。あなたみたいな人間に関わり合ったことを心から悔やんでいる」

「おや、意見が合いますね」と私は言った。

彼女は太い指を伸ばしてボタンを押し、送話器に向かって吼えた。「マール、息子にすぐにここに来るように言ってちょうだい。それからあんたも一緒に来た方がいい」

彼女はボタンから指を離し、幅広い指をひとつにくっつけ、それから両手をどすんと腿の上に落とした。そしてすさんだ目で天井を見上げた。

彼女の声は静かで悲しげだった。「うちの息子があのコインを持ち出したのです、ミスタ・マーロウ。私の息子が。こともあろうに実の息子が」

私は何も言わなかった。我々はそこに腰掛け、互いの顔をただ睨みつけていた。数分後に二人はやってきた。彼女は二人を怒鳴りつけて席に座らせた。

21

レスリー・マードックは緑色のゆるいスーツを着て、髪は濡れているように見えた。ついさっきシャワーを出たばかりという様子だ。座って前屈みになり、白いバックスキンの自分の靴を眺め、指輪をくるくるまわしていた。長くて黒いシガレット・ホルダーは持っておらず、それがないとどこかしら物足りなげに見えた。口髭も、私のオフィスで会ったときより、いくぶんしおれているようだった。

マール・デイヴィスは前日とまったく同じ見かけだった。おそらくいつだって同じ見かけなのだろう。銅色に近い金髪は、同じように後ろにぎゅっとひっつめられ、鼈甲縁の眼鏡は相変わらず大きく空虚だった。その奥にある目も、同じようにとりとめがなかった。着ている服まで同じだ。半袖の亜麻のワンピース、装飾品は一切なし。イヤリングさえつけていない。

既に起こってしまったことをもう一度再現しているような、妙な気分になった。

ミセス・マードックはポートワインを一口すすり、静かな声で息子に向かって言った。

「いいですか、ミスタ・マーロウにダブルーンの話をしなさい。そのことを知る必要があるみたいだから」

マードックはちらっと私を見上げ、それからまた視線を落とした。口許がひきつっていた。話し出したとき、彼の声は音調を欠き、平板で疲れをにじませていた。自らの良心との激しい闘いに身をすり減らした男が、告白をおこなっているかのようだった。

「君のオフィスで昨日話したように、私はモーニーに多額の借金をしていた。一万二千ドルだ。あとでそのことを否定したが、事実だ。借金を背負っている。母にそれを知られたくなかった。彼はかなり強く私に返済を迫ってきた。母にいつか打ち明けなくてはならないことはわかっていた。でもその勇気がなくて、延ばし延ばしにしていた。それである日の午後、母が昼寝をして、マールが外出している間に、母の鍵を使ってダブルーンを持ち出した。それをモーニーに渡し、彼は担保として金貨を預かることに同意した。そのコインは一万二千ドルほどの値打ちがあるが、その由来を明らかにできなければ、あるいはまたその正当な所持者であると証明できなければ、とてもそんな金額では売れないと、私が彼に説明したからだ」

彼はそこで話すのをいったんやめ、目を上げて私の顔を見た。話がどう受け取られているかうかがうために。ミセス・マードックは私の顔をじっと見ていた。視線がパテでしっかり固定されてしまったみたいに。マールは唇を半ば開き、辛そうな表情を顔に浮かべて、マードックを見ていた。

マードックは話を続けた。「モーニーは受取証を書いてくれた。コインは抵当として預かり、同意や通告なしにそれを換金したりすることはない、というような一文をつけて。それがどの程度法的効力を持つのか、正直言ってよくわからない。モーニングスターなる男が電話をかけてきて、コインについて問い合わせたとき、すぐにこう思った。モーニーはあれを売ろうとしているか、それとも売ることを考えて、稀少コインに詳しい第三者に値打ちを問い合わせているんだなと。それで私はどうしようもなく怯えてしまった」

彼は顔を上げ、私に向かってしかめ面に似た表情を浮かべた。それがおそらくは「どうしようもなく怯えてしまった」人が浮かべる表情なのだろう。それから彼はハンカチーフを出して額を拭い、それを両手の間に挟んで持ったまま座っていた。

「母が私立探偵を雇ったと教えてくれたとき――マールはそれを私に教えるべきではなかったんだが、母はそのことでマールを叱らないと約束してくれた――」、彼は母親の顔を見た。老女はぎゅっと顎を硬くし、気むずかしい顔をしていた。マールはまだ息子の方のマードックをまっすぐ見つめたままだった。自分が叱責を受けることはそれほど気にしていないらしい。息子は話を続けた。「――コインがなくなったことに母は気づき、それで私立探偵を雇ったのだろうと私は確信した。リンダの行方を探すために母が君を雇ったと、実際に考えたわけではなかった。リンダがどこにいるか、私は最初からずっと知っていたからね。何か事情がわかるかもしれないと思って、君のオフィスまで行った。でもほとんど何もわからなかった。昨日の午後にモーニーのところに行って、その話をした。最初彼は私の話を笑い飛ばした。しかしうちの母でさえ、ジャスパー・マードックの遺言の条項によって、その金貨を自由に処分することはできないし、もし私が母に金貨の在処を打ち明けたら、彼女はきっと警察をここに連れてくるだろうと説明すると、彼も態度を軟化させた。立ち上がって金庫からコインを取り出し、何も言わずにそれを私に渡した。受取証を渡すと、彼はそれを破り捨てた。私はコインを持ち帰り、母に事情を打ち明けた」

彼は話をやめ、また顔を拭いた。その手の動きに合わせて、娘の目が上下した。

それに続く沈黙があった。私が口を開いた。「モーニーはあなたを脅迫したのですか?」

彼は首を振った。「彼が言ったのは、自分は金を返してもらいたいし、その金を必要としている。だからなるべく早く金をかき集めてきた方がいい、ということだ。でも脅迫されたわけじゃない。どちらかといえば、とても穏やかな言い方だった。状況を考えればね」

「どこで彼に会ったのですか?」

「アイドル・ヴァレー・クラブの彼のプライベート・オフィスで」

「エディー・プルーは一緒だったのかな?」

マールは男の顔から視線を無理に剝がしとるようにして、それを私に向けた。ミセス・マードックは淀んだ声で私に言った。「エディー・プルーって誰なの？」

「モーニーのボディーガードです」と私は言った。「昨日一日を、私はまるっきり無駄に過ごしていたわけではありません、ミセス・マードック」。私は息子を見て返事を待った。

彼は言った。「いや、彼は見なかったな。あの男は見過ごしようがないからね。なにしろ一度見たら忘れられない外見だ。しかし昨日は見かけなかったよ」

私は言った。「話はそれだけかな？」

彼は母親の顔を見た。彼女はきつい声で言った。「何か不足かしら？」

「たぶん」と私は言った。「それで金貨は今どこにあるのですか？」

「どこにあるとあなたは思うの？」と彼女は吐き捨てるように言った。

私はもう少しで真相をぶちまけそうになった。ただ彼女を椅子から飛び上がらせたくて。しかしなんとかそれを吞み込んだ。私は言った。「どうやら、それで一件は落着というところですね」

ミセス・マードックは重々しく言った。「お母さんにキスしてちょうだい。それでもうあなたは行っていい」

彼は義務的に立ち上がり、母親のところに行き、額にキスした。彼女は息子の手を軽く叩いた。彼は頭を垂れながら部屋を出て、静かにドアを閉めた。私はマールに言った。

「君は今話したとおりのことを彼に口述させ、そのコピーをとり、彼に署名させた方がいいね」

彼女はびっくりしたようだった。老女が怒鳴りつけた。

「そんなことをする必要はありません。仕事に戻りなさい、マール。あなたにもこのことを聞いてほしかったのです。もしもう一度私の信頼を裏切るようなことがあったら、どうなるかはわかっているね？」

娘は立ち上がって、きらきらとした目で彼女に向かって微笑みかけた。「わかりました、ミセス・マードック。二度と信頼を裏切るようなことはしません。本当です。信じてください」

「そう願いたいわね」とその老いた女は龍のように太くうなった。「出て行きなさい」

マールは足音も密かに退出した。

ミセス・マードックの瞳の中に、二つの大きな涙の粒が形作られた。それらは彼女の象皮のような頬を降り、肉付きの良い鼻の脇に達し、唇を滑り落ちた。彼女はごそごそとハンカチーフを探し、それで涙を拭き取り、目を拭った。ハンカチーフをしまい、ワインに手を伸ばし、落ち着いた声で言った。

「私は息子のことを愛しています、ミスタ・マーロウ。心から。この出来事は私の胸を痛めます。息子は警察にも同じ話をしなくてはならないのでしょうか？」

「しないで済むことを祈りますね」と私は言った。「彼がその話を警察に信じさせるにはずいぶん時間がかかるでしょうから」

彼女の口がはっと開けられた。仄かな明かりの中で彼女の歯が、私に向かってきらりと光った。それから口を閉じ、唇をぴたりと合わせた。頭を低くし、私を睨みつけながら。

「それはいったいどういう意味かしら?」と彼女は鋭く言った。

「言ったとおりの意味です。その話にはもうひとつ真実味がありません。いかにも作り話っぽく、単純に過ぎます。彼がそれを一人でこしらえたのでしょうか、それともあなたがでっちあげて、こう言うんだよと教えたのでしょうか?」

「ミスタ・マーロウ」と彼女は背筋の凍りつきそうな声で言った。「あなたは今、とても薄い氷の上を歩いているのですよ」

私は手を軽く振った。「我々全員がそうじゃありませんか。まあいいでしょう。それが真実だとしましょう。でもモーニーはそんなことを認めやしません。そこで私たちはまた出発点に逆戻りということになります。なぜモーニーがその話を否定しなくてはならないかといえば、もしそれを認めたら、彼が二件の殺人事件に結びつけられてしまうからです」

「実際にそうだったということだって十分考えられるんじゃないかしら」と彼女は声を張り上げた。

「モーニーには後ろ盾がついているし、保護も受けており、少なからぬ影響力も持っています。そんな男が、担保物件の売却みたいな些細な件に結びつけられたくないというだけで、なぜ二件のけちな殺人事件にわざわざ自分を結びつけなくちゃならないのですか？私に言わせれば、話の筋が通りません」

彼女は何も言わず、じっと睨んでいた。私は彼女ににっこり笑いかけた。私の口にしたことに彼女が好意を持てそうな顔をしたのは、それが初めてだったからだ。

「あなたの義理の娘さんの居場所を見つけましたよ、ミセス・マードック。私に少々不思議に思えるのは、あなたの息子さんが、あなたの完全な統制下にあるはずの息子さんが、なぜあなたに彼女の居場所を教えなかったのかということです」

「私が尋ねなかったからよ」と彼女は言った。彼女にしては妙に静かな声だった。

「彼女は昔なじみの場所に戻っていました。アイドル・ヴァレー・クラブで、バンドと一緒に歌を歌っていました。彼女と話をしましたよ。なかなか性根の据わった女性みたいだ。あなたのことはあまり好きではないらしい。彼女がコインを持ち出したという可能性を一概には否定はできません。仕返しということも、部分的にはあるかもしれない。レスリーがそれを知っていた、あるいは発見した、そして彼女を守るために作り話をでっちあげたという可能性も、あり得なくはない。息子さんは彼女をとても愛していると言っていますから」

彼女は微笑んだ。それは美しい微笑みではなかった。浮かぶべき顔の種類が少しばかり間違っていた。しかしそれでも微笑みは微笑みだ。

「そうです」と彼女は優しげに言った。「そうです。可哀想なレスリー。あの子ならそういうことをやりかねない。そしてもしそうだとしたら――」、彼女はそこで話をやめ、その微笑みはほとんど忘我状態にまで広がっていった。「もしそうだとしたら、私のかわいい義理の娘は、殺人事件に巻き込まれることになるかもしれない」

私は彼女がその考えを楽しんでいる様子を、十五秒ばかり眺めていた。「そうなったら、願ったり叶ったりだ」と私は言った。

彼女は肯いた。なおも微笑みを浮かべ、思いつきに嬉々としながら。しかしやがて彼女は私の声に無礼な響きを感じ取った。顔がこわばり、唇が硬く閉じられた。その唇の隙間から、声を絞り出すようにして彼女は言った。

「あなたのものの言い方が気に入らないわね。ぜんぜん気に入らない」

「その気持ちはわかるな」と私は言った。「自分でも、自分のものの言い方が気に入りません。というか、何もかもが気に入りません。この家も気に入らないし、あなたも気に入らないし、ここに漂う抑圧の気配も気に入らない。あの娘の潤いを奪われた顔も、おたくの調子外れの息子さんも、この事件も、私には語られていない真実も、いやというほど聞かされた嘘も気に入りません。更に言えば――」

そこで彼女は声を限りにわめき立て始めた。顔は紅潮で斑《まだら》になり、目は憤怒《ふんぬ》にのたうち、憎悪に血走っていた。

「出て行って！　とっととこの家から立ち去りなさい！　ぐずぐずしないで、一刻も早く出て行って！」

私は立ち上がり、手を伸ばしてカーペットの上に置いた帽子を取り、言った。「実に喜んで」

私はくたびれた目で彼女をちらりと横に眺め、戸口まで歩いてドアを開け、退出した。ドアは静かに閉めた。ノブをこわばった手で握り、かちりという音がするところまでそっと優しく押し込んだ。

そんなことをしなくてはならない理由は何もなかったのだが。

22

足音がばたばたと背後から追ってきた。そして私の名前が呼ばれた。私はそのまま歩き続け、広間の真ん中までやってきた。そこで歩を止めて振り返り、彼女を追いつかせた。彼女は息を切らせ、両目は眼鏡を突き破って飛び出しそうだった。銅色を帯びた金髪は高い窓から差し込む、微かな奇妙な陽光に輝いていた。

「ミスタ・マーロウ？　お願い！　お願いだから行かないでください。彼女はあなたを必要としています。本当なんです！」

「驚いたねえ。君、今朝はサブ・デブ・ブライト（コティー社が出していた口紅、当時のヒット商品。おそらくはラジオの宣伝文句）をつけているんだ。なかなか素敵じゃないか」

彼女は私の袖をつかんだ。「お願いです！」

「彼女がどうなろうと知ったことじゃない」と私は言った。「湖にでも飛び込みなさいと言ってくれ。マーロウにだって腹に据えかねることはあるんだよ。もしひとつの湖で間に合わなければ、二つの湖に飛び込めばいい。今の私にそれ以上気の利いたことは言えない」

私は袖をつかんでいる手を見下ろし、それを軽く叩いた。彼女はさっとその手を引っ込め、目にショックの色を浮かべた。

「お願いです、ミスタ・マーロウ。彼女は問題を抱えています。あなたを必要としているのです」

「私の方も問題を抱えている」と私は吐き捨てるように言った。「耳のあたりまでどっぷり問題に浸かっているよ。君はいったい何を求めているんだ？」

「あの、私はあの人のことがとても好きなんです。口も悪いし、すぐに怒鳴り散らします。でも心は黄金のような方なんです」

「心なんてどうでもいい」と私は言った。「心が何でできていようと、彼女とこれ以上親しくなるつもりはないから、私には関係のないことだ。ただの厚かましい嘘つきだ。もううんざりしたよ。彼女はきっと問題に埋もれているんだろう。しかし私の仕事は発掘じゃない。正直に話してもらわなくては、仕事にならないんだよ」

「我慢強くさえなれば、あなただってやがて……」

私は何も考えずに、彼女の肩に手を回した。彼女は一メートル近く飛び上がり、その目はパニックでいっぱいになった。

我々はそこに立って、呼吸の音だけを立てながら、お互いをまっすぐ見ていた。私は例によって——そうする機会があまりに多すぎるようだが——驚きに口を開いて息をし、彼女はぴたりと唇を閉じて、小さな白い鼻をぴくぴくと動かしながら息をしていた。その顔は不器用な化粧が許す限り真っ青になっていた。

「ねえ、君」と私はゆっくりと言った。「小さい頃に、君の身に何かが起こったのか？」

彼女はとても素速く肯いた。

「男の人が君をこんな風にして脅かしたのか？」

彼女は再び肯いた。小さな白い歯で下唇を嚙んだ。

「そしてそれ以来ずっと、こんな具合なんだね？」

彼女は蒼白になったまま、そこにただ立っていた。

「いいかい」と私は言った。「私は君を怖がらせるようなことは何ひとつしない。決して」

彼女の目は涙に濡れた。

「私が君に触れたとしても」と私は言った。「それは椅子やドアに触れるのと同じことなんだ。とくに意味はない。言ってることはわかるかい？」

「イエス」と彼女はようやく言葉を口にした。目の奥深くでは、涙の背後に、まだパニックの影がちらついていた。「イエス」

「だから私のことは心配ない」と私は言った。「君の嫌がることは一切しない。私については君はもう何も案じなくていい。今度はレスリーの話をしよう。彼の心は他のものに向いている。彼にはまずいところはない——つまり僕らがここで話している意味でね。そうだろう?」

「ええ、そうです」と彼女は言った。「そう、そのとおりです」。何といってもレスリーが最高なのだ。彼女にとっては。私にとっては、彼はろくでもない厄介のたねでしかないが。

「それであの古びたワイン樽だが」と私は言った。「彼女は荒っぽくてタフで、自分では壁を食べて煉瓦を吐き出せると思っている。君のことをがみがみ怒鳴りつける。でも基本的には君に優しい。そういうことかい?」

「そのとおりです、ミスタ・マーロウ。私が言おうとしていたのは——」

「なるほど。でもどうして今でもそれが乗り越えられていないんだろう? その男はまだこの辺をうろついているのかい? その、君を傷つけたという男は?」

彼女は片手を口にあて、親指の付け根の肉のついた方を噛んだ。そして親指越しに、まるでバルコニー越しに何かを見るみたいに私を見た。

「彼は死んだわ」と彼女は言った。「彼は窓から——窓から——落ちたの」

私は大きな右手を出して彼女を止めた。「ああ、その男か。彼のことは聞いたよ。忘れてしまうことはできないのかい?」

「できないわ」と彼女は言った。手の後ろで真剣に首を振りながら。「忘れられない。すっかり忘れるなんて、とてもできそうにない。ミセス・マードックはいつも私におっしゃるの。忘れてしまいなさいって。彼女は本当に長い間、そのことを忘れるようにって言ってくださいました。でも私にはただそうすることができないんです」

「彼女がもしそのことを本当に長い間、お節介な口に出さなければ」と私は吐き捨てるように言った。「ものごとはもっとうまく運んでいたはずだ。彼女は逆に、それを君に思い出させ続けているんだよ」

娘はそれを聞いて驚き、むしろ傷ついたようだった。「ああ、それだけじゃないんです」と彼女は言った。「私はその人の秘書でした。彼女は彼の奥さんでした。その人は彼女の最初のご主人だったんです。彼女にもそのことはやはり忘れられません。忘れられるわけはないでしょう」

私は耳を掻いた。そう簡単には言い切れないだろう。今では彼女の表情はほとんど何も示していなかった。そこから読み取れるのは、彼女は私が目の前にいることをすっかり忘れてしまっているらしいということだけだ。私はどこかから聞こえてくる声に過ぎない。実体はない。頭の中で響いている声のようなものだ。

それから私の頭の中で風変わりな、そしてしばしばあてにならない勘が働いた。「ひとつ訊きたいんだが」と私は言った。「君が会う人の中で、とくに強く、君にそういう反応を起こさせる人はいるかな？　他の誰よりも強く？」

彼女は部屋の中をぐるりと見回した。私も彼女と一緒に見回してみた。椅子の下に隠れている人もいなかったし、ドアや窓からこっそりのぞき込んでいる者もいなかった。

「どうしてあなたにそんなことを言わなくちゃならないのかしら」と彼女は囁くように言った。

「言わなくたってかまわない。君の好きにすればいい」

「他の誰にも言わないって約束してくれる？　この世界中の誰にも。たとえミセス・マードックにも」

「誰はさておき彼女には言わない」と私は言った。「そいつは約束する」

彼女は口を開け、信じ切ったような微笑みを顔に浮かべた。でもその微笑みはうまく働かなかった。彼女の喉は凍りついてしまった。息が詰まったような音が聞こえた。歯がかちかちと固い音を立て始めた。

私は彼女を思いきり抱きしめてやりたかったが、身体に触れるのはまずいかもしれないと思った。我々はそこに立っていた。何も起こらなかった。二人でただ立っていただけだ。私はハチドリの予備の卵くらいの役にしか立たなかった。

それから彼女はくるりと振り向いて走り去った。廊下を駆け抜けていく足音が聞こえた。それからドアの閉まる音。

私は彼女の後を追って廊下を歩き、ドアの前に着いた。その奥で彼女はしくしくと泣いていた。私はそこに立って泣き声を聞いていた。

それについて私にできることはなかった。誰の力も及ばないだろうという気がした。

私はガラス張りのポーチに戻り、ドアをノックし、開けた。そして頭を中に突っ込んだ。ミセス・マードックは私がそこを出たときとまったく同じ格好で座っていた。微動だにしていないみたいだ。

「いったい誰が、あの娘をあれほど縮みあがらせたのですか？」と私は彼女に尋ねた。

「私の家から出て行きなさい」と彼女は厚い唇の間から言った。

私は動かなかった。やがて彼女は荒っぽい声で笑った。

「あなたは自分のことを知恵の働く人間だと思っているのかしら、ミスタ・マーロウ？」

「まあ、あふれてこぼれ落ちるほどでもありませんが」と私は言った。

「じゃあ、あなたが自分で解明してみれば」

「あなたの費用でですか？」

彼女はいかにも重そうな肩をすくめた。「そうなるかもね。ことによります。何とも言えませんが」

「あなたは金で何かを買ったことにはなりませんよ」と私は言った。「私が警察に言って話さなくちゃならないことに変わりはありません」

「私は何ひとつお金で買ってなんかいませんよ」と彼女は言った。「支払いだってしていない。ただコインが戻ってきただけ。あなたに渡したお金のかわりにコインが戻ってきて、それで満足しています。だからもう帰って。あなたは私を退屈させている。言葉では表せないくらいに」

私はドアを閉め、引き返した。ドアの背後からはすすり泣きの声は聞こえなかった。ひどく静かだ。私はそのまま進んだ。

家の外に出た。そこに立って、太陽が芝生をじりじりと焼く音に耳を澄ませていた。裏手で車のエンジンがかけられる音が聞こえた。そして一台のグレーのマーキュリーが家の横を走るドライブウェイを、ゆっくりとやってきた。運転しているのはレスリー・マードック氏だった。私を見ると、彼は車を停めた。

彼は車を降りて、ゆっくり私の方にやってきた。なかなか素敵な着こなしだ。今はクリーム色のギャバジンに身を包み、上から下まで新しく着替えている。スラックス、黒と白の靴（つま先の黒い部分は磨き上げてある）、黒と白の細かいチェックの入ったスポーツ・ジャケット、黒と白のハンカチーフ、クリーム色のシャツ、ネクタイはなし。緑色のサングラスが鼻にかかっている。

彼は私の近くに立ち、低い、うかがうような声で言った。「君は私のことをろくでもないやつだと思っているんだろう？」

「さっき聞かせてくれた、ダブルーンに関する話のせいで？」

「そうだ」

「あの話を聞いても、君に対する私の意見は微塵も変化しなかったよ」と私は言った。

「じゃあ――」

「私にいったい何を言わせたいんだ？」

彼はその着こなしの良い肩を動かし、謝罪でもするみたいにすくめた。その小さな馬鹿げた赤茶色の口髭が、太陽の光を受けてきらりと光った。

「私は人に好かれるのが好きなんだと思う」と彼は言った。

「申し訳ないね、マードック。私は奥さんに尽くしている君の姿が好きだ。私の考えが間違っていなければ」

「おいおい、私が真実を語っていないと思ったのか？　つまり、私が彼女を守るだけのために、作り話をしたと？」

「そういう可能性も考えられた」

「なるほど」。彼は装飾用ハンカチーフの背後から、黒くて長いシガレット・ホルダーを取り出し、そこに煙草を差し込んだ。「ああ、要するに、君は私のことが好きではないということなんだろうな」。緑色のレンズの背後で彼の目が動くのがぼんやりと認められた。深いたまりで魚が動くみたいに。

「それは愚かしい話題だ」と私は言った。「そして我々どちらにとっても、何の重要性も持たない問題だ」

彼は煙草に火をつけ、煙を吸い込んだ。「なるほど」と彼は静かな声で言った。「つまらん話題を持ち出して、失礼をした」

彼はきびすを返し、車の方に歩いて行って、それに乗り込んだ。彼が去って行くのを見届けてから、私は歩き出した。屋敷をあとにする前に、彩色された黒人の少年のところに行って、その頭を何度か軽く叩いた。

「いやはや」と私は少年に言った。「この屋敷で頭がいかれてないのは、君くらいのものだな」

23

壁に取り付けられた警察用のラウドスピーカーはもぞもぞと唸っていた。声が言った。

「KGPL。テスト中」。それからかちんという音が聞こえて、あとは静まりかえった。

ジェシー・ブリーズ警部補は両腕を高く空中に伸ばし、あくびをひとつしてから言った。

「おい、二時間ほど遅いじゃないか」

私は言った。「そうだ。しかし少し遅れるという伝言は残したはずだ。歯医者に行かなくちゃならなくてね」

「座れよ」

彼は部屋の片隅に小さな、散らかったデスクを持っていた。彼はその背後の角《かど》っこに座っていた。左側にはむき出しの縦長の窓があり、右側のおおよそ目の高さのところに大判のカレンダーがかかっていた。塵と消えていった日々には、柔らかな黒い鉛筆で注意深く斜線が引かれ、ブリーズがそこに目をやれば、即座に今日が何日かわかるようになっていた。

スパングラーはもっと小ぶりだが、遙かに整ったデスクに、横向けに座っていた。緑色の下敷きがあり、オニックス製のペンセットが置かれ、真鍮の小さなカレンダーがあり、アワビの貝殻でできた灰皿はマッチと煙草の灰でいっぱいだった。スパングラーは銀行備え付けのペンを一束握り、壁に立てかけた椅子クッションのフェルト地の裏側めがけて、次々に投げていた。まるでメキシコのナイフ投げ芸人が、的《まと》にナイフを投げるみたいに。しかしなかなかうまくいかない。ペンたちは容易《たやす》く突き刺さってはくれなかった。

その部屋は、その手の部屋が常に放っている匂いで満ちていた。素っ気なく、情を欠いて、とくに不潔でもないが、とくに清潔でもなく、とくに人間的というのでもない匂いだ。警察に新築の建物を与えてみるといい。三ヶ月もすると、すべての部屋に同じような匂いが漂っているはずだ。そこには何かしら象徴的なものがあるに違いない。

あるニューヨークの警察担当記者がかつてこのように書いた。分署の入り口にある緑色の灯火をくぐるとき、人はこの世界に別れを告げ、法律を超えた世界に入り込むのだと。

私は腰を下ろした。ブリーズはポケットからセロファンで包まれた葉巻を取りだし、お馴染みの儀式が始まった。私はその作業を逐一見物していた。何から何まで正確にいつもどおりだった。彼は煙をふうっと吸い込み、マッチを振って消し、それを黒いガラスの灰皿にそっと入れた。そして言った。「なあ、スパングラー」

スパングラーは首を回し、ブリーズも首を回した。二人は顔を見合わせてにやりと笑った。ブリーズは葉巻を私に向けた。

「この男が汗をかいているところを見ろよ」と彼は言った。

私が汗をかいているところを見るためにスパングラーは、足を動かして、大きく身体の向きを変えなくてはならなかった。自分が汗をかいているのかどうか、それは私にもわからなかった。

「君たち二人は、まるでゴルフのロスト・ボールみたいに愛敬がある」と私は言った。

「いったいどうしたらそんな風になれるんだろう?」

「気の利いた科白は不要だ」とブリーズは言った。「あわただしい朝だったようだな」

「まずまずね」と私は言った。

彼はまだにやにや笑いを浮かべていた。スパングラーもまだにやにや笑いを浮かべていた。ブリーズが口の中で何を味わっているにせよ、彼はそれを簡単には呑み込んでしまいたくないようだった。

とうとう彼は咳払いをし、そばかすだらけの顔をまっすぐにした。首を曲げ、私に向きあってはいないが、それでも私の姿がちゃんと視野に収まる姿勢をとった。それからどことなく空疎な声で言った。

「ヘンチが自白したぜ」

スパングラーは私を見るために身体の向きをぐるりと変えた。そして椅子の端に座って、身を乗り出した。彼の唇は感に堪えないような淡い微笑みを浮かべて、半開きになっていた。ほとんど淫《みだ》らと言えそうな微笑みだった。

私は言った。「いったい何を使ったんだ？　つるはしか？」

「まさか」

二人は黙って私の顔を見ていた。

「イタ公さ」とブリーズは言った。

「なんだって？」

「おい、嬉しくないのか？」とブリーズは言った。

「私にその話をしてくれるのか、それともただそこに座って、私が喜ぶところを高みの見物しているつもりなのか、どっちなんだ？」

「人の嬉しそうな顔を見ているのは好きだよ」とブリーズは言った。「おれたち、そういう機会にはなかなか恵まれないものでね」

私は煙草を口にくわえ、それを小刻みに上下させた。

「イタ公を使ってやつを追い詰めたのさ」とブリーズは言った。「パレルモっていうイタ公をな」

「なあ、知っているか？」

「何をだ？」とブリーズは尋ねた。

「警官の科白のどこに問題があるかについて、少し考えていたんだ」

「そうかい？」

「警官はすべての科白を決め科白《パンチライン》にしようとする」

「そしてすべての逮捕《ピンチ》は良い逮捕だ」とブリーズは静かに言った。「あんた、話を聞きたいのか、それともただ茶々を入れてたいのか？」

「聞いてるよ」

「こういうことさ。ヘンチは酔っ払っていた。やつは表面的に酔っ払っているだけじゃなく、身体の芯まで酒浸りになっている。本物の酔っ払いだ。やつは何週間も酒浸りで生きてきた。食べもしないし、眠りもしない。酒以外に何も口にしない。酒をいくら飲んでも酔わない。素面《しらふ》になるために酒を飲む、みたいな状態になっていた。酒がやつと現実世界を結びつける唯一のものになっていた。そんな風になっちまったやつがいて、酒を取り上げられたとする。そいつがしがみつけるものを誰かが奪い去ってしまったとする。そうなったらもう頭がぶち切れちまう」

私は何も言わなかった。スパングラーはいつもの若々しい顔にエロチックとも言えそうな微笑みをまだ浮かべていた。ブリーズは葉巻の側面をとんとんと叩いたが、灰は落ちなかったので、そのまま口に戻し、話を続けた。

「やつはあきらかに頭がやられている。でもおれたちとしては犯人は捕まえたが、精神異常でした、みたいなことにはしたくないんだ。事件はきれいに片付けたい。精神異常の病歴のない犯人をしょっぴきたいんだ」

「君はヘンチは無実だと確信していたみたいだったが」

ブリーズは曖昧に肯いた。「それは昨夜の話だよ。あるいはおれはちっとばかり話をもてあそんでいたのかもしれない。とにかく夜のうちに、どかん、ヘンチのアタマはぶっ飛んでしまった。それでやつを病院に連れて行って、ヤクをたっぷり注射した。刑務所の医者がやったんだ。こいつはここだけの話だぜ。ヤクのことは記録に残らない。わかるよな？」

「わかりすぎるくらいよくわかるよ」と私は言った。

「うむ」、彼は私の言葉にいささかひっかかるものを感じたようだったが、それにかかわって時間を無駄にするには、話したいことがたくさんありすぎた。「それでだ、今日の朝のうち、彼は具合がよかった。ヤクがまだ効いていて、顔色は悪かったが、穏やかになっていた。おれたちはやつに会いにいった。よう、調子はどうだ、みたいな感じでな。何かほしいものはあるか、細かいもので、何かほしければ持ってきてやるぜ。ここではちゃんと扱われているか？　そういうのってわかるだろう？」

「わかるよ」と私は言った。「科白の想像もつく」

スパングラーはいやらしそうに唇を舐めた。

「そして少し経ってから、やつは重い口をわずかに開いて『パレルモ』と言った。パレルモってのは、向かいの葬儀場を経営しているイタ公の名前だ。そのアパートメントハウスなんかの持ち主でもある。覚えているか？　ああ、もちろん覚えているよな。背の高い金髪女について何か言ったやつだ。でもそんなものはみんな戯言《たわごと》だ。あいつらイタ公ときたら、背の高い金髪女のことしか頭にないんだ。脳味噌がはちきれんばかりにな。しかしこのパレルモってやつはなかなかの大物だ。おれはいろいろ話を聞いてまわった。彼はそのあたり一帯の選挙の票を一手に握っているんだ。黙ってこづき回されるような人間じゃない。まあ、こっちとしてもこいつをこづき回そうというつもりはない。おれは言う『ほう、パレルモはおまえの友だちだっていうのか？』。やつは言う、『パレルモを呼んでくれ』。それでおれたちはこのつつましいオフィスに戻ってきて、パレルモに電話をかける。パレルモは言う、『わかりました。すぐにそちらにうかがいます』。そしてあっという間もなくここにやってきた。おれたちは言う、ミスタ・パレルモ、ヘンチがあなたに会いたがっています。理由はよくわかりませんが。あれは気の毒な男です、とパレルモは言う。でも善良な男なんです。根は悪くありません。私に会いたがっていると。いいですよ、会いましょう。二人だけで会わせてください。警官の立ち会いはなしで。おれは言う、いいですよ、ミスタ・パレルモ。そしておれたちは刑務病棟に行く。パレルモはヘンチと二人だけで話をする。そこでどういう話があったか、誰も知らん。少しあとでパレルモが出てくる。

オーケー、おまわりさん、ヘンチが告白したいそうです。弁護士の費用は私がもってもいいです。あの気の毒な男が私は好きなのです。そう言って彼は帰っていく」

私は何も言わなかった。短い沈黙があった。壁のラウドスピーカーが業務連絡を始め、ブリーズは首を傾けて十語か十二語ほど聞いていたが、あとは無視した。

「そしておれたちは速記係を連れて中に入り、ヘンチは告白した。フィリップスがヘンチの女にちょっかいを出した。それが一昨日のことだ。廊下でな。ヘンチは部屋の中にいて、それを目にした。しかしヘンチが出て行く前にフィリップスは自分の部屋に入って、ドアを閉めてしまった。しかしヘンチは頭に来ていた。そして娘の目のあたりをぶん殴った。しかしそれだけじゃ気が収まらない。彼はそのことをくよくよと考えた。酔っ払いがよくやるようにな。やつは自分に言い聞かせる。あんなやつがおれの女に手を出すなんてもってのほかだ。痛い目にあわせておかなくちゃならない。そして彼に目を光らせている。昨日の午後、彼はフィリップスが自分の部屋に入っていくのを目にする。彼は女に、少し外に出て散歩してこいと言う。女は散歩なんかしたくないと言う。そこでヘンチはもう一方の目をぶん殴ることになる。女は散歩に出る。ヘンチはフィリップスの部屋のドアをノックし、フィリップスはドアを開ける。ヘンチは少し驚く。でもフィリップスがあんたを待っていたことを、おれはヘンチに教えてやった。とにかくドアが開いて、ヘンチは中に入る。そして自分が何を考え、何をしようとしているかを相手に伝える。フィリップスは怯えて、銃を取り出す。ヘンチはブラックジャックで頭をどやしつける。相手は倒れたが、それくらいじゃ気持ちは収まらない。満足感もないし、復讐にもならない。ヘンチは床から銃を拾いあげる。酔っ払っていることもあり、そこには満たされない思いしかない。それにフィリップスは彼の足首を摑もうとする。そのあと、自分がどうしてそんなことをしてしまったのか、ヘンチには理解できない。頭がふらふらしている。彼はフィリップスを浴室まで引きずっていって、相手の銃で始末をつける。気に入ったか？」

「素晴らしい」と私は言った。「しかしそんなことをして、ヘンチはいったいどれほどの満足が得られるんだろう？」

「酔っ払いというのがどういうものか、あんたにもわかるだろう。とにかく殺したのはやつだ。そりゃまあ、使われたのはヘンチの銃じゃない。しかし自殺に見せかけることもできんだろう。そんなことをしても満足感は得られない。そこでヘンチはその銃を持って帰り、枕の下に入れる。自分の銃は処分する。どこに捨てたのか、彼は言わない。たぶん近所に住むたちの悪いやつにくれてやったのだろう。それから女を探して、一緒に飯を食べる」

「なかなか素敵なお話じゃないか」と私は言った。「犯行に使った銃を自分の枕の下に突っ込んでおく。私にはそんなことはまず思いつけなかっただろうな」

ブリーズは椅子の上で身体を後ろに反らせ、天井を眺めた。スパングラーは、見物《みもの》の大《おお》方《かた》が終わってしまったから、椅子の上でくるりと身体を回し、銀行用のペンを何本か手に取り、クッションに向かって投げた。

「こういう風に考えてみろよ」とブリーズは言った。「そんなややこしい細工をしてどんな得があったか？　ヘンチのやったことを検証してみようや。やつは酔っ払いだが、頭は働く。やつはフィリップスの死体が見つかる前に、自分で銃を見つけ、みんなに見せたんだ。ヘンチの枕の下にあった銃が誰かを殺したらしい──あるいは発射されただけかもしれないが──ということがまず最初に頭に浮かぶ。それから死体が見つかる。おれたちはヘンチの話を信じる。それはもっともらしく聞こえる。いったいどこの誰が、ヘンチがやったような間抜けなことをやるだろうっておれたちは考える。まったく筋の通らないことだからな。だからおれたちは、きっと誰かがやつの枕の下に自分の銃を突っ込み、代わりにヘンチの銃を持っていって、どこかに捨てたんだろうって考える。もしヘンチが自分の銃の代わりに、凶行に使った銃を捨てていったらどうなっただろう？　それで彼の立場はより有利になっただろうか？　状況からして当然、我々は彼に疑いの目を向けただろう。そしていったんそうなれば、やつはおれたちの考えを自分の望む方向に誘導できなくなる。だから細工をしたんだ。こいつは害のないただの酔っ払いで、ドアをうっかり開けっ放しにして外出し、その間に誰かが凶器の銃を彼に押しつけていったんだと、おれたちに思わせるように」

彼は待った。口を少し開け、そばかすだらけのがっしりした手で正面に葉巻を持ち、淡いブルーの目をそこはかとない満足感でいっぱいにしながら。

「ふうむ」と私は言った。「いずれにせよ、ヘンチが自白したのなら、細かいところなんてどうでもよくなってしまう。彼は罪状を認めるつもりでいるのか？」

「ああ。おれはそう思うね。そしてパレルモは故殺（計画的な犯意のない殺人）として、ヘンチの罪を軽くしてやれるはずだ。もちろんただの推測に過ぎんが」

「どうしてパレルモがヘンチの罪を軽くしてやらなくちゃならないんだ？」

「彼はヘンチのことが好きなのさ。そしてパレルモはおれたちがうかつに手出しできない大物だ」

「なるほど」と私は言った。そして立ち上がった。スパングラーがきらきらした目で、横目使いに私を見た。「女はどうなった？」

「ひとこともしゃべらない。かしこい女だ。おれたちとしても、彼女には何もできない。すべての点で話はすんなりと小ぎれいに収まっているんだ。それを今更ややこしくする手はあるまい。なあ。おたがい、仕事をうまく面倒なく片づけたいものじゃないか。意味はわかるよな？」

「そして女は背が高くて金髪だ」と私は言った。「ぴ、ぴ、ぴちぴちしているとは言えないにせよ、それでも長身の金髪女だし、なにはともあれ界隈《かいわい》でただ一人の金髪女だ。あるいはパレルモはそんなことは気にしないのかもな」

「そうか、そこまでは考えなかったな」とブリーズは言った。彼はそれについてひとしきり考えを巡らせ、やがて首を振った。「でもその線はないぜ、マーロウ。あの女に品位があるとはとてもいえまい」

「酔いを醒ましてきれいに繕《つくろ》ったら、どうなるかわからんぞ」と私は言った。「品位なんてアルコールが入れば、簡単に剝げ落ちてしまうものだからな。話はそれだけかい？」

「そういう次第だ」、彼は葉巻を斜めに持ち上げ、私の目に向けた。「あんたの話を聞きたくないいってわけじゃない。しかしこういう展開になると、あんたを締め上げてしゃべらせるための正当な法的根拠が、こちらにはなくなってしまう」

「正直さには痛みいるよ、ブリーズ」と私は言った。「そして君にもな、スパングラー。日々が君たちにとって、恵み多きものであることを祈っているよ」

二人は私が部屋を出て行くのを見ていた。どちらもうっすらと口を開けて。

私はエレベーターで下に降り、大理石の広いロビーを横切り、署の駐車場から自分の車を出した。

24

ピエトロ・パレルモ氏は部屋の中に座っていた。マホガニーのロールトップ・デスクと、金箔の枠に収められた祭壇と、背後の三枚折り聖画と、黒檀と象牙でできた大きな磔刑像《たっけいぞう》を別にすれば、部屋はヴィクトリア朝建築の居間そのままだった。そこには馬蹄形のソファと、彫り物を施されたマホガニーの枠がついた何脚かの椅子が、レースのカバーをかぶせられて並んでいた。深緑色の大理石のマントルの上には金箔の時計が置かれ、隅ではグランドファーザー・クロックがこつこつと時を刻んでいた。カーブしたエレガントな脚のついた、トップが大理石の楕円形のテーブルがあり、ガラスのドームには何本かの蠟の花が収められていた。絨毯は厚く、優しげな花柄がちりばめられていた。こまごまとした骨董品を収めるためのキャビネットまであり、そこにはたくさんのこまごまとした骨董品が並んでいた。小さな陶器のカップ、磁器やガラスの人形、象牙や暗い色合いのローズウッドでできたあれこれ、絵の描かれた皿、初期アメリカ風の白鳥の形をした塩入れセット、そんな何やかやだ。

窓には丈の高いレースのカーテンがかかっていたが、部屋は南に面していたので、光がふんだんに溢れていた。通りの向かいに、ジョージ・アンソン・フィリップスが殺害された部屋の窓が見えた。その間にある通りは明るく、ひっそりしていた。

浅黒い肌、鉄灰色の髪の、ハンサムな長身のイタリア人は、私の名刺に目を通し、言った。

「十二分後に用事があります。どのようなご用でしょう、ミースタ・マーロウ?」

「私は昨日、この向かいの建物で死体を発見した人間です。彼は私の知り合いでした」

彼の冷ややかな黒い目は無言で私をうかがっていた。「それはあなたがルークにおっしゃった内容と違うようですね」

「ルーク?」

「私のためにここのマネージメントをしている男です」

「私は知らない人に多くを語りません、ミスタ・パレルモ」

「なるほど。それはいい。でも私には話される、と」

「あなたは地位もあり、有力者だ。あなたになら話せます。あなたは昨日私を見かけた。そして警察に私の人相を教えた。細部までとても正確だったということです」

「ええ《シ》。私は良い目を持っています」、彼は感情を込めずにそう言った。

「昨日、アパートメントハウスから長身の金髪女性が出てくるのを目撃された」

彼は私をしげしげと見た。「昨日ではない。二、三日前のことです。警察には昨日だと言いましたが」、彼は長い指をぱちんと鳴らした。「警察なんぞに！」

「昨日は誰か見慣れない人を目にしましたか、ミスタ・パレルモ？」

「裏にも出入り口があります」と彼は言った。「三階からは階段もあります」、そして腕時計に目をやった。

「とくに何も見かけなかったということですね」と私は言った。「そして今朝、あなたはヘンチに会われた」

彼は目を上げ、私の顔を気怠く眺めまわした。「警察があなたにそれを教えた。そういうことでしょうか？」

「あなたがヘンチに自白をさせたと聞きました。あなたはヘンチの友だちなのだと彼らは言っていた。どれくらい親しい友だちなのかまでは、もちろん彼らも知りませんでしたが」

「ヘンチは自白をした。そういうことですね？」と言って彼は微笑んだ。突然の明るい微笑みだった。

「ただし彼は殺しをしちゃいませんが」と私は言った。

「していない？」

「していません」

「それは面白い。続けてください、ミースタ・マーロウ」

「自白は大部分が嘘っぱちです。何かしらの思惑《おもわく》があって、あなたは彼がそう告白するようにしむけた」

彼は立ち上がり、ドアのところに行って呼んだ。「トニー」

彼はまた腰を下ろした。背の低い、いかにもタフそうなイタリア系の男が部屋に入ってきて、私の顔を見て、それからまっすぐな形の椅子に壁に背中を向けて座った。

「トニー、この方がミースタ・マーロウだ。この名刺を見なさい」

トニーはやってきて名刺を手に取り、それを持って腰を下ろした。「この方をよく見ておきなさい、トニー。忘れるんじゃないぞ。いいか」

トニーは言った。「大丈夫です、ミスタ・パレルモ」

パレルモは言った。「君の友だちだったのか？　良い友だちだったのかね。え？」

「そうです」

「そいつは気の毒なことだった。気の毒だ。ひとつ君に言いたいことがある。友だちっていうのはどこまでも友だちでいなくちゃいけない。だから君には話してあげよう。しかしこのことは他の誰にも言ってはいけない。警察なんかはもってのほかだ。いいね？」

「わかりました」

「これは約束だよ、ミースタ・マーロウ。そのことは忘れないようにな。君は忘れないよな?」

「忘れません」

「トニーも君のことを忘れない。意味はわかるね?」

「私はいい加減なことは言わない。あなたが口にすることは、私とあなたの間だけに留《とど》まります」

「それでいい。オーケー。私は大家族の出身で、たくさんの姉妹、兄弟がいる。一人の弟は札つきの悪《わる》だ。ほとんどトニーと同じくらいたちが悪い」

トニーはにやりと笑った。

「オーケー、この弟はとてもひっそり暮らしている。この通りの向かいにね。身を隠してなくちゃならない。オーケー、そこに警官がうようよ押しかける。こいつはよろしくない。あれこれいろんな質問をしてまわる。ビジネスにもよくないし、この弟にとってもよくない。言いたいことはわかるかな?」

「わかりますよ、よく」と私は言った。

「オーケー、このヘンチはどうしようもない男だ。でも貧乏な男で、酔っ払いで、仕事もない。家賃も払わない。でも私は金ならたくさん持っている。そこで私は言う、いいか、ヘンチ、自白するんだ。おまえは病人だ。二、三週間病気をする。そして法廷に立つ。弁護士は私が手配してやる。そこでこう言うんだ。あの自白は嘘っぱちです。私は酔っ払っていました。警官に無理にそう言わされたんです。判事はおまえを自由にする。おまえはここに帰ってくる。そのあとの面倒は私がみてやる。オーケー？　ヘンチもオーケーと言う。そして自白する。簡単な話だよ」

　私は言う。「その二週間か三週間のあいだに、そのたちの悪い弟はどこか遠くに行ってしまう。足跡も残さずに。そしてフィリップス殺しは未解決事件として片付けられてしまう。そういうことですね？」

「そう《シ》」、彼は再び微笑んだ。明るく温かい微笑みだった。まるで死の接吻のような。

「それでヘンチのことはうまくいくでしょう。ミスタ・パレルモ」と私は言った。「しかし私の友だちの問題を解決する役にはあまり立ちません」

　彼は首を振り、腕時計にまた目をやった。私は立ち上がった。トニーも立ち上がった。彼は何かをするつもりはなかったが、それでも立ち上がることが大事だった。その方が素速く動ける。

「あなたがたの問題は」と私は言った。「何でもないことをすぐ謎めいたものにしてしまうことだ。パンを一切れ囓るにも、いちいち合言葉を言わなくちゃならない。もし私が仮に警察署に行って、今あなたが私に言ったことをそっくり打ち明けたとしても、私はただ笑い飛ばされるだけだ。そして私も彼らと一緒になって大笑いすることでしょう」

「トニーはあまり笑わない」とパレルモは言った。

「この大地はあまり笑わない人間で満ちているんですよ、ミスタ・パレルモ」と私は言った。「あなたはそのことをよくご存じのはずだ。これまでたくさんの人々をそういう場所に送り込んできたのだから」

「それが私の商売《ビジネス》でね」、彼はそう言って大仰に肩をすくめた。

「私は約束を守りますよ」と私は言った。「でもそれを疑う気持ちになったとしても、私をあなたのビジネスのたねにしないようにしてください。なぜなら私が住んでいる地区では、私はそこそこの人間だし、トニーがもし私の代わりにあなたのビジネスのたねになるとしたら、それはあなたにとってそっくり店のおごりってことになるでしょうから。つまり儲けなしってことにね」

パレルモは笑った。「そいつはいい」と彼は言った。「トニー。葬儀がひとつ——店のおごり。オーケー」

彼は立ち上がり、握手の手を差し出した。上品で強くて温かい手だった。

25

ベルフォント・ビルディングのロビーでは、ひとつのエレベーターだけに明かりが灯っていた。畳んだ粗布の上には、例によって潤んだ目をした遺物のような老人が座って、忘れられた人間の真似をしていた。私はそこに乗り込み、「六階を」と言った。

エレベーターはかたかたと音を立てて動き出し、上の階へとよろめきながら昇っていった。それは六階で停まり、私は降りた。老人は前屈みになって身を乗り出し、唾を吐いてから、だるそうな声で言った。

「どんな具合だね？」

私はさっと後ろを向いた。まるで回転ステージの上のあやつり人形みたいに。そしてまじまじと老人を見た。

彼は言った。「あんたは今日はグレーのスーツを着ておる」

「そのとおりだ」と私は言った。「イエス」

「よく似合っておるよ」と彼は言った。「昨日の青いスーツもなかなか良かったがね」

「続けて」と私は言った。「言いたいことを言うといい」

「あんたは八階まで上がった」と彼は言った。「二度な。二度目は夜遅くだった。そして下りたのは六階からだった。その少しあとで、青い制服を着た連中が押しかけてきた」

「連中はまだいるのかな？」

彼は首を振った。彼の顔は何もない空き地のようだった。「わしは連中には何も言わんかったよ」と彼は言った。「そして今更何か言うのは遅すぎる。そんなことしたら、こてんぱんに搾られるだろう」

私は言った。「なぜ？」

「なんで言わんかったか？　あいつらのことを好かんからだ。あんたはわしにまっとうに口を聞いてくれた。そんな人間はほとんどおらんのだ。それにな、わしにはわかるんだよ。あんたが殺しには関係しとらんことが」

「あんたのことを見くびっていたようだな」と私は言った。「大間違いだった」。私は名刺を取り出し、彼に渡した。彼は金属縁の眼鏡をポケットからごそごそと取り出し、鼻の上にひっかけ、名刺を目から三十センチほど離した。ゆっくりと唇を動かしながら字を読んだ。それから眼鏡越しに私の顔をしげしげと見て、名刺を私に返した。

「あんたが持っておった方がいい」と彼は言った。「わしがうっかり落としでもしたら困る。しかしなかなか面白そうな人生だな」

「そうとも言えるし、そうでないとも言える。おたくの名前は？」

「グランディー。ただパップ（親父さん）と呼んでくれればいい。で、誰が殺したんだね？」

「わからない。あそこまで上がっていったか、それともあそこから下りてきたかした人間はいたかね？　このビルにはそぐわない誰かを、あるいは見慣れない誰かを目にしたことは？」

「あんまりいろんなことを気に留めないようにしとるんだよ」と彼は言った。「あんたのことはたまたま気に留めたが」

「たとえば長身の金髪女とか、あるいはもみあげを伸ばした、三十五歳くらいの痩せた男とか」

「見ておらんね」

「その時間、上り下りする人間はみんなこのエレベーターを利用するのかな」

彼はやつれた頭を縦に振った。「非常階段は裏通りに通じているが、ドアにはかんぬきがかかっておる。みんな玄関から入ってこなくちゃならん。しかしエレベーターの裏には二階まであがれる階段があって、そこからなら非常階段が使える。簡単に」

私は肯いた。「ミスタ・グランディー、ところであなたには五ドルの使い途はあるかな？　これは賄賂みたいなものじゃない。親しい友人からのこころざしと思ってくれていい」

「なあ、あんた、わしは五ドル札なら、エイブ・リンカーンの頬髯が汗でぐっしょりしちまうくらい激しくこき使うことができるよ」

私は彼にそれを一枚渡した。渡す前にその札を見てみた。たしかに五ドル札にはリンカーンの肖像が描かれていた。

彼はその札を小さく折り畳み、ポケットの深いところにしまった。「ご親切にな」と彼は言った。「せがんだみたいに受け取らんでくれよ」

私は首を振り、廊下を歩いていった。またひとつひとつ表札を読みながら。ドクターE・J・ブラスコヴィッツ、「カイロプラクティック療法士」。「ダルトン&リーズ」タイプライティング・サービス、L・プリッドヴュー公認会計士。それから名前の出ていないドアが四つある。モス・メイリング会社。また二つ名前の出ていないドアがある。H・R・ティーガー歯科工房。二階上のモーニングスターのオフィスとちょうど同じ位置にあるが、部屋の配分は違っている。ティーガーのオフィスにはドアがひとつしかなく、そのドアと次のドアまでの間にはより広い壁のスペースがあった。

ノブは回らなかった。ノックしてみた。返事はなかった。もっと強くノックしてみたが、結果は同じだった。私はエレベーターに戻った。それはまだ六階に留まっていた。パップ・グランディーは私が近づいてくるのを見ていたが、私なんか見たこともないという顔をしていた。

「H・R・ティーガーについて何か知っているかね？」と私は尋ねた。

彼は考えた。「がっしりして、年配で、だらしない服を着て、爪は汚い。わしの爪と同じようにな。考えてみたら、今日は見かけておらんな」

「管理人に頼んだら、彼のオフィスに入れてもらえるだろうか？」

「管理人は余計なことに鼻を突っ込みたがるやつだ。お勧めはできんね」

彼はとてもゆっくりと首を回し、エレベーターの壁を見上げた。その頭上の大きな金属製のリングに、鍵がひとつ架けられていた。パス・キーだ。パップ・グランディーは首をまた元の位置に戻した。そして椅子から立ち上がって言った。「さてと、用を足してくるか」

そして行ってしまった。彼が洗面所のドアを閉めると、私はエレベーターの壁から鍵を外し、H・R・ティーガーのオフィスに戻った。鍵を使ってドアを開け、中に入った。

入ったところは、窓のない小さな待合室になっていた。家具調度にはずいぶん経費を惜しんだものと見える。二脚の椅子、安売りドラッグストアで買ってきたとおぼしき灰皿スタンド、二流デパートの地下から持ってきたようなフロア・ランプ、ステイン仕上げの平らなテーブルの上には古い映画雑誌が何冊か載っている。私の背後で自動的にドアが閉まり、部屋は暗くなった。届く光といえば、ドアにはまった磨《す》りガラスから入ってくる微かなり明かりだけだ。私は電灯のチェーン・スイッチを引き、部屋を仕切っている壁にある、奥に通じるドアに向かった。ドアには「H・R・ティーガー／私室」とあった。鍵はかかっていない。

中は正方形のオフィスになっていて、東向きのふたつの窓にはカーテンがかかっておらず、窓敷居には埃がたっぷり溜まっていた。回転椅子が一脚と、背中のまっすぐな椅子が二脚。どちらも愛想のない、硬い木製のスティン仕上げだ。正方形に近い、フラット・トップのデスクがひとつあった。デスクの上に置かれているのは、古い下敷きと、安物のペンセットと、葉巻の灰が残っている丸いガラスの灰皿くらいだ。デスクの抽斗には埃っぽい紙の内張りがしてあり、いくつかのクリップがあり、輪ゴムがあり、ちびた鉛筆があり、ペンがあり、錆びたペン先があり、使い古された下敷きがあり、未使用の二セント切手が四枚あり、レターヘッドが印刷された書簡箋が何枚かあり、封筒と請求書の用紙があった。

網でできた屑入れは紙ゴミでいっぱいだった。それをかなり丹念に調べていくのに十分近くかかってしまった。それで結局私は、既にほぼわかっていたことを再確認しただけだった。つまりH・R・ティーガーは、あまり裕福とは言えない地区で開業している何人もの歯科医たちを相手に、けちな商売をしている歯科技工士なのだ。彼がお得意先としているのは、店舗の二階にみすぼらしい診療所を持ち（階段を歩いて上っていかなくてはならない）、必要な技工を自分でこなすだけの技術も機械も持ち合わせていない歯科医たちだ。

そしてしっかりした仕事をするが、つけがきかない一流の工房ではなく、自分たちと似たようなぱっとしない業者に発注することを好むような歯科医たちだ。

ひとつ発見があった。ガス料金の受領証によれば、ティーガーの住所はトバーマン・ストリートの一三五四Bだった。

私は散らかったものを片付け、紙ゴミを屑入れに戻し、「工房」という表示の出ている木製のドアに向かった。そのドアには新しいエール錠がかけられており、パス・キーはそれには合わなかった。あきらめるしかない。私は入り口側のオフィスの明かりを消し、そこを離れた。

エレベーターは下に戻っていた。私はベルを押し、やってきたエレベーターにするりと乗り込み、鍵を隠してパップ・グランディーの背後に回り、彼の頭の上にそれを架けた。リングが金網の壁に当たってちゃらちゃらという音を立てた。老人はにやりとした。

「彼はいなかった」と私は言った。「昨夜姿をくらましたに違いない。多くのものを持ち出したはずだ。デスクはきれいに空っぽになっている」

パップ・グランディーは肯いた。「そういえば、スーツケースを二個持っておったね。しかしまったく、どうしてそんなことを目に留めたのかな。だいたいいつもスーツケースをひとつは提げておったからね。品物を持ってきたり、配達したりしていたんだと思うが」

「品物って、たとえばどんなものを?」、苦悶の呻きを洩らしながら下降するエレベーターの中で、私はそう尋ねた。単に話のつなぎとして。

「口にうまく合わん入れ歯とかさ」とパップ・グランディーは言った。「わしのような年寄りの貧乏人のためのものさ」

「どうしてそんなものを目に留めたか、とね」と私は感心して言った。ドアはロビー階でよろよろ開こうとしていた。「二十メートル先のハチドリの目の色なら、あんたもたぶん目にも留めないのだろう。でも目に留めないのはきっとそれくらいのものだろうね」

彼はにやりとした。「やつは何をやったんだ?」

「これから彼の自宅まで行って、調べてみる」と私は言った。「たぶん目的地のないクルーズに出かけたんじゃないかという気がするが」

「できれば立場を取り替えたいもんだ」とパップ・グランディーは言った。「たとえサンフランシスコまでしか辿り着けなくて、そこで御用になったとしても、やっと立場を取り替えたいよ」

26

トバーマン・ストリートはピコの外れの、広くて埃っぽい通りだ。白と黄色のフレームのついた建物、フラットの二階の南側に一三五四Bはあった。入り口のドアはポーチにあり、その隣のドアは一三五二Bになっている。地上階のフラットへの入り口は、ポーチの両端にそれとは直角をなして、向かい合うかたちであった。誰も出てくる見込みはないとわかったあとでも、私はしつこくベルを押し続けた。こういう場所では必ず一人くらい、窓から近所の様子を仔細にうかがっている人物がいるものだ。

案の定一三五四Aのドアが内側に開き、きらきらとした目の小柄な女が顔を出して私を見た。彼女の髪は洗われ、ウェーブをかけられ、ヘアピンでややこしくまとめられていた。

「ミセス・ティーガーにご用なの?」と彼女は甲高い声で言った。

「ご主人か、あるいは奥さんに」

「二人とも昨夜、休暇旅行に出かけたわ。夜遅くに支度して、出ていった。牛乳と新聞の配達を中止してくれるように、私に頼んでいった。あまり時間の余裕がないようだった。

突然出かけることに決めたみたいで」

「ありがとう。彼らはどんな車に乗っていました？」

ラジオの連続恋愛ドラマの悲痛な科白が彼女の背後から飛び出してきて、まるで濡れた布巾のように私の顔をぴしゃりと打った。

きらきらした目の女は言った。「あなたはティーガーさんたちのお友だちかしら？」。彼女の口調には彼女のラジオに出演している大根役者《ハム》に負けず分厚い疑念が含まれていた。

「そんなことはどうでもいい」と私はタフな声で言った。「我々は金を回収したいだけだ。彼らがどんな車を運転していたか、調べる手はいくらでもある」

彼女は首を傾けてラジオに耳を澄ませていた。「あれはビューラ・メイね」、彼女は悲しげな笑みを浮かべて私にそう言った。「彼女はドクター・マイヤーズとはダンスに行かない。そうなるんじゃないかと恐れていたんだけど」

「知ったことか」と私は言った。そして車に乗り込み、ハリウッドに戻った。

オフィスは無人だった。私は奥の部屋の鍵を外し、窓を開けて、椅子に座った。

また一日が終わりに近づいていた。空気はだるく、くたびれていた。通りでは帰宅を急ぐ車が盛大な唸りを立てていた。そしてマーロウはオフィスの中で、酒をちびちびと飲みながら、一日分の郵便を仕分けしていた。広告の手紙が四通、請求書が二通、サンタ・ロザのホテルからのカラフルできれいな葉書。去年、私は仕事のためにそこに四泊した。サウサリトに住むピーボディーという人物からの長い、お粗末にタイプされた手紙。言わんとするところはいささか読み取りにくいが、だいたいのところ、容疑者の肉筆のサンプルを、ピーボディー式検査法にかければ、フロイトとユング両方のシステムに沿ってしかるべく分類され、その人物の精神的特性が浮き彫りにされるということであるらしい。

中には切手を貼った返信用封筒が入っていた。切手だけを切り取って、封筒と手紙をゴミ箱に捨てながら、黒いフェルト帽に黒いボウタイという格好の、髪の長い変わりものの惨めな老人の姿を、私はふと頭に思い浮かべた。老人は今にも壊れそうなポーチで、何か老人の名前が書かれた窓の前の揺り椅子に座り、それをことことと揺らせている。豚の脚肉のハムとキャベツの匂いが、すぐ脇のドアから漂ってくる。

私はため息をついて封筒を回収し、新しい封筒にその名前と住所を書き、一ドル札を紙の中に畳み、そこにこう書いた。「これが間違いなく最後の献金になります」。私は署名し、封筒に封をし、切手を貼り、酒をもう一杯グラスに注いだ。

パイプに煙草を詰め、火をつけ、座ってそれを吸った。誰も訪ねてこなかった。電話もかかってこなかった。何も起こらなかった。私が死んでいても、エルパソに行っても、誰も気にしなかった。

少しずつ外の通りの喧噪が収まっていった。空からは残光が消えた。きっと西の空は赤く染まっているのだろう。屋根の対角線上の、一ブロック先では最初のネオンの光が灯った。コーヒーショップの壁につけられた換気装置が下の小路で気怠く音を立てていた。一台のトラックが大通りに向かって、小路をいっぱいに塞ぎながら、大きな音を立てて、バックしていた。

ようやく電話のベルが鳴った。私が出ると、相手は言った。「マーロウさんですか？ショウです。ブリストル・アパートメントの」

「ええ、ミスタ・ショウ。ご機嫌いかがですか？」

「ありがとう、ミスタ・マーロウ、元気にしております。あなたの方もお元気であれば。ところで若い女性が一人、あなたのアパートメントに入室したいとおっしゃっています。理由までは存じませんが」

「私にもわかりませんね、ミスタ・ショウ。何かを注文した覚えもない。彼女は名前を言いましたか？」

「ええ、もちろん。聞いております。お名前はデイヴィスです。ミス・マール・デイヴィス。彼女は——なんと表現すればいいのでしょう——心理的破綻のまさに一歩手前におられるようです」

「中に入れてやってください」と私は即座に言った。「十分でそちらに着きます。彼女は依頼人の秘書です。まったくビジネス上の用件です」

「もちろん。承知しました。私は——その——彼女に付き添っていた方がよろしいでしょうか？」

「あなたが良いと思うように」と私は言って電話を切った。

洗面所の開いたドアの前を通り過ぎるとき、鏡に映った私の顔は興奮のために硬くこわばっていた。

27

ドアに鍵を差し込んで開けると、ショウは既にソファから腰を上げかけているところだった。彼は眼鏡をかけた長身の男で、頭は高いドームみたいにつるりと禿げ上がっていた。そのために両耳はまるで頭のてっぺんから滑り落ちてきたもののように見えた。彼は愚かしいほど丁重な微笑みを顔に貼りつけていた。

娘はチェス・テーブルの奥にある私のイージー・チェアに座っていた。何もせず、ただそこに座っているだけだ。

「ああ、お帰りなさい、ミスタ・マーロウ」とショウは囀《さえず》るように言った。「ええ、それはもう。ミス・デイヴィスと私は、とても興味深いおしゃべりを少しばかり続けておりました。私はもともと英国からやってきたのだと、話しておったのです。彼女の、ああ、ご出身地はまだうかがっておりませんが」。彼はそう言いながら、ドアまで半分ばかりのところに移動していた。

「どうもご親切に、ミスタ・ショウ」と私は言った。

「なんのなんの」と彼は囀るように言った。「なんのなんの。私はそろそろ失礼させていただきましょう。おそらく夕食の――」

「ご親切に感謝します」と私は言った。「助かりました」

彼は肯いて部屋から出ていった。ドアが閉まったあとも、彼の微笑の不自然なほどの明るさが、空気の中に残っていた。まるでチェシャ猫の微笑みたいに。

私は言った。「これはようこそ」

彼女は言った。「こんにちは」。とても静かで、とても思い詰めた声だった。彼女は茶色っぽい麻の上着にスカートという格好だった。つばが広く、てっぺんが低くなったストローハットには茶色のビロードのバンドが巻かれていたが、それは靴の色と、麻の袋状のバッグの縁についた革のトリミングの色によく合っていた。帽子は彼女にしてはかなり大胆に傾けられていた。そして今日は眼鏡をかけていなかった。

顔にさえ目をやらなければ、彼女はまるで問題なく見えただろう。ところがだいいちに、彼女の目はまったくまともではなかった。虹彩はまわりを白目に囲まれ、なんだかそこに固定されてしまったような印象を与えていた。虹彩が動くとき、それはあまりにしっかり固まっているので、軋みが聞こえてきそうなほどだった。口は両端のところでは硬い直線になっていたが、上唇の真ん中あたりは上方に、また外側に向けて断続的に持ち上がり、歯をのぞかせていた。まるで上唇の先に細い糸がつけられ、それがひくひくとひきつっているみたいに。それはほとんどあり得ないところまで引っ張り上げられ、そうなると顔の下半分が全体的に痙攣《けいれん》を始めた。そしてその痙攣が鎮まると、彼女の口はぴたりと閉じられた。それからまた同じ一連の過程が最初からゆっくり繰り返される。それに加えて、彼女の首にも何かしらおかしなところがあった。そのおかげで彼女の頭は、左に引っ張られるように、四十五度くらいの角度までそろそろと曲げられていった。回転はそこで止まり、やがて首が逆向きにぐいとひねられ、頭は元あった位置に復帰した。

その二つの動きが一緒になると、彼女の身体がまったく動かないことと、両手が膝の上で硬く組まれていることと、視線がしっかり固定されていることも相まって、見ている方の神経はかなり激しく逆なでされる。

煙草の缶がデスクの上にあった。デスクと娘の座った椅子の間には、チェス・テーブルがあり、その上にはチェスの駒を入れた箱があった。私はポケットからパイプを取り出し、そちらに行って煙草の缶から葉を出そうとした。私はチェス・テーブルの、彼女とは反対側に行くことになった。彼女のバッグはテーブルの端に、正面より少しだけ脇に寄せて置かれていた。私がそこに行くと、彼女はわずかに飛び上がった。しかしすぐに元通りの体勢に戻った。微笑もうという努力さえ見られた。

私はパイプに煙草を詰め、紙マッチで火をつけた。火を吹き消したあとも、マッチを手にそこに立っていた。

「今日は眼鏡をかけていないんだね」と私は言った。

彼女は言った。声は静かで、抑制がきいていた。「ええ、私が眼鏡をかけるのは、家の中にいるときと、本を読むときくらいです。バッグには入れていますが」

「君は今、家の中にいる」と私は言った。「眼鏡をかけていた方がいいんじゃないのかな」

私はさりげなく彼女のバッグに手を伸ばした。彼女は動かなかった。私の手にも目をやらなかった。ただ私の顔をじっと見ていた。私は少しだけ身体を曲げて、バッグを開けた。そこから眼鏡ケースを探し出し、テーブルの向こうに滑らせた。

「それをかけたまえ」と私は言った。

「ええ、わかりました。眼鏡をかけます」と彼女は言った。「でもそれには、帽子をとらなくちゃ……」

「いいとも。帽子をとりたまえ」と私は言った。

娘は帽子をとり、それを膝の上に載せた。それから眼鏡のことを思い出し、かわりに帽子のことを忘れた。眼鏡をとろうと手を伸ばしたとき、帽子が床に落ちた。彼女は眼鏡をかけた。それで外見はかなり落ちついたように、私には見えた。

彼女がそれだけのことをしている間に、私はバッグからコルトの二五口径オートマチックを抜き出し、ヒップ・ポケットに滑り込ませた。彼女はそれを目にしなかったと思う。

前日、彼女のデスクの右のいちばん上の抽斗にあったのと同じ拳銃のようだった。胡桃材のグリップがついたやつだ。

私はソファに戻り、腰を下ろして言った。「さあ、これでよし。何をしようか？　おなかは減っているかい？」

「ミスタ・ヴァニアーの家に行ってきたんです」と彼女は言った。

「ほう」

「彼はシャーマン・オークスに住んでいます。エスカミーヨ・ドライブの奥に。文字通りの突き当たりに」

「彼らしいね」と私は意味もなく言った。そして煙草でスモーク・リングを作ろうとしたが、うまくいかなかった。頬の神経が針金みたいにぴくぴくひきつりかけていた。自分でもそれが気に入らなかった。

「そうね」と彼女は抑制された声で言った。上唇はまだ引っ張り上げて、落ちてという動きを繰り返していたし、顎はあるところまで曲げられて、それから戻るというのを続けていた。「とても静かなところなの。ミスタ・ヴァニアーがそこに住んで三年になります。その前はハリウッドの高台に住んでいました。ダイアモンド・ストリートに。もう一人の男の人と一緒に住んでいたんだけど、仲がうまくいかなくなったんだと、ミスタ・ヴァニアーが言っていました」

「それもわかるような気がするね」と私は言った。「君はどれくらい長くミスタ・ヴァニアーを知っているのだろう?」

「八年前からです。でもどういう人なのかよくは知りません。私はときどき彼のところに、その、包みのようなものを届けなくてはなりません。私がそれを直接持ってくることを彼は求めています」

私はもう一度スモーク・リングを試してみた。やはりうまくいかなかった。

「もちろん」と彼女は言った。「あの人のことは大嫌いでした。私は心配だったんです。あの人が私に何かを——あの人が何かを——」

「でも何もしなかった」と私は言った。

初めて彼女の顔が人間らしい自然な表情を浮かべた——驚きを。

「ええ」と彼女は言った。「彼は何もしなかった。つまり、変なことは何もしませんでした。でも彼はパジャマを着ていました」

「パジャマを着たままのんびり寛《くつろ》いで、一日を寝ころんで暮らす男もいるんだ」と私は言った。「そういう世の幸運を独り占めしているような男もね。そうじゃないか?」

「でもそうするには何かを知っていなくてはなりません」と彼女は真剣な顔で言った。「人々がそのためにお金を払うような何かを。ミセス・マードックは私にとても親切にしてくださいました。そうですよね?」

「そのとおりだ」と私は言った。「今日はいくら彼のところに持っていったんだね？」

「五百ドルだけです。今日はそれだけしか余裕がないとミセス・マードックはおっしゃって、実際にはそれだってやっとなんです。もうこれでやめにしなくてはならないと彼女は言いました。こんなことをいつまでも続けていくわけにはいかないと。ミスタ・ヴァニアーはいつだって約束するんです。これでもう最後だって。でもそんな約束は守られません」

「それが連中の手なんだ」と私は言った。

「とすれば打つ手はひとつしかありません。そのことはずっと前から明らかだったのです。もともとは私の責任ですし、ミセス・マードックは私に本当によくしてくださいました。どうなったとしても、私にとって事態が今より悪くなることなんてあり得ないんです。そうでしょう？」

私は手を上げて、神経をなだめるために頬をごしごしとこすった。問いには返事をしなかったが、彼女はそんなことを気にもとめず話し続けた。

「それが私のやったことです」と彼女は言った。「彼はパジャマを着てそこにいました。グラスを横に置いて。私の顔をただ横目でうかがうように見てました。私を中に入れるために立ち上がりもしませんでした。でも玄関のドアには鍵が差してありました。誰かがそこに鍵を差しっぱなしにしていったんです。それは――それは――」、彼女の声は喉の中でもつれあった。

「玄関のドアに鍵が差しっぱなしになっていた」と私は言った。「だから君はそれを使って中に入ることができた」

「そうです」と言って彼女は肯いた。また微笑みに近いものを浮かべた。「面倒は何もありませんでした。本当に。音《ノイズ》を耳にした覚えすらありません。もちろん音はしたはずです。けっこう大きな音が」

「きっとそうだろうね」

「彼のすぐそばまで行きました。だから外しようもありません」と彼女は言った。

「ミスタ・ヴァニアーは何かしたかね？」

「まったく何もしませんでした。ただにやにや笑いのようなものを浮かべていました。ただそれだけのことです。私がミセス・マードックのところに戻ったら、彼女に迷惑をおかけすることになります。そしてレスリーにも」、その名前を口にするとき、彼女の声は小さくなった。声が詰まって、全身にさざなみのような震えが走った。「だからここに来たのです」と彼女は言った。「ベルを押してもあなたが出てこないので、管理人のオフィスに出向いて、部屋の中であなたの帰りを待たせてほしいとお願いしたんです。これからどうすればいいか、あなたならおわかりになると思って」

「君はその家にいるあいだ、何かに手を触れたかかな？」と私は尋ねた。「よく思い出してほしいんだ。玄関のドアは別にして、家の中に入って、出てくるまでに手を触れたものはあるかい？」

彼女は考えた。考えるあいだ顔の動きは止まった。「ええ、ひとつ覚えています」と彼女は言った。「電灯を消しました。出て行く前に。スタンドです。天井を向いているスタンド。大きな電球のついたやつ。それを消しました」

私は肯き、微笑んだ。マーロウが微笑めば、世界は明るくなる。

「それはいつのことなんだい？　どれくらい前のこと？」

「ええと、ここに来るすぐ前のことです。私は車を運転してきました。若奥様の車です。昨日あなたが質問なさった車。そのとき言い忘れたのですが、彼女は家を出るとき、その車を置いていきました。そのことは前に言ったかしら？　そうね、言いましたよね。今それを思い出しました」

「ということは」と私は言った。「ここまで車で半時間はかかる。君がここに来たのは一時間前だ。だから君がミスタ・ヴァニアーの家を離れたのは五時半くらいということになる。そして君は明かりを消した」

「そのとおりです」、彼女はまた肯いた。とても明るい顔をして。思い出せて嬉しいのだ。

「私は明かりを消しました」

「お酒でも飲むかね？」と私は尋ねた。

「いいえ、けっこうです」と彼女はとても大きく首を振った。「お酒はまったく口にしません」

「私が飲んでもかまわないか？」

「もちろんです。どうぞ召し上がって」

私は立ち上がり、彼女の様子を見た。その唇は相変わらずひくひく持ち上がっていたし、頭は横に振られていたが、前よりはいくぶんましになっているようだった。それはゆるやかに終息に向かいつつあるリズムのように見えた。

どこまでこの調子でやっていけばいいのか、判断がむずかしかった。たくさん話をすればするほど、彼女にとっては良いのかもしれない。ショックが引くまでにどれくらい時間がかかるのか、そんなことは誰にもわからない。

私は言った。「君の家はどこなんだ？」

「だって――私はミセス・マードックのところに住んでいます。パサデナの」

「私が言っているのは本当の家のことだよ。君の家族はどこにいるんだ？」

「両親はウィチタに住んでいます」と彼女は言った。「でももうずっと長いことそこに帰ってはいません。ときどき手紙を書きますが、何年も顔を合わせていません」

「お父さんは何をしている？」

「犬と猫の病院を持っています。獣医なんです。両親には何も知らせないでほしいんです。

前のときも、両親にはその話はしていません。ミセス・マードックはそれを誰にも知られないようにしました」

「ご両親がその件を知る必要はあるまい」と私は言った。「飲み物を作らせてもらうよ」

私は彼女の座った椅子の後ろを通って台所に行き、とりあえず飲み物らしきものを適当にこしらえた。それを一気にぐいと飲み干し、それからヒップ・ポケットから小さな拳銃を取り出し、安全装置がかかっていることを確かめた。銃口の匂いを嗅ぎ、マガジンを取り出した。薬室に弾丸がひとつ入っていた。しかしその銃はマガジンが外されているときには弾丸が発射できないようになっている。私は拳銃を傾けて、銃尾をのぞき込んでみた。中の弾丸は正しくないサイズのもので、銃尾のブロックに当たってへしゃげていた。三二口径のようだった。マガジンに入っている方の弾丸は正しいサイズの二五口径だった。私は銃を元どおりにし、居間に戻った。

物音らしきものは聞こえなかったのだが、彼女は床に崩れ落ちていた。前のめりになって椅子から滑り落ち、素敵な帽子を踏みつけにしていた。そして鯖《さば》のようにひやりとしていた。

私は彼女の身体を少しまっすぐにし、眼鏡を外し、舌を呑み込んでいないことを確かめた。折り畳んだ私のハンカチーフを口の脇から差し込んで、発作から回復したときに彼女が舌を噛まないようにした。電話の前に行って、カール・モスの番号を回した。

「フィル・マーロウだ、先生《ドク》。患者はまだいるのかい？　それとももう仕事は終わった？」

「すっかり終わったよ」と彼は言った。「帰宅するところだ。何か問題かね？」

「私は自宅にいる」と私は言った。「忘れたかもしれないが、ブリストル・アパートメントの四〇八号室だ。娘が一人失神した。失神のことは何でもないが、気を取り戻したときに、おかしなことをしでかすんじゃないかと案じている」

「アルコールを与えるんじゃないぞ」と彼は言った。「すぐにそっちに向かうからな」

電話を切り、彼女の隣に膝をついた。そしてこめかみをこすった。やがて娘は目を開けた。唇が持ち上がりだした。私はハンカチーフをその口から引き抜いた。彼女は私を見上げて言った。「私はミスタ・ヴァニアーの家に行きました。彼はシャーマン・オークスに住んでいます。私は――」

「君の身体を持ち上げて、ソファに寝かせてもかまわないだろうか？　私のことは知っているね？　マーロウだ。ほら、あちこちうろつきまわって、筋違いな質問ばかりしている図体の大きなお調子者だよ」

「こんにちは」と彼女は言った。

私は彼女を抱き上げた。彼女は身を硬くしたが、何も言わなかった。ソファに寝かせ、スカートの裾を下ろして脚を隠し、頭の下にクッションを置き、帽子を拾った。帽子は鮃《ひらめ》みたいにぺしゃんこになっていた。私はできるだけそれを元に戻し、デスクの上の脇の方に置いた。

私がそうするのを彼女は横目で見ていた。

「警察は呼んだ?」と彼女はソフトな声で尋ねた。

「まだだ」と私は言った。「何かと忙しくてね」

彼女は驚いたようだった。定かではないが、いくらか傷つけられたようにも見えた。

私は彼女のバッグを開け、背中で隠すようにしてそこに拳銃を戻した。そのついでに、バッグの中身をチェックした。通常のあれこれ、二枚のハンカチーフ、口紅、パウダーの入った銀と赤のエナメルのコンパクト、ティッシュが二個、硬貨と一ドル札が何枚か入った財布。煙草もマッチもない、劇場の切符もない。

ジッパーのついたポケットも開いてみた。運転免許証と平たい札の束が入っていた。五十ドル札が十枚。ぱらぱらとめくってみたが、新札は一枚もない。札束をまとめた輪ゴムには紙片が畳んではさまれていた。開いて読んでみた。きれいにタイプされ、今日の日付がついたありきたりの受領書で、署名されたあかつきには「分割払いの一回分支払い」の五百ドルが受領されたことを示すようになっている。

それが署名されることは、どうやらもうなさそうだ。私は札束と受領書を自分のポケットに入れた。バッグを閉め、ソファに目をやった。

彼女は天井を見上げ、例の顔のひきつりを再開していた。私は寝室から彼女の身体にかけるための毛布をとってきた。

それから台所に行って、酒のおかわりを作った。

28

カール・モス医師は大柄で逞しいユダヤ人で、ヒトラーのような口髭をはやし、飛び出した目と、氷河にも似た静けさを具えていた。彼は帽子と鞄を椅子の上に置き、そこに立って、ソファの上に謎めいて横になっている娘を見下ろした。

「私はドクター・モスです」と彼は言った。「具合はいかがかな?」

彼女は言った。「警察の人じゃないのね?」

彼は身を屈めて脈を取り、それからそこに立ったまま、彼女が呼吸する様子を見ていた。

「どこか痛みますか、ミス――」

「デイヴィス」と私は言った。「ミス・マール・デイヴィス」

「ミス・デイヴィス」

「どこも痛くはありません」と彼女はじっと医師を見上げながら言った。「私――私にはわからないんです。どうしてこんなところに横になっているのか。あなたは警察の方だと思いました。だって私、男の人を一人殺したものですから」

「ああ、それは人間の正常な衝動だ」と彼は言った。「私は何ダースも殺しましたよ」。そして微笑みもしなかった。

彼女は上唇を持ち上げ、首を回して彼の方に顔を向けた。

「ねえ、そういうことをする必要はないのですよ」と彼はとても優しい口調で言った。「あちこちに神経のひきつりのようなものを感じるでしょう。それは放っておくとますます進行して芝居がかったものになっていく。でも望みさえすれば、自分でちゃんとコントロールできます」

「そうなの？」と彼女は囁くように言った。

「あなたがそう望むなら」と彼は言った。「でもそうしなくちゃならないわけではありません。あなたがしたいようにすればいい。私としてはどちらでもかまいません。それで、とくに痛むところはないんですね？」

「ありません」と言って、彼女は首を振った。

彼は娘の肩を軽く叩くと、台所に行った。私はそのあとを追った。彼は流し台に腰をもたせかけ、私を冷ややかな目で見た。「どういうことになっているんだ？」

「彼女は私の依頼人の秘書だ。依頼人はパサデナのミセス・マードック。気性の激しい女だ。八年ほど前にある男がマールにちょっかいを出した。具体的にどんなことをしたのか、そこまではわからない。それから――そこですぐにというのではないが、だいたいその時期にその男は窓から落ちたか、あるいは身を投げたかした。それ以来彼女は、男に手を触れられるのが耐えられないようになった。どんなさりげない形であれ」

「なるほど」、彼の飛び出た目はまだ私の表情を読み続けていた。「彼女はその男は自分のことがあって、窓から飛び降りたと思っているのかな？」

「わからない。ミセス・マードックがその男の妻だった。彼女は再婚し、その二番目の夫も今はもう亡くなっている。マールはずっと彼女のところにいる。そのばあさんは彼女を、横暴な親が始末の悪い子供を扱うように扱っている」

「なるほど。退行性のものだな」

「なんだい、それは？」

「感情的ショックだ。そして子供時代に逃げ帰りたいという、潜在意識的試みがある。もしミセス・マードックが彼女をずいぶん叱りつけているものの、それが度を越さなければ、その傾向はますます強いものになっていく。子供にとって従属することは、保護されることと同義であるから」

「ずいぶんむずかしい話になるんだな」と私は唸るように言った。

彼はにやりと笑って静かに私を見た。「いいかい、あの娘は明らかに神経症だ。部分的にはそうさせられたものだし、部分的には自ら進んでそうなったものだ。つまりああなることが自分でもけっこう嬉しいんだ。自分がそれを愉しんでいることが本人には自覚できていないとしてもね。とはいえ、今のところはさして深刻な問題ではない。ところで、男を一人殺したっていうのはどういうことだね？」

「シャーマン・オークスに住んでいるヴァニアーという男だ。どうやら恐喝がからんでいるらしい。マールはときどき彼のところに現金を持って行かされた。彼女はその男を恐れていた。私は男に会ったことがある。かすみたいなやつだ。彼女は今日の午後、彼の家に行って、その男を撃ったと言っている」

「なぜ？」

「彼女に送った流し目が気に入らなかったということだ」

「何を使ってその男を撃ったんだ？」

「バッグに拳銃が入っている。どうしてそんなものを持っているのか、私にもそれはわからない。でももし彼女が男を撃ったとしても、その拳銃で撃ったのではない。銃の薬室には間違ったサイズの弾丸がひっかかっている。あれじゃ発射できない。また発射された形跡もない」

「私にはよくわからん話だ」と彼は言った。「こっちはただの医者だからね。彼女について私はいったい何をすればいいんだ？」

「それから」と私はその質問には答えずに言った。「彼女は電気スタンドがついていたと言う。晴れた夏の夕方のまだ五時半ごろだったというのに。その男は寝間着を着ていて、玄関のドアには鍵が差したままになっていた。そして彼は彼女がやってきても、立ち上がりもしなかった。そこに座ったまま横目でちらちら彼女を見ていただけだ」

彼は肯いて「ほう」と言った。そして厚い唇のあいだに煙草を突っ込み、火をつけた。

「本当に自分がその男を撃ったと、あの娘が思っているかどうかを、私に教えてもらいたいということであれば、それは私にもわからん。君の話を聞くかぎり、男は実際に撃たれたようだ。そういうことかな？」

「そう言われても、こっちもその場に居合わせたわけじゃないからな。しかしそれはまず間違いないことのように思える」

「もし自分がその男を撃ったと彼女が思っていて、それが演技ではないとしたら――あの手のタイプは実にしょっちゅう演技をするんだけどな――それが示しているのは、それは彼女にとって昨日や今日思いついた考えではないということだ。彼女は銃を持ち歩いていたと君は言う。だとすればそれはたぶん確かだろう。彼女は罪悪コンプレックスを持っているのかもしれない。罰されたがっているのかもしれない。本物か想像上の罪を贖《あがな》いたがっているのかもしれない。もう一度訊くが、君はこの件で私に何をしてほしいんだ？　彼女は病気でもないし、頭がおかしくなっているわけでもない」

「彼女をパサデナに帰すわけにはいかない」

「ほう」、彼は興味深そうに私の顔を見た。「家族はいるのか？」

「ウィチタにね。父親は獣医をしている。父親に電話をかけてみるつもりだ。しかし今夜は彼女はここに泊める」

「そいつはどうかな。このアパートメントで一夜を過ごせるほど、彼女は君を信用しているだろうか？」

「彼女は自分の意思でここにやってきたんだ。そしてそれは社交的な訪問ではない。私を信用してくれていると思う」

　彼は肩をすくめ、ごわごわとした黒い口髭の外側を指でたどった。「じゃあ、彼女にネンブタール（睡眠薬）を与えよう。そしてベッドに入れる。君は一晩中うちの中を歩き回りながら、良心と取っ組み合いをするがいい」

「私は出かけなくちゃならない」と私は言った。「現場に行って、何があったのかを見届ける必要がある。でもそのあいだ彼女を一人にしてはおけない。そしてたとえ医者といえども、男が彼女をベッドに押し込むことはできない。看護婦を呼んでくれないか。私はどこか別の寝場所を見つける」

「フィル・マーロウ」と彼は言った。「時代遅れの騎士ギャラハッド。オーケー。看護婦が来るまで、私がここで彼女の様子を見ていよう」

　彼は居間に戻って看護婦派遣会社に電話をかけた。それから奥さんに電話をかけた。彼が電話をかけているあいだ、マールはソファの上に身を起こし、膝の上で両手を上品に重ねていた。

「どうして電気スタンドがついていたのか、私にはわかりません」と彼女は言った。「家の中はぜんぜん暗くなんかなかったのに。それほど暗くはありませんでした」

私は言った。「君のお父さんのファーストネームは？」

「ドクター・ウィルバー・デイヴィス。どうして？」

「何か食べるものはほしくない？」

電話を手にカール・モスは私に言った。「何かを食べるのは明日にしよう。今日はもう寝た方がいい」。彼は用件を終え、電話を切った。自分の鞄のところに行って、コットンの切れ端に載せた二つの黄色いカプセルを手に戻ってきた。グラスに入れた水と一緒に、それを彼女に手渡した。「飲みなさい」

「私は病気じゃありません。そうでしょう？」、彼女は医者を見上げてそう言った。

「飲むんだよ、お嬢さん。飲みなさい」

彼女はカプセルを受け取り、口に含み、水の入ったグラスを取って、それを飲んだ。

私は帽子をかぶって部屋を出た。

エレベーターまで歩いていく途中、彼女のバッグに鍵がひとつも入っていなかったことに思いあたった。だから私はロビー階でエレベーターを降りてロビーを横切り、ブリストル・アヴェニュー側に出た。車を見つけるのはむずかしくなかった。縁石から五十センチ以上離れたところに不器用に駐められていた。グレーのマーキュリーのコンバーティブルで、プレートナンバーは2X1111。私の記憶によれば、それはリンダ・マードックの車のナンバーだ。

革製のキーホルダーが鍵穴から下がっていた。私は車に乗り込み、エンジンをスタートさせた。ガソリンはたっぷり入っている。私は車を出した。高性能の小さな車だった。まるで翼でも生えているみたいに、カフエンガ・パスを軽々と越えた。

29

エスカミーヨ・ドライブは、四ブロックのあいだに急な曲がり角が三つもある道路だった。その理由は私にはよくわからない。とても狭い道路で、一ブロックに平均して五軒の家が建っている。山の斜面がうらぶれた茶色のオーバーハングになっていて、この季節そこに生えているのはサルビアとウラシマツツジくらいだった。その五つめの、そして最後のブロックで、エスカミーヨ・ドライブは左に向けて小さなカーブを小気味良く描いていた。それは山肌に正面からぶつかるような格好になり、啜《すす》り泣きの声もなくそこで消滅していた。この最後のブロックには三軒の家があった。二軒は入り口の両側に向き合うようにして建っていた。そして一軒は文字どおりどん詰まりにあった。これがヴァニアーの住まいだ。車のスポットライトで照らしてみると、鍵はまだドアに差しっぱなしになっていた。

細長い英国風のバンガローだった。高い屋根、鉛の縁のついた正面の窓、ガレージは横手にある。ガレージの脇にはトレイラーが駐めてあった。小さな芝生の庭の上には、早い時刻の月が静かに浮かんでいた。大きな樫の木がほとんど玄関ポーチの上を覆っていた。家の中には明かりがついていなかった。少なくとも正面から明かりは見えない。

　土地の形状から見て、昼間に居間に明かりがついているというのは、あり得ないことではなさそうだった。朝を別にすれば、家の中は終日薄暗いのだろう。その場所は愛の巣としてはそれなりの利点もあるだろう。しかし脅迫者が住む家としてはあまり高得点は与えられない。突然の死はどこにいてもやってくるものだ。しかしヴァニアーはそれをより容易にしていた。

　私は彼のドライブウェイに車の鼻先を入れ、それからバックをして、どん詰まりに背中を向け、道路の角のところまで下って、そこに駐車した。歩道はなかったから、道路を歩いて戻った。玄関のドアは鉄張りの樫の厚い板でできており、ジョイント部分は面取りがされていた。ノブの代わりに押し錠がついている。平らな鍵の頭が鍵穴から突き出ていた。私はベルを鳴らしてみた。夜中の空っぽの家の中で鳴る遠いベルの音が聞こえただけだ。

樫の木を回り込むようにして、ペンシルライトをガレージの折り戸の隙間にあててみた。中には車が一台入っていた。家の裏手にまわり、低い自然石で囲まれた、花の植えられていない小さな庭を目にした。あと三本の樫の木があり、その一本の下にテーブルと、金属製の二脚の椅子が置かれていた。ゴミの焼却炉が奥の方にあった。家の正面に戻る前に、トレイラーの中を明かりで照らしてみた。中に人はいないようだ。ドアはロックされていた。

私は玄関のドアを開けた。鍵は鍵穴に差しっぱなしにしておいた。今回は小細工をいっさいしないつもりだった。何ひとつ手を加えずにおく。ただどうなっているかを確かめたかっただけだ。私は手探りで壁に明かりのスイッチを探し求めた。それは見つかった。スイッチを入れると、部屋を囲むように壁に取り付けられたブラケットに二個ずつ収められた、淡い色合いの電球が灯った。それでいろんな家具に混じって、マールが言っていた大きなフロア・スタンドが見えた。私はそちらに行ってそのスタンドの明かりをつけた。それから戻って壁の明かりを消した。スタンドは、大きな電球が磁器ガラスのボウルに上向きに埋め込まれたものだった。明かりの強さは三段階から選べるようになっている。私はいちおうすべての段階を試してみた。

部屋は玄関から裏手までひとつに繋がっていた。突き当たりにはドアがあり、玄関の右手にはアーチ形の入り口があった。その奥は小さな食堂になっていた。アーチ形の入り口のカーテンは半分引かれていた。淡い緑のどっしりとしたブロケードのカーテン、かなり古いものだ。左手の壁の真ん中に暖炉があり、向かいの壁の両側には本棚があった。埋め込み式のものではない。二つのソファが部屋の角に直角をなすように置かれていた。一脚の金色の椅子があり、一脚のピンクの椅子があり、一脚の茶色の椅子があり、足置き台のついた茶色と金色のジャカード織りの椅子があった。

黄色いパジャマをはいた脚がその足置き台に載せられていた。むき出しのくるぶし、深い緑色のモロッコ革のスリッパ。私の視線はそこから上に向けてゆっくり、注意深く上がっていった。深い緑色の模様付きの絹のローブ、房飾りのついた紐で結ばれている。ベルトの上でローブが開け、パジャマのモノグラム入りのポケットが見えている。ハンカチーフがきちんと折り畳まれてそこに入っている。白い麻のハンカチーフで、その尖った先端がふたつはっきりと見える。黄色い首、顔は横向きになって、じっと壁の鏡の方を見ている。私は回り込んで、鏡をのぞいてみた。たしかにその顔は横目でにやついているように見えた。

左手は膝と椅子の脇の間に置かれていた。右腕は椅子の外側に垂れて、指先が絨毯に触れていた。それはまた三二口径の小さなリヴォルヴァーの銃把にも触れていた。いわゆるベリー・ガン、銃身がほとんどない拳銃だ。顔の右側は椅子の背にぴったりつけられていたが、右肩は血で濃い茶色に染まっていた。右の袖にも少し血がついていた。椅子の上にも。椅子の上は血だらけだった。

彼の頭が自然にそういう格好になったとは私には思えなかった。デリケートな神経を持ち合わせたどこかの人物が、右の横顔を目にするのを好まなかったのだ。

私は片足を上げ、足置き台をそっと押して、五、六センチ脇に寄せた。スリッパの踵がジャカード織りの布地の上で気の進まない様子で動いた。しかし足そのものは動かなかった。その男の身体は材木のように硬くなっているのだ。それから私は下の方に手を伸ばして、彼の足首に手を触れてみた。それは氷も顔負けの冷たさだった。

彼の右肘のところにあるテーブルの上には、気の抜けた酒がグラスに半分残っていた。灰皿は吸い殻と灰でいっぱいになっていた。明るいチャイニーズ・レッドの口紅が三つの吸い殻についていた。金髪女が好みそうな色だ。

別の椅子の隣には別の灰皿があった。たくさんのマッチとたくさんの灰があったが、吸い殻は見当たらない。

部屋の空気にはかなりきつい香水の匂いが残っていた。それは死臭との争いに負けていたが、敗退しつつも、まだそこに踏みとどまっていた。

私は電灯をつけたり消したりしながら、家の中をひととおり調べてみた。寝室がふたつあった。ひとつは明るい木材で、もうひとつはレッド・メープルで家具が揃えられていた。明るい色合いのものの方が客用の寝室らしかった。タンとマルベリー色のタイルを使った感じよい浴室には、ガラス扉のシャワー室がついていた。台所は小さい。流し台にはたくさんの瓶、たくさんのグラス、たくさんの指紋、たくさんの証拠が残っていた。あるいは状況次第で、証拠なんてまったくないということになるのかもしれない。

私は居間に戻り、フロアの真ん中に立ち、できるだけ鼻を使わずに呼吸しながら、もしこの事件を警察に通報したらどんなことになるだろうと思い巡らせてみた。この件を通報し、モーニングスターの死体を発見してそのまま逃げたのも自分だと名乗り出る。これはとても愉快とは言えない事態を招くことになるだろう。三件の殺人事件に絡んだマーロウ。死体の山に、膝まで埋もれている。そしてそれらの事件に関して理屈の通った、論理的な、そして私にとって心安まる点はひとつとしてない。しかし最悪の点はまだ他にある。口を割った瞬間から、私の行動の自由が奪われてしまうということだ。何であれ、自分がやっていたことをやり続けられなくなるし、何であれ、発見しかけていたことを棚上げしてしまわなくてはならない。

カール・モスはアイスクラピウス（ギリシャの医学の神）の名の下にマールを護ってくれるかもしれない。あるところまでは。あるいは彼は、彼女の胸から思い切って重荷を取り去ってやった方が、長い目で見れば彼女のためになると思うかもしれない。

私はぶらぶらとジャカード織りの椅子のところに戻り、歯をぎゅっと噛みしめ、死体の髪を掴んで頭を椅子の背から引きはがした。銃弾はこめかみに撃ち込まれていた。自殺に見せかけたのかもしれない。しかしルイス・ヴァニアーのような男が自殺するわけはない。脅迫者は、たとえ怯えた脅迫者であれ、支配力の何たるかを理解しているし、それを愛するものだ。

私は手を離して頭を好きな位置に戻してやった。そして絨毯のけばで手をこすって拭いた。前屈みになったときに、ヴァニアーの肘のところにあるテーブルの足もとの棚の下に、額縁が見えた。私はそちらに回り込み、ハンカチーフを持った手をそちらに伸ばした。

前面のガラスには大きくひびがはいっていた。壁から落ちたのだ。小さな釘も見えた。どうやって落ちたのか、おおよその見当はついた。誰かがヴァニアーの右手に立っていたのだ。彼の上に屈み込んでいたかもしれない。彼がよく知っていて、恐怖を感じない相手だ。その誰かは突然拳銃を持ち出し、彼の右のこめかみを撃つ。そして、血を見て驚いたのか、あるいは発射の反動によるものか、殺人者は後ろに飛び退き、壁にぶつかり、それで額が落ちたのだ。角から落ちて床ではねかえり、テーブルの下まで飛んだ。殺人者は用心深いのか、あるいは怯えたのか、その額には手を触れなかった。

小さな絵だった。とくに面白みのない絵だ。ダブレットとタイツという姿の一人の男。彼の袖の先にはレースがついている。そして羽根のついたよくあるふわふわした丸いビロードの帽子をかぶっている。窓から大きく身を乗り出している。どうやら下の階にいる誰かを呼んでいるらしい。下の階は絵には描かれていない。彩色された複製画だったが、そもそものオリジナルの絵だってたいして価値があるとは思えない。

私は部屋の中を見渡した。ほかにもいくつも絵があった。二つばかりなかなか悪くない水彩画があった。いくつかの版画もあった。版画か。版画なんてとても今年の流行りとは言えまい。あるいは流行りなのだろうか？　とにかく全部で半ダースほど絵があった。まあ、この男は絵が好きだったらしい。それで？　高い窓から身を乗り出している男。ずっと昔のこと。

私はヴァニアーを見やった。彼は私を助けてくれそうにはない。遙か昔に、高い窓から身を乗り出している男。

それは最初のうちほんのささやかなひらめきだったので、あやうくそのまま見過ごしてしまうところだった。せいぜい、羽根でそっと撫でられたくらいの意識の感触だった。あるいは雪のひとひらか。高い窓から身を乗り出している男――遙か昔のこと。

それはぴたりとあるべき場所に収まった。じりじりと音を立てるくらいホットに。高い窓、遠い昔に――八年前のことだ――一人の男が身を乗り出している。乗り出しすぎて――窓から落ちて――死ぬ。男の名前はホレース・ブライト。

「ミスタ・ヴァニアー」と私はいささかの賞賛を込めた声で言った。「なかなか洒落たことをするじゃないか」

私は額をひっくり返してみた。その裏には日付と金額が記されていた。八年間にわたる日付だ。金額はおおむね五百ドルだった。七百五十ドルのことも何度かあった。千ドルが二回。そして小さな字で現在の総合金額が記されていた。一万一千百ドルだ。ミスタ・ヴァニアーは最新の支払いをまだ受けていなかった。それが届けられたとき、彼はもう死んでいたのだ。八年にわたって搾りとっていたわりには、大した金額ではない。ミスタ・ヴァニアーが相手にしていたのは、値切り交渉を得意とするタフな人物だった。

ボール紙の裏は蓄音機の鉄針でフレームに留められていたが、うちの二つが抜け落ちていた。私はボール紙を外そうとしてみた。少しばかりそれを破って、中が見えるようにした。絵の裏側に白い封筒が入っていた。封がしてあり、字は書かれていなかった。封を切ってみると、中には二枚の正方形の写真とネガが一枚入っていた。写真は同一のものだ。そこには窓から大きく身を乗り出して、口を開けて何かを叫んでいる男の姿が映っている。両手は窓枠の煉瓦の縁にかかっている。彼の肩越しに女の顔が見える。

やせ型の黒髪の男だ。男の顔ははっきりしていないし、背後の女の顔も同じだ。男は窓の外に身を乗り出し、何ごとかを叫んでいる。あるいは呼びかけている。

私はその写真を手に持ち、しばらく眺めた。どう見ても、そこにとくに意味があるとは思えなかった。しかし何かしらの意味はあるはずなのだ。なぜそう思うのか、自分でもよくわからない。でも私はなおもそれを睨み続けた。そしてやがて、おかしなところがあることに気づいた。とても細かいことだが、それは決定的だった。男の両手は、窓枠をつけるために切り取られた壁の端に並べて置かれている。でもその両手は何も摑んでいない。何にも触れていない。煉瓦のかどについているのは両手首の内側だ。両手は空中にある。

彼は身を乗り出しているのではない。落ちるところなのだ。

私は写真とネガを封筒にしまった。ボール紙を元に戻し、封筒はポケットに入れた。額縁とガラスと絵はリネン戸棚のタオルの下に隠した。

それだけのことをするのに時間をかけすぎたようだった。一台の車が家の外に停まった。

玄関までの道をやってくる足音が聞こえた。

私はアーチ形の出入り口のカーテンの奥に身を隠した。

30

玄関のドアが開き、そっと閉められた。

沈黙があった。沈黙は冷たい大気の中の白い息のように、そこにぽっかり浮かんでいた。それから押し殺した悲鳴があり、やがて絶望の悲嘆となって消えていった。

男の声が聞こえた。声は怒りのためにこわばっていた。「悪くないが、改良の余地がある。もう一度やってみろよ」

女の声が言った。「どうしよう！　ルイスよ。彼は死んでいる」

男の声が言った。「おれの求めすぎかもしれないが、まだもうひとつ嘘っぽいな」

「どうしよう！　彼は死んでるわ、アレックス。なんとかしてよ、お願い。なんとかしてちょうだい！」

「そうだな」とアレックス・モーニーの硬く緊密な声が言った。「なんとかしなくちゃな。おれとしてはおまえを、こいつと同じような姿にしなくちゃならんところだ。血の流し具合も何もかも同じようにな。同じくらいくたばって、同じくらい冷たくなって、同じくらい腐りかけた感じでな。いや、わざわざそんなことをするまでもない。おまえはすでにそうなっているからだ。同じくらい腐りかけてるんだよ。おれと結婚してまだ八ヶ月しか経ってないのに、もうこんなかすみたいな野郎と浮気してやがる。たまらんぜ！　おまえのような尻軽女にひっかかっちまうなんて、おれはどうかしていたよ」

最後の方はほとんど叫びになっていた。

女はまた悲痛な泣き声をあげた。

「ごまかしはやめろ」とモーニーはきつい声で言った。「なんのためにおれがここにおまえを連れてきたと思っているんだ？　おまえの芝居には誰もだまされないぞ。もう何週間もおまえを見張らせていたんだ。昨夜もおまえはここにいた。おれは今日、既にここに来ている。見るべきものは残らず見たよ。おまえの口紅がついた吸い殻も、おまえが飲んだグラスもな。おまえのそのときの姿が目に浮かぶよ。やつの座った椅子のアームに腰をかけて、やつの油のついた髪を撫でている。それから頭に鉛玉をぶちこんだのさ。まだごろごろと喉を鳴らしている相手にな。なんでそんなことをした？」

「ああ、アレックス、ダーリン、どうしてそんなひどいことを言うの？」

「初期のリリアン・ギッシュか」とモーニーは言った。「まだ若かりし頃のリリアン・ギッシュだ。そんなふりはしなくていいぞ。こいつをどうにか始末しなくちゃならん。おれがいったい何のためにここに来たと思っているんだ？　おれはおまえのことなんかもうどうだっていいんだ。おれの大事な金髪の、かわいい人殺しのために力を貸してやるつもりはまったくない。しかしおれは自分を守る必要がある。おれの評判と、おれのビジネスを守らなくちゃならん。たとえばおまえは銃の指紋を拭いたか?」

沈黙。それから殴る音が聞こえた。女が泣き叫んだ。女は痛みを感じている。ひどい痛みだ。心の奥底まで痛い。今度の泣き叫び方はかなり真に迫っている。

「いいか、エンジェル」とモーニーは唸るように言った。「もうクサい演技はやめろ。おれは映画界にいたんだ。大根の芝居は一目見りゃわかる。だから下手なことはするな。髪を摑んで部屋中を引きずり回される前に、ここで起こったことを残らず話すんだ。さあ――おまえは銃の指紋を拭き取ったのか?」

突然、女は笑い出した。いかにも不自然な笑い方だったが、声は透き通っていたし、響きもきれいだった。それから彼女は笑うのをやめた。笑い出したときと同じくらい唐突に。

女の声が言った。「イエス」

「使ったグラスは?」

「イエス」、その声は今では静かで、どこまでもクールだった。

「やつの指紋を銃に残したか?」

「イエス」

彼は何も言わず考えていた。「おそらく警察の目はごまかせまい」と彼は言った。「死んだ人間の指紋を銃につけるのはむずかしいんだ。警察はそれほど甘くない。まあ、それはいい。他に何を拭いた？」

「な、なにも。ねえ、お願い、アレックス。そんなに乱暴しないで」

「よしてくれ！　下手な演技はもうよすんだ！　いいから実演してみろ。おまえはどこに立っていて、どんな風に拳銃を持っていたんだ？」

女は動かなかった。

「指紋のことは忘れろ」とモーニーは言った。「もっとまともなやつをつけてやる。遙かにまともなやつをな」

女は半ば開いたカーテンの前をゆっくり横切った。それで彼女の姿を目にすることができた。淡い緑のギャバジンのスラックスをはいて、ステッチのついた淡い茶色のレジャー・ジャケットを着ていた。頭には金色の蛇のついた緋色のターバンを巻いていた。顔は涙でくしゃくしゃになっていた。

「それを拾え」とモーニーは女に向けて怒鳴った。「やって見せろ！」

彼女は椅子の脇に身を屈め、銃を拾い上げた。そして歯をむき出しにした。彼女が銃をドア付近の空間に向けるのが、カーテンの開口部から見えた。

モーニーは動かなかった。物音ひとつ立てなかった。

金髪女の手が震え始めた。銃は空中で踊るようにぴくぴくと上下した。唇が細かく震え、腕が下ろされた。

「できないわ」と彼女は息を大きく吐いて言った。「あなたを撃つべきなんだろうけど、撃てない」

手が開き、銃がどすんと音を立てて床に落ちた。

モーニーがカーテンの開口部を横切って、足早にそちらに向かった。女を押しのけ、足で拳銃を押して、おおよそ元あった場所に戻した。

「どうせおまえには撃てなかったさ」と太い声で彼は言った。「撃てるわけないんだ。まあ見てろ」

彼はさっとハンカチーフを取り出し、もう一度拳銃を拾うために身を屈めた。そして何かを押さえ、銃の装塡口を開いた。右手をポケットに入れ、弾丸をひとつ取り出し、指の中で転がした。指先で金属を撫で、その弾丸をシリンダーの中に入れた。同じ仕草をあと四回繰り返してから、かちんと装塡口を閉じ、それからまた開き、シリンダーを少し回して、しかるべき位置に定めた。そして銃を床に置き、手とハンカチーフをそこから離し、背筋を伸ばした。

「おまえにはおれを撃つことはできなかった」と彼はあざ笑うように言った。「なぜならこの銃に入っていたのは空の薬莢ひとつっきりだったからさ。さて、今では弾丸がまた装塡されている。シリンダーは正しい位置にある。一発が発射されており、銃にはおまえの指紋がべったりついている」

金髪女は身動きひとつせず、ひきつった目で彼を見ていた。

「ひとつ言い忘れていたが」と彼は柔らかな声で言った。「銃の他の指紋は前もって消しておいたよ。おまえの指紋がより鮮やかにつくようにな。そこまでやる必要はないと思ったが、しかし念には念を入れなくちゃならん。話が見えてきたか?」

女は静かな声で言った。「私を警察に引き渡すつもりなの?」

彼は私に背中を向けていた。黒っぽい服を着て、フェルト帽を目深にかぶっていた。だから顔までは見えなかった。でも彼が次に口を開いたとき、その顔に浮かんだ冷笑がありありと目に浮かんだ。

「そうだよ、エンジェル。おれはおまえを警察に引き渡す」

「そういうことね」と女は言ってまっすぐ彼を見据えた。強調されすぎたコーラス・ガール風の彼女の顔に、突然重々しい威厳らしきものが浮かんだ。

「おまえを警察に引き渡すつもりだ」と彼はゆっくり言った。その演技を楽しむように、言葉と言葉のあいだに間を開けながら。「おれに同情する連中もいるだろうし、おれを笑う連中もいるだろう。でもそれでおれの商売に支障が出ることはない。これっぽっちもな。それがおれのやっている商売のありがたい点だ。多少悪評が増えたところで、痛くも痒くもない」

「つまり私は今やあなたにとっては宣伝材料以外の何物でもないってわけね」と彼女は言った。「もちろん、あなた自身が疑われかねなかったという危険を別にすればだけど」

「そのとおり」と彼は言った。「まさにそのとおりだ」

「で、私の動機はどうなるの？」と彼女は訊いた。相変わらず物静かに、彼をしっかり見据えたまま。彼女は今では相手をとことん見下していたので、モーニーにもその表情を読みとることはできなかった。

「わからんね」と彼は言った。「なんだってかまわん。おまえとやつとの間に何か問題が起きたのだろう。実はエディーにおまえのあとをつけさせたんだ。おまえはダウンタウンに行き、バンカー・ヒルの通りで、茶色のスーツを着た金髪の男に会った。そしてそいつに何かを渡した。エディーはおまえをつけるのをやめ、その男を尾行することにした。男は近くのアパートメントハウスに入っていった。エディーとしてはもっと後を追いたかったのだが、尾行に気づかれた気配があったので、そこで中断した。どういうことなのか、おれにはさっぱりわからん。しかしひとつわかっているのは、そのアパートメントハウスで昨日、フィリップスという名前の若い男が射殺されたということだ。おまえはそれについて何か知っているのか、マイ・スイート？」

金髪女は言った。「そんなこと私が知るわけないでしょう。フィリップスなんていう男も知らないいし、お気の毒さまだけど、わざわざ遠くまで知らない誰かを銃で撃ち殺しに行くような、若い娘さんらしい趣味を私は持ち合わせていないの」

「しかしな、おまえはヴァニアーを撃ったんだぜ、マイ・ディア」、モーニーはほとんど穏やかとも言える声で言った。

「ええ、そうよ」と彼女は間延びした声で言った。「もちろん。私たちはその動機について話していたのね。あなたにはまだそれがわからないっていうこと？」

「その話なら、警官を相手にゆっくり詰めるがいい」と彼はぴしゃりと言った。「痴話げんかと呼べばいい。なんだっておまえの好きな名前で呼べばいい」

「思うんだけど」と女は言った。「彼は酔っ払うとあなたに少しばかり似てきた。たぶんそれが動機じゃないかしら」

彼は「ふむ」と言った。そして唇を軽く噛んだ。

「顔立ちはあっちの方がいい」と女は言った。「もっと若いし、お腹も出ていない。でも独りよがりのろくでもないにたにた笑いだけは同じだった」

「ふむ」とモーニーは言った。心を乱されているようだった。

「それが動機になるかしら？」と彼女は柔和な声で尋ねた。

彼は前に足を踏み出し、拳を振るった。拳は彼女の顔の側面をとらえ、女は崩れるようにして床にへたりこんだ。長い片脚が身体の前にまっすぐ投げ出され、片手を頬にあてていた。そしてどこまでも青い目で男を見上げていた。

「おそらくあなたは、こんなことをするべきじゃなかった」と彼女は言った。「こうなったら、私はこのままおとなしく言われたとおりには動かないかもしれない」

「いいや、おまえは罪を引き受けるしかない。もう選択肢なんてものはないんだよ。おまえは簡単に処罰を免れるだろう。やれやれ、おれにはそれがわかる。おまえの容貌をもってすればな。しかしおまえは罪を引き受けるしかないんだよ。なにしろ銃にはおまえの指紋がべったりついているからな」

彼女はゆっくりと立ち上がった。手はまだ顎に触れていた。

それから彼女は微笑んだ。「彼が死んだことはわかっていた」と彼女は言った。「ドアに差してあったのは私の鍵よ。こうなったら、喜んで警察に行って、私が彼を撃ったと言うわ。でももう二度と、あなたのその白くてすべすべした手を私には触れさせない。もしあなたが私に、そういう話をしてもらいたいのならね。ええ、私は警察で喜んですべてしゃべってやる。あなたと一緒にいるよりは、警察にいた方がずっと安全に思えるもの」

モーニーは振り向き、その顔に浮かんだ硬く白い冷笑を私は目にすることができた。頬のえくぼのような傷跡がひきつっていた。彼はカーテンの開口部の前を通り過ぎた。玄関のドアがまた開いた。金髪女はまだしばしそこに立っていた。肩越しに振り返って死体を見た。僅かに身震いし、私の視野から消えていった。

ドアが閉まった。通路を去っていく足音。車のドアが開き、閉まる。モーターがぼそぼそと音を立て、車は走り去った。

31

長い時間が経ってから、私は隠れていた場所を出た。そこに立ち、あらためて部屋の中を見渡してみた。床の拳銃を取り上げ、注意深く指紋を拭き取った。そしてもとの位置に置いた。テーブルの上に置かれた灰皿から、口紅のあとのついた吸い殻を三本拾い上げ、洗面所に行って便器の水で流した。それからあたりを見回し、彼女の指紋のついた二つめのグラスを探した。でも二つめのグラスはなかった。気の抜けた酒が半分残ったグラスを、私は台所に持っていって水で洗い、布巾で拭いた。

そのあとが気の進まない作業になる。私は死体の座った椅子の脇の絨毯に膝をついて、銃を取り上げ、椅子から垂れ下がるかちかちにこわばった手をとった。指紋はうまくつかないだろうが、とにかく誰かの指紋はそこになくてはならないし、それがロイス・モーニーのものであってはならない。銃には格子柄のゴムの銃把がついており、左側のねじの下でゴムが一部分欠けていた。そこには指紋はつかない。人差し指の指紋が銃身の右側に、引き金ガードの上に指二本の指紋、そして左側の、薬室の後ろの平らな部分に親指の指紋。

これでいい。

もう一度居間を見渡した。

フロア・スタンドの明かりをつけ、いちばん弱くした。それでも光を受けて死体の黄色い顔がぎらぎらと光った。私は玄関のドアを開け、鍵を抜き取り、指紋を拭き取り、再び鍵穴に差した。ドアを閉め、押し錠の指紋を拭き取り、一ブロック下手にあるマーキュリーまで歩いた。

ハリウッドまで車を運転し、車をロックし、駐車した他の車の脇を抜けるようにして歩道を歩き、ブリストルの玄関に向かった。

暗闇の中、一台の車の中から、かすれた囁き声が私に話しかけた。私の名前が呼ばれた。エディー・プルーの無表情な長い顔が、小型のパッカードの屋根の近くに浮かび上がった。彼はハンドルの前にいた。車に乗っているのは彼ひとりだった。私はそのドアの上に身を屈め、のぞき込むように彼を見た。

「元気かね、探偵《シェイマス》さん」

私はマッチを投げ捨て、煙を彼の顔に向かって吹いた。「昨夜君がくれた、あの歯科医療材会社の請求書を落としたのは誰だっけね？　ヴァニアーだっけ、それとも他の誰かだっけ？」

「ヴァニアーだ」

「私はあれをどうすればよかったんだろう？　ティーガーという男の一代記でも思い描けばよかったのかな？」

「血の巡りの悪い連中にはまったくうんざりさせられるぜ」とエディー・プルーは言った。

私は言った。「どうして彼はポケットにそんなものを入れて、わざわざ落としたりしたのだろう？　そして彼がもしそれを実際に落としたとして、どうして君はすぐにそれを拾い上げ、彼に渡してやらなかったのだろう？　言い換えれば、もし私を血の巡りの悪い人間だと思っているのなら、わかりやすく説明してくれなくては。歯科医療材会社の請求書がどうしてみんなをそんなに興奮させ、私立探偵まで雇うことになるのかを。とりわけアレックス・モーニーのような、根っからの私立探偵嫌いの男がね」

「モーニーは頭が切れる」とエディー・プルーは冷たい声で言った。

「ああいう男のために世間は『俳優並みに無知だ』という言い回しを用意しているんだぜ」

「くだらん。おまえは知らないのか？　そういう医療材がどんな目的のために使われているのかを？」

「ああ、調べたよ。アルバストーンは歯や口腔の型をつくるために用いられる。それはとても硬く、粒子がとても細かく、細部に至るまでしっかり形を保つ。もうひとつのクリストボライトは、蠟で造られた原型を熱して蠟を流し出すのに使われる。クリストボライトは、かなりの高熱を受けても変型しないという特質を持っているからだ。私が言ったことで、君の知らないことはあったかな？」

「金のインレイの作り方は知っているだろう」とエディー・プルーは言った。「当然知っているよな」

「今日二時間かけて勉強したんだ。専門家はだしだよ。でもそれが私にどう関係あるんだ？」

彼はしばらく黙っていた。それから口を開いた。「おまえは新聞を読まないのか？」

「気が向けば」

「じゃあきっとおまえは、九番通りにあるベルフォント・ビルディングで、モーニングスターという年寄りが殴り殺された記事を読まなかったんだろうな。その二階下には、H・R・ティーガーのオフィスがある。おまえはその記事をどうやら見逃したらしい」

私は返事をしなかった。彼はしばらく私の顔を見ていた。それからダッシュボードに手をやり、スターター・ボタンを押した。モーターが動き出し、彼はクラッチをゆっくりと緩めた。

「おまえくらい間抜けなことばかりする人間はまたといないよ」と彼は柔らかい声で言った。「実に感心させられる。良い夜をな」

車は縁石を離れ、フランクリン通りの方にそろそろと去っていった。それが消えていくのを見ながら、私は誰に向かってでもなく、笑みを顔に浮かべた。

自分のアパートメントに上がり、ドアの鍵を開けた。ドアを細く開け、それから小さくノックした。部屋の中に動きがあった。看護婦の白衣を着て、黒いストライプの入った帽子をかぶったいかにも頑丈そうな若い女が、ドアを内側に開いた。

「私はマーロウ。ここに住んでいる」

「お入りください、ミスタ・マーロウ。モス先生からお話はうかがっています」

私は静かにドアを閉め、声をひそめて話した。「彼女の具合は？」

「眠っています。私が着いたときには既にうとうとしていました。私はミス・ライミントンです。詳しいことはわかりませんが、今のところ平熱ですし、脈拍も、まだ少し早めですが、だんだん落ち着いてきています。精神的な変調なのですね？」

「彼女は殺された男を発見した」と私は言った。「そのために気が動転してしまった。中に入って、必要なものをいくつかとって、ホテルに泊まりに行こうと思うんだが、目を覚ましたりしないかな？」

「大丈夫です。あまり大きな音を立てなければ、目を覚ますことはないでしょう。もし目を覚ましても、とくに問題はありません」

私は中に入り、いくらかの金をデスクの上に置いた。「ここにはコーヒーとベーコンと卵とパンとトマトジュースとオレンジと酒がある」と私は言った。「もし他に何かが入り用なら、電話で注文できる」

「何があるかは既にチェックしてあります」と彼女は微笑んで言った。「明日の朝食までは間に合います。彼女はここにずっといるのですか？」

「ドクター・モスの判断次第だね。容態が落ち着けば、実家に戻ることになるだろう。実家はウィチタだから、かなり遠くになるが」

「私はただの看護婦です」と彼女は言った。「でも一晩ぐっすり眠りさえすれば、あとは大丈夫だろうという気がします」

「一晩ぐっすり眠って、つきあう相手を変えればね」と私は言った。しかしミス・ライミントンには意味がわからないようだった。

私は廊下を歩いていく途中、寝室をちらりとのぞいてみた。彼女は私のパジャマを着せられていた。おおむね仰向けになり、片腕を寝具の外に出していた。パジャマの上衣の袖は十五センチ以上折り返されていた。その袖から出ている小さな手は硬く握り締められていた。彼女の顔は青ざめやつれていたが、それでもずいぶん穏やかに見えた。私はクローゼットの奥からスーツケースを出して、いくつかの細かいものをその中に入れた。引き返すときにもう一度マールの様子を見た、彼女は目を開けて、じっと天井を見ていた。それから少しだけ顔を曲げて、私の姿を視野の端に収め、はかないほど小さな微笑みを唇の両端に浮かべた。

「ヘロー」と彼女は言ったが、それは弱々しくたびれきった細い声だった。しかし自分が無事にベッドに収まり、看護婦に面倒をみられていることをちゃんと承知している声だ。

「ヘロー」

私は彼女のそばに行き、そこに立って彼女を見下ろした。そして颯爽《さっそう》とした風貌に相応しい、磨き抜かれた微笑みを顔に浮かべた。

「私は大丈夫よ」と彼女は囁くように言った。「もう良くなった。そうでしょ？」

「そのとおりだ」

「私が寝ているのはあなたのベッドかしら？」

「大丈夫だ。噛みついたりはしないから」

「私は怖くないわ」と彼女は言った。手のひらを上に向けた片手が、握られるのを待つように、私の方に差し出された。私はその手をとった。「あなたのことは怖くないの。女の人はみんなあなたを怖がったりはしないはずよ。違う？」

「君の口から聞くと、それは誉め言葉に聞こえるね」と私は言った。

彼女の目は微笑んだ。それからまた真剣になった。「私はあなたに嘘をついた」と彼女は柔和な声で言った。「私は――私は、誰も撃たなかった」

「知っている。私は現場を見てきた。だからそのことは忘れていい。それについてはもう考えない方がいい」

「人はみんな不愉快なことは忘れなさいって言う。でもそんなことはどだい無理なの。口で言うのは簡単だけど、実のない言い草だわ」

「オーケー」と私は少し傷ついたふりをして言った。「私は実のないことばかり口にしている。もう少し眠ったらどうだい？」

彼女は私の目がのぞき込めるところまで首を曲げた。私はベッドの端に腰掛け、彼女の手を握っていた。

「警察はここには来ないの？」と彼女は尋ねた。

「来ないよ。だからといって失望したふりはしないでほしい」

彼女は眉をひそめた。「あなたは私のことをどうしようもなく愚かだと思っているのね」

「まあ、ある程度は」

涙が二粒彼女の目の中で生まれ、端の方からこぼれ、こっそりと頬をつたって落ちた。

「ミセス・マードックは私がここにいることをご存じなのかしら？」

「まだ知らない。私があちらに出向いて、それを伝えるよ」

「あなたは彼女に言わなくてはならないのかしら——すべてを」

「ああ。いけないかい？」

彼女は私から顔を背けた。「奥様はきっと理解してくださるわ」、その声は柔らかかった。「私が八年前にしでかした恐ろしいことを、奥様はご存じなの。それは本当におぞましい、とんでもないことだった」

「そうだね」と私は言った。「だからこそ彼女は以来、ヴァニアーにずっと金を払い続けてきた」

「ああ、どうしよう」と彼女は言って、寝具の下からもう片方の手を出し、私が握っている方の手を引っ張って戻した。そして両手をぎゅっと強く、ひとつに握りしめた。「そのことは知られたくなかったわ。本当に困るの。ミセス・マードックの他に、これまでそのことを知る人はいなかったんだもの。うちの両親も知らない。あなたも知らないでいてほしかった」

看護婦が戸口にやってきて、厳しい目で私を見た。

「彼女はまだそんなに話をするべきではありません、ミスタ・マーロウ。もうお引き取りください」

「いいかい、ミス・ライミントン、私は彼女を二日前から知っている。君は二時間前からしか彼女のことを知らない。これは彼女のためなんだよ」

「それは新たな――ええと――発作をもたらすかもしれません」と彼女は私の目を避けながら、強い口調で言った。

「でももしこの娘さんが発作を起こさなくちゃならないのなら、むしろ今ここで起こしておいた方がいいだろう。君が付き添って、ちゃんと面倒をみていられるあいだにね。台所に行って、一杯やってきたらどうだい？」

「勤務中にお酒は飲みません」と彼女は冷ややかな声で言った。「それに私の息が酒臭いことに、誰かが気づくかもしれませんし」

「君は今、私のために働いているんだ。私のために働いてくれている人間がたまに一杯やって、リラックスしてくれることを、私としては望んでいる。それに、もし君がそのあとしっかり食事をとり、台所のキャビネットに入っている口臭消し錠剤をいくつか嚙れば、誰も息の匂いになんて気がつきはしないさ」

彼女は私に向かって短い笑みを浮かべ、部屋から出ていった。マールは、深刻な芝居の中にもぐり込んだ不謹慎な場を目にしているような顔で、このやりとりを聞いていた。少しばかり心を乱されたみたいだった。

「私は起こったことを残らずあなたにお話ししたいの」と彼女は息を切らせたように言った。「私は――」

私は手を伸ばして、彼女が硬く組んだ両手の上に置いた。「言わなくていい。もう知っているから。マーロウはすべてを心得ている。まっとうな人生を送る術《すべ》を別にすればね。そいつだけはどうしてもうまくできない。とにかく今はゆっくりと眠ることだ。そして明日になれば、君をウィチタまで送り届ける。そして君のご両親に会う。旅費はミセス・マードック持ちでね」

「まあ、なんて親切な方でしょう」と彼女は声を上げた。彼女の目は大きく見開かれ、明るく輝いていた。「もちろん奥様はいつだって、私に親切にしてくださったけれど」

私は立ち上がり、ベッドを離れた。「彼女は素晴らしい女性だ」と私は言った。マールに向かって笑みを浮かべながら。「たとえようもなく。私はこれから彼女の家に行って、紅茶のカップでも傾けながら、この上なく美しいささやかな会話を交わすつもりだ。そしてもし君がこのままおとなしく眠らないのなら、もうこれ以上殺人の告白を君にさせてやらないぜ」

「ひどいことを言うのね」と彼女は言った。「あなたのことが好きになれないわ」。彼女は顔を背け、両腕を寝具の中に戻し、両目を閉じた。

私はドアに向かった。戸口でさっと後ろを振り向き、彼女の様子をうかがった。彼女は片目を開けて私を見ていた。私がにっこりすると、その目はすぐに閉じられた。

私は居間に戻り、にやにや笑いの残りをミス・ライミントンに投げかけ、それからスーツケースを提げて出ていった。

サンタモニカ大通りに向けて車を進めた。質屋はまだ開いていた。丈のある黒いスカル・キャップをかぶった年老いたユダヤ人は、私がそんなに早く質受けしにきたことに驚いたようだった。ハリウッドじゃ普通のことさ、と私は彼に言った。

彼は金庫から封筒を出して封を開けた。私の金と質札を受け取り、そのぴかぴかの金貨を自分の手のひらに落とした。

「まさに値打ちものだ。手放すのが実に惜しいよ」と彼は言った。「まさに職人芸だ。おわかりかな。これぞ職人芸だよ。まことに美しい」

「そして含有金の値打ちはせいぜい二十ドルというところだったね」と私は言った。

彼は肩をすくめ、笑みを浮かべた。私は金貨をポケットに入れ、彼におやすみと言った。

32

正面の芝生の上に、白いシーツのように月光が広がっていた。ただヒマラヤスギの下だけは、黒いビロードを思わせる厚い暗がりになっていた。下の階の二つの窓に明かりがついていた。二階の部屋のひとつにも明かりがつき、正面から中が見渡せた。私は縁石の上をつまずきそうになりながら歩いて行って、玄関のベルを鳴らした。

馬繋ぎ用のブロックのそばの、彩色された黒人少年の方は見なかった。今夜は頭を叩かないことにした。冗談も何度か繰り返すと、面白みが失せてくる。

白髪で赤ら顔の、これまで見たことのない女がドアを開けた。「フィリップ・マーロウだが、ミセス・マードックにお目にかかりたい。ミセス・エリザベス・マードックの方だが」

女は疑わしそうな顔をした。「奥様はもうお休みになったと思います」と彼女は言った。

「今夜はもうお目にかかれないでしょう」

「まだ九時だよ」

「ミセス・マードックは早くお休みになります」、そしてドアを閉めようとした。なかなか感じの良い老女だった。だからドアの中に身体をねじ込むのは気が進まなかった。ただドアにもたれかかるだけにしておいた。

「ミス・デイヴィスのことで話がある」と私は言った。「重要な用件だ。そう伝えてもらえまいか」

「見て参ります」

私は後ろに下がり、彼女にドアを閉めさせた。

近くの暗い木の中でモノマネドリが歌を歌っていた。自動車が通りを猛スピードでやってきて、次の角を横滑りしながら曲がっていった。薄く細い布きれを思わせる少女の笑い声が、暗い通りを舞い戻るように流れてきた。まるでさっきの急ぎの車からこぼれ落ちたみたいに。

やがてドアが開き、女が言った。「お入りください」

私は女のあとをついて、人気《ひとけ》のない玄関の広間を横切った。明かりがひとつだけ仄かに灯っていたが、それはほとんど向かいの壁までも届かなかった。その空間はあまりにも動きがなく、空気は入れ換えを必要としていた。我々は廊下の突き当たりまで行って、彫り物のついた手すりと、螺旋軸のある階段を上った。階段の上にはまたホールがあり、ドアが奥に向けて開いていた。

その開いたドアを示され、中に入ると私の背後でドアが閉まった。そこは広い居間で、インド更紗《さらさ》がふんだんに使われ、壁紙は青と銀色、カウチがあり、青いカーペットが敷かれ、フレンチ・ウィンドウはバルコニーに向かって開かれていた。バルコニーの上には日よけ《オウニング》がついていた。

ミセス・マードックは厚く詰め物をしたウィング・チェアに座り、その前にはカードテーブルがあった。彼女はキルトの部屋着を着て、髪はいくぶんふわりとしているように見えた。一人占い《ソリテア》をしているところだった。左手にカードをまとめて持ち、一枚を前に置き、別の一枚を動かした。それから顔を上げて私を見た。

そして彼女は言った。「それで？」

私はカードテーブルのそばに行って、ゲームを見下ろした。それはキャンフィールドだった。

「マールが私のアパートメントにいます」と私は言った。「発作《イングビング》を起こしましてね」

顔も上げずに彼女は言った。「イングビングというのはいったい何のことですか、ミスタ・マーロウ？」

彼女はまた一枚カードを動かした。それからもっと手早く二枚を。

「気絶のことです。昔はそういう名で呼ばれていました」と私は言った。「そのゲームで、ずるをしたことはありませんか？」

「ずるをしたら、ゲームの面白みがなくなります」と彼女は吐き捨てるように言った。「ずるをしなくても、たいして面白いものでもありませんが。それでマールがどうしたのですか？　あの子はこんな風に家を空けたことはありません。心配になりかけていたところです」

私は脚の短い椅子を引き寄せ、テーブルを隔てた彼女の向かいに腰を下ろした。そうすると自分が見下ろされているような気がした。だから立ち上がってもう少しましな椅子を見つけ、それに腰を下ろした。

「彼女のことを心配する必要はありません」と私は言った。「医者と看護婦を呼びました。今は眠っています。彼女はヴァニアーに会いに行ったのです」

彼女はカードを置き、大きな灰色の両手をテーブルの縁で重ね、私の顔をしっかりと見た。

「ミスタ・マーロウ」と彼女は言った。「あなたと私との間ではっきりさせておきたいことがあります。まずだいいちにあなたを雇ったのが間違いでした。私はリンダのような面の皮の厚い、たちの悪い小娘にカモにされる――というのがあなた方の用いる表現ですね――のが我慢ならなかったのです。しかしそんなことは目をつぶって放っておいた方が、私としてはずっと良かった。あなたのような人間と関わることに比べたら、ダブルーンを失う方が遥かにましだったでしょう。つまり、もしそれを二度と取り戻せなかったとしてもということです」

「しかし取り戻した」と私は言った。

彼女は肯いた。その目は私の顔をじっと見つめていた。「そう、私はそれを取り戻しました。そのお話はしたはずです」

「私はその話を信じなかった」

「私も信じませんでした」と彼女は静かな声で言った。「私の愚かな息子はただ単にリンダの罪をひっかぶっただけです。実に子供っぽいやり方です」

「その手の行動に走りがちな人々をまわりにはべらせる術のようなものを、あなたは身につけておられるようだ」と私は言った。

彼女は再びカードを手に取り、身を屈めて、黒の10を赤のジャックの上に置いた。それからのカードは両方とも既に場に出ていたのだが。それから彼女は、脇にある小さな重々しいテーブルに手を伸ばした。そこにはポートワインの瓶が載っていた。彼女はそれを少し飲み、グラスを置き、厳しい視線をまっすぐ私に注いだ。

「あなたはこれから、私に対して何か無礼な真似をしようとしているみたいですね、ミスタ・マーロウ」

私は首を振った。「無礼な真似ではありません。ただ腹を割って話したいだけです。私はこれまでのところ、とくにあなたを困った目にあわせたわけじゃありません、ミセス・

マードック。あなたはダブルーンを取り戻した。私はあなたから警察を遠ざけておきました。少なくとも今まではということですが。離婚の件についてはとくに何もしていませんが、とりあえずリンダを見つけました。まあ、あなたの息子さんは最初から彼女の居場所を知っていたわけですが。そしてあなたが今後、彼女がらみで何か面倒に巻き込まれることはないでしょう。レスリーとの結婚が間違いであったことは、彼女にもわかっています。しかしながら、あなたがもし支払った分の仕事を私が――」

彼女はふんと鼻を鳴らした。そして次のカードを切った。彼女はダイヤのエースをいちばん上のラインに置いた。「クラブのエースが山に埋もれてしまっている。なんてことかしら。それを掘り出すのは間に合わないようね」

「こっそり抜き出すんですね。自分で見ていないときに」と私は言った。

「あなたはそろそろマールの話をした方がいいんじゃないかしら？」とひどく静かな声で彼女は言った。「そして家庭の秘密を少しばかり探り当てたからといって、あんまり得意そうな顔をしないでちょうだい、ミスタ・マーロウ」

「私は何も、得意そうな顔なんてしちゃいませんよ。今日の午後あなたはマールをヴァニアーの家に行かせました。五百ドルを持たせて」

「それがなんだっていうの？」、彼女はポートワインをグラスに注ぎ、すすった。グラスの縁の上から私をじっと見据えながら。

「彼はいつその要求をしてきたのですか？」

「昨日よ。今日にならないと銀行からお金が出せなかった。それがどうかしたの？」

「ヴァニアーは八年間にわたって、あなたからちびちび金をゆすりとっていた。そうですね？　一九三三年の四月二十六日に起こったことに関連して」

彼女の目の奥の深いところで、パニックの痙攣のようなものがあった。でもそれはずっと遠方にあり、きわめてぼんやりとしていた。あるいはそれはずっと前からそこに身を潜めていて、ほんの一瞬だけちらりと私の前に姿を見せたのかもしれない。

「マールが私に向かっていくつかのことを口にしました」と私は言った。「あなたの息子さんが、父親の亡くなったときの様子について話してくれました。それで私は今日、その記録と新聞記事を調べてみました。事故死です。彼のオフィスの下の通りで事故があり、たくさんの人が窓から身を乗り出して見ていました。彼はいささか身を乗り出しすぎた。自殺ではないかという説もありました。破産の憂き目に遭っていたし、五万ドルの生命保険をかけ、その受取人は家族になっていた。しかし検死官はものわかった人で、深くは追及しなかった」

「それで？」と彼女は言った。冷たく硬い声だった。しわがれてもいないし、あえいでもいない。冷たく硬く、どこまでも抑制された声だ。

「マールは当時ホレース・ブライトの秘書だった。どこか風変わりなところのある娘です。

必要以上にびくついて、世慣れたところがなく、少女のようなメンタリティーを持っていて、自分をドラマ化するのが好きで、男性に対してはずいぶん古風な考えを持っている。とにかくあまり普通じゃない。私は思うのですが、あるときご主人は頭がのぼせて、彼女にちょっかいを出した。そして彼女をすっかり縮み上がらせてしまった」

「そう?」。再び冷たく硬質な単音節の返事。それはまるで銃身のように私をぐいと突いた。

「彼女はそれについてくよくよ考え込み、殺意のようなものをいくらか心に抱くことになる。あるとき彼女は、ご主人の背後をたまたま通り過ぎる。彼はそのとき窓から大きく身を乗り出している。そういうのはいかがですか?」

「もう少しわかりやすく話していただけないかしら、ミスタ・マーロウ。率直な話の方が通じやすいでしょう」

「やれやれ、これ以上どう率直になれと言うのですか? 彼女は雇用主を窓から突き落としたのですよ。一言で表現すれば、殺したのです。そして罪を免《まぬか》れた。あなたの助力があってね」

彼女はカードの上で堅く握りしめられた自分の左手に目をやった。彼女は肯いた。その顎がほんのわずか下に動き、上に動いた。

「ヴァニアーは何か証拠を握っていたのですか?」と私は尋ねた。「それとも彼はたまたまそこに居合わせて出来事を目撃し、あなたをゆすり、スキャンダルを避けるために、あなたはときどき金を渡さないわけにはいかなかった、ということなのでしょうか？　それというのもただ、マールのことがとても好きだったからだと」

彼女はそれに答える前に、新しく一枚カードを切った。岩のようにびくともしない。「彼は写真のことを口にしていたわ」と彼女は言った。「でも私はその話を信じなかった。そんなに具合良く写真を撮ることなんてできなかったはずよ。それにもし実際に写真を持っていたら、私に見せていたことでしょう。どこかの段階でね」

私は言った。「いや、そうは思いませんね。それはまさにまぐれ当たりというべき、ラッキーなショットだったのかもしれない。たとえそのとき下の通りで騒ぎがあったために、ヴァニアーがたまたまカメラを持ち出していたとしても、それでもなかなかそううまくはいきません。しかし彼があなたにあえて写真を見せなかったのだとしたら、その理由はわかるような気がします。あなたはいろんな意味でずいぶんタフな女性だ。彼は恐れたのかもしれません。あなたによって自分が始末されてしまうことを。彼のような小悪党はそういう発想をしかねません。いったいどれくらいの金を支払ったのですか？」

「そんなことはあなたの知った——」と彼女は言いかけてやめた。大きな肩をすくめた。強い力を持った、情というものを知らない、不気味に底の知れない女だ。彼女は考えた。「二万一千百ドル。今日の午後の五百は入れないでね」

「ああ、あなたはずいぶん思いやりのある方だ、ミセス・マードック。いろんな事情を考えれば」

彼女は片手を意味なく振り、また肩をすくめた。「要するに、主人の過失だったのです」と彼女は言った。「酔っ払いのろくでもない男でした。彼があの子に実際に何かをしたとは思いませんが、あなたが言うように、縮み上がらせたことは確かです。私には——私にはマールを責めることはできません。この長い歳月、彼女は自分をじゅうぶん責め続けてきたのですから」

「彼女はヴァニアーの家まで、自分の手で支払いを届けなくてはならなかったのですか？」

「それは彼女からの申し出でした。罪を償うという意味で。奇妙な償い方ですが」

私は肯いた。「彼女はだいたいがそういう性格なのでしょう。そしてその後あなたはジャスパー・マードックと再婚し、マールを自分の手元に留め、彼女の面倒をみた。他にそのことを知っている人間はいますか？」

「誰もいません。ヴァニアーの他には。そして彼は誰にもそれはしゃべらないはずです」

「しゃべらないだろうと私も思います。そして何もかも片付きました。ヴァニアーは消えましたよ」

彼女はゆっくりと目を上げ、私の目を長いあいだまっすぐ見ていた。その白髪の頭は、小山の頂上にある岩のようだった。彼女はようやくカードを下に置き、テーブルの端で両手をしっかりと握り合わせた。指の関節がぎらぎらと光っていた。

私は言った。「私が外出しているあいだに、マールが私のアパートメントにやってきました。そして管理人に中に入れてほしいと言いました。管理人が電話をかけてきて、どうしようかと訊かれたので、中に入れていいと私は言いました。そしてすぐに自宅に戻りました。ヴァニアーを撃ってしまったと彼女は私に言いました」

静まりかえった部屋の中で、彼女の息は微かな素速い囁きとなった。

「彼女はバッグの中に拳銃を忍ばせていました。どうしてか、その理由はわかりません。彼女にしてみれば、男たちから自分の身を護る手段だったのでしょう。たぶん。しかし誰かが——たぶんレスリーでしょう——薬室に違うサイズの弾丸を詰め込んで、銃が使えないように細工しておいた。彼女は自分がヴァニアーを殺したと私に言って、それから気を失った。私は懇意にしている医者を呼びました。それからヴァニアーの家に行ってみました。鍵は玄関のドアに差しっ放しになっており、彼は椅子の中で死んでいました。死んでから長い時間が経ち、身体はすっかり冷たく、こちこちになっていた。マールがそこに行くずっと前に彼は殺されていたのです。射殺したのは彼女ではありません。私にそう言ったのは、ただそれをドラマにしたかったからです。医者がそのへんを説明してくれましたが、そんなことをここで話しても仕方ありません。きっとおわかりになると思いますが」

彼女は言った。「ええ、理解できると思います。それで？」

「彼女は私のアパートメントのベッドの中にいます。看護婦がついています。マールの父親に長距離電話をかけてみました。彼は娘に帰ってもらいたがっています。そのようにしてかまいませんか？」

彼女はただまっすぐ私を見ていた。

「父親は何も知りません」と私は急いで言った。「今回のことも、前回のことも。それは確かです。ただ娘に家に帰ってもらいたがっているだけです。私はマールを実家まで送り届けるつもりです。私なりに責任を感じるものですから。ヴァニアーが受け取らなかった最後の支払いぶんの五百ドルは、その経費として使わせてください」

「そしてその先いくらほしいの？」と彼女は荒々しい声で言った。

「そういう言い方はよしなさい。下品だ」

「だれがヴァニアーを殺したの？」

「自殺のように見えます。銃は彼の右手に握られていた。銃口はこめかみに突きつけられていました。私がそこにいたとき、モーニーと彼の奥さんもやってきました。私は身を隠しました。モーニーは奥さんをその犯人に仕立てようとした。彼女はヴァニアーを相手に火遊びをしていたのです。彼女の方はモーニーが殺したのだと、あるいは誰かに殺させたのだと思っているはずです。しかし今ではそれは、自殺に見えるように手を加えられています。今頃は警官がそこに押しかけているはずです。どういう結論が出るのか、私にはわかりません。我々としては、黙って見ているしかありません」

「ヴァニアーのような男は自殺などしません」と彼女は押し殺した声で言った。「マールについても同じことが言えます。マールのような娘は、人を窓から突き落としたりはしません。そんなことをするわけがないんだ」

我々は互いをじっと睨んだ。そこにある内なる敵意は、最初から我々のあいだに存在したものだった。しばらくしてから、私は椅子を後ろに引いて立ち上がり、フレンチ・ウィンドウのそばに行った。網戸を開け、ポーチに出た。そこには夜が広がっていた。柔らかく静かな夜で、白い月光は冷ややかに澄み切っていた。人が夢見つつも手にすることのない正義のように。

月明かりの中で、眼下の樹木は重々しい影を落としていた。庭園の真ん中あたりは庭園の中の庭園のような格好になっていた。装飾的な人工池があり、その照り返しが見えた。その隣にブランコ状のベンチがあった。誰かがそこに寝そべっているらしく、私が見ていると煙草の火が赤く光るのが見えた。

私は部屋に戻った。ミセス・マードックは再びソリテアに戻っていた。私はテーブルの脇に行って見下ろした。

「クラブのエースが出てきたのですね」と私は言った。

「ずるをしたのです」と彼女は顔を上げずに言った。

「ひとつあなたにうかがいたいことがありました」と私は言った。「ダブルーンについてはまだはっきりしないことがあります。あなたが既にその金貨を取り戻したのだとすれば、二件の殺人事件の起こった説明がどうしてもつかないのです。私が知りたいのは、そのマードック・ブラッシャーには、専門家なら見分けられるような何らかの特徴があるのかということでした。たとえばモーニングスター老人のような専門家になら」

彼女は考えた。そこにじっと座り、顔も上げずに。「ええ、特徴はあるかもしれません。貨幣を鋳造した人のE・Bというイニシャルが、鷲の左の翼の上にあります。通常はそのイニシャルは右の翼の上にあるという話です。私に思いつけるのはそれくらいだけど」

私は言った。「それだけわかっていれば十分です。あなたは実際にその金貨を取り戻したのですね？　つまり、私の調査を終わらせるためにでっちあげたことではないのですね？」

彼女は素速く顔を上げ、それからまた下を向いた。「今もちゃんと金庫室にあります。息子に言えば、それを見せてくれるはずです」

「それでは失礼します。誰かに言ってマールの衣服をまとめさせ、明日の朝に私のアパートメントまで届けてください」

彼女は再びさっと顔を上げた。彼女の目は怒りに燃えていた。「このことについては、あなたはずいぶん偉そうな口のきき方をするのね、お若い方」

「いいから荷造りをさせるんです」と私は言った。「そして送り届けてください。あなたはもうマールを必要とはしないはずだ。ヴァニアーが死んでしまった今となってはね」

我々の視線はしっかりと絡み合い、そのまま長いあいだ維持されていた。奇妙にこわばった笑みが、彼女の唇の両端で動いた。それから彼女は下を向き、右手が左手に持っていたカードの山から一枚をとり、表にし、両目がそれを見た。彼女はそのカードを、レイアウトの下にある使用されなかったカードの山に加え、それから静かにひっそりと次のカードを表にした。その手は軽いそよ風を受ける石造りの桟橋のように動じるところがなかった。

私は部屋を横切り、外に出た。ドアをそっと閉めた。廊下を歩き、階段を降り、階下の廊下を歩き、サンルームやマールの小さなオフィスの前を通り過ぎた。そして堅苦しく面白みのない、そして使うものもいない玄関の広間に出た。そこに入っただけで、自分が防腐処理を施された死体になったみたいな気がした。

奥のフレンチ・ドアが開き、レスリー・マードックが入ってきた。彼はそこで歩を止め、じっと私を見た。

33

彼の緩めのスーツは皺が寄り、髪もくしゃくしゃだった。その赤みを帯びた口髭は、いつにも増して無用なものに見えた。両目の下の影はほとんどくぼみのようだった。

彼はいつもの黒く長いシガレット・ホルダーを手にしていた。そこに立ち、空のホルダーで左手の付け根をとんとんと叩いた。その男は私のことが好きではないし、私の顔を見たくないし、口もききたくないようだった。

「こんばんは」と彼はこわばった声で言った。「お帰りになるところかな」

「まだ帰りはしない。君と話がしたくてね」

「我々のあいだに話し合うことなどあるまい。それにいささか話し疲れた」

「話し合うことはあるさ。ヴァニアーという男に関してね」

「ヴァニアー？　その男のことはよく知らんな。何度か会ったことはあるが、あまり良い印象は持っていない」

「彼について、君はもっと多くを知っているはずだ」と私は言った。

彼は部屋の中に進み出て、「座れるものなら座ってみろ」と言わんばかりの見かけをした椅子のひとつに腰を下ろした。前屈みになって左手に顎を載せ、床を眺めた。

「よかろう」と彼はあきらめたように言った。「言いたいことがあれば言えよ。どうせ冴え渡ったことを口にするつもりだろう。容赦のない論理の展開、鋭い直観、その他ろくでもないあれこれ。小説に出てくる探偵みたいにな」

「そうだよ。証拠を丹念に拾い上げ、美しいパターンにまとめ、あちこちのポケットに隠し持った雑多な断片をうまく忍び込ませ、動機と人物像を分析し、誰しもが――往々にして私自身をも含めて――推察したのとはがらりと異なる真相を暴き出し、黄金色に輝く結末へと一挙に導いていくんだ。そして最後に、世界に倦《う》んだような表情を顔に浮かべつつ、もっともそれらしくない容疑者に颯爽と襲いかかる」

彼は目を上げ、ほとんど微笑みかと思えるものを顔に浮かべた。「相手は紙のように蒼白になり、口から泡を吹き、右の耳から拳銃を取り出す」

私は彼の近くに腰を下ろし、煙草を取り出した。「そのとおりだ。我々はときどきコンビを組んでそういうのをやらなくちゃね。君は銃を持っているのかな？」

「いいや。でも一丁は持っている。そのことは知っているだろう」

「昨夜ヴァニアーを訪ねたとき、君はそれを持っていたのだろうか？」

彼は肩をすくめ、歯をむき出した。「ふうん、僕が昨夜ヴァニアーの家を訪ねたって言うのか?」

「そう思うね。演繹的推論だよ。君はベンソン・アンド・ヘッジズ・ヴァージニア煙草を吸っている。その煙草はとてもしっかりした灰を残すんだ。彼の家の灰皿には少なくとも二本分のきれいなグレーの煙草の灰が、満足できる形で残っている。しかし吸い殻は残されていない。なぜなら君はホルダーを使って煙草を吸うし、ホルダーを使って吸った煙草の吸い殻は、それとすぐにわかるからだ。だから君はそれを持ち去った。どう思う?」

「くだらん」、彼の声は物静かだった。そしてまた床に目をやった。

「演繹的推論のひとつの例だ。あまりよくない例だが。というのは吸い殻なんてもともとなかったのかもしれないから。しかしもしそれがそこにあり、持ち去られたのだとしたら、それはあるいは口紅がついていたからかもしれない。その色調は少なくとも、その煙草を吸っていた人の特色を示すものだった。そしておたくの奥さんは不思議な癖を持っていた。吸い殻を屑かごに捨てるという癖をね」

「リンダをこの件に巻き込むな」と彼は冷たい声で言った。

「君の母上は、まだリンダがダブルーン金貨を持って逃げたと思っている。そして君はただ彼女を守るためだけに、アレックス・モーニーにそれを渡したという話をでっちあげたのだと」

「リンダをこの件に巻き込むなと言ったはずだぞ」、黒いシガレット・ホルダーで自分の歯を叩く音が鋭く、素速くなった。電報を打つキーのように。

「ご希望に沿いたいところなんだが」と私は言った。「しかし私には、それとはまた違う理由によって、君の話を信じることができない。これだよ」、私はダブルーンを取り出し、手に持って相手の目の前に差し出した。

彼は息を詰めてそれを見ていた。口はしっかりと閉じられていた。

「今朝、君があの話を聞かせてくれたとき、この金貨はサンタモニカ大通りの質屋の金庫にあった。安全のために預けておいたんだ。この金貨はジョージ・フィリップスという自称私立探偵から、私のところに郵送されてきた。彼はあまり頭の働かない男で、愚かしい判断と、仕事に対する過度の熱意のおかげで、危険な場所に足を踏み入れることになった。体格の良い金髪の男で、茶色のスーツにサングラス、かなり派手な帽子という身なりだった。乗っていた砂色のポンティアックは新車に近かった。昨日の朝、彼が私のオフィスの前の廊下をうろついていたのを、君は目にしたかもしれない。彼は私を尾行していたんだが、その前には君を尾行していたかもしれない」

彼は真剣にびっくりしたようだった。「どうして僕のあとをつけたりしなくちゃならないんだ？」

私は煙草に火をつけ、マッチを翡翠《ひすい》の灰皿に落とした。それがこれまで灰皿として使用されたことは一度もないように見えた。

「かもしれないと言っただけだよ。彼がそうしていたという確信はない。ただこの家を見張っていただけかもしれない。そして私がここにやってくるのをたまたま見かけたのだろう。私をつけてここに辿り着いたわけではあるまい」、私はまだ金貨を手にしていた。私はそれを見下ろし、トスして裏返し、鷲の左の翼にE・Bというイニシャルが刻印されているのを見てから、もう一度ポケットにしまった。「彼がこの家を見張っていたのは、稀少コインをモーニングスターという古銭商の老人に売りさばくために雇われていたからだろう。古銭商は金貨の出所についていささかの推測をし、このコインは盗難品ではないかとフィリップスに言った。あるいはそのように仄めかした。でも彼の推測は間違っていたようだ。もし君のブラッシャー・ダブルーンが今、二階に本当にあるのなら、フィリップスが売却するように依頼されたコインは盗まれたものではないことになるからね。そいつは偽物だった」

彼の両肩は小さくぐいとひきつった。まるで寒気を感じたみたいに。しかしそれ以外には身じろぎひとつせず、姿勢も変えなかった。

「だらだらとした長い話になってしまいそうだ」と私はどちらかといえば穏やかに言った。「申し訳ない。もう少し話をすっきり整理できればよかったのだが。これはまたあまり愉快な話でもないんだ。なにしろ二件の、下手すれば三件の殺人事件が絡んでいるからね。ヴァニアーなる人物と、ティーガーなる人物があるアイデアを持っていた。ティーガーはベルフォント・ビルディングに、歯科技工の工房を持っている。モーニングスターのオフィスがあるのと同じビルだよ。稀少で貴重な金貨を偽造しようというのが彼らの計画だった。市場に持ち出せないくらい稀少なものではないが、しかしけっこうな金が手に入る程度の珍しい金貨をね。彼らにしてみれば偽造貨幣を造るのは、歯科技工士が金の詰め物を造るのと、手順としては変わりない。同じ材料と、同じ器具と、同じ技術があればそれでいい。どういうことかというと、原型とまったく同じ形状のものを金で複製するわけだ。アルバストーンという細かく硬い白いセメントを使って母型を造る。それからその母型を用いて、蠟でその原型のレプリカを造る。細部までしっかり念を入れてね。そしてその蠟でできたものを、今度はクリストボライトという別の種類のセメントに注ぎ込む。このセメントは高熱の中に入れても変型しないという特性を持っている。蠟の出口として小さな開口部が残される。鋼鉄のピンをつけておいて、セメントが固まりかけたところで引き抜けばその穴ができる。そのあとクリストボライトの鋳型を炎の上で炙《あぶ》る。中の蠟が沸騰して、小さな開口部から全部こぼれ落ちてしまうまでね。そのようにしてオリジナルの原型が、内部の空白となって残されるわけだ。これは遠心分離器の上で坩堝《るつぼ》にあててしっかりと固定される。そして遠心分離器の力によって、溶解した金が坩堝《るつぼ》から内部に注入される。まだ熱いクリストボライトは、冷たい水の中に浸けられるとぱっくりと割れる。そして開口部のかたちをした小さな金のピンのついた、金の中子《なかご》が残される。このピンは削り落とされ、鋳物は酸で洗われ、きれいに磨かれ、めでたく見事な新品のブラッシャー・ダブルーンができあがる。全部そっくり金でできていて、オリジナルとなんら変わりない。おおよその手順はわかってもらえたかな？」

彼は肯き、疲れたように頭を撫でた。

「この程度の技術なら」と私は続けた。「歯科技工士ならだいたい持ち合わせている。ただしこの工程は現代の貨幣鋳造にはまるで役に立たない。金貨を造るにしても、原材料と手間賃だけで、貨幣そのものの価値より高いものについてしまうからね。しかし稀少であることによって価値が高まる金貨であれば、話はまた違ってくる。それが彼らのやっていたことだ。しかしそのためにはまず本物を手に入れなくてはならない。そこで君の出番と相成る。君はダブルーンを持ち出した。しかしモーニーに渡すためではない。君がそれを渡した相手はヴァニアーだ。そうだね？」

彼はじっと床を見ていた。何も言わなかった。

「気を楽にして」と私は言った。「この段階ではとくにまだひどいことは起こっていない。彼は君に金を約束したのだろう。君は博打の借金を返さなくてはならないし、母親は財布の紐を緩めそうにない。しかし彼はそれ以上の強みを君に対して持っている」

彼はさっと顔を上げた。顔は蒼白で、目には恐怖の色が浮かんでいた。

「どうしてそれがわかったんだ？」と彼はほとんど囁くように言った。

「自分でみつけたんだよ。一部は人から聞いたし、一部は自分で調査したし、一部は推測した。それについてはまた後で話そう。さてヴァニアーと彼の仲間はダブルーンをこしらえた。そしてそれを試してみようと思った。自分たちのこしらえた品物が、稀少コインを専門とする人物の鑑定に堪えて通用するものかどうかを確かめたかった。そしてヴァニアーはあるアイデアを思いついた。カモを雇って、そいつにその偽金貨を持たせ、モーニングスターのところに売りにいかせるんだ。もし安値をつけられたら、それは老人が金貨を盗品だと見なしたことになる。彼らは馬鹿げた新聞広告を目にして、ジョージ・フィリップスをカモとして選んだ。ロイス・モーニーがヴァニアーとフィリップスとの連絡役をしたのだろう。少なくとも最初の段階ではね。彼女はその企みには加わっていなかったはずだ。彼女はフィリップスに小さな包みを手渡すところを目撃されている。その包みの中にはたぶん、彼が売ることになっていたダブルーンが入っていたのだろう。しかし彼がそれをモーニングスター老に見せたとき、フィリップスは窮地に陥った。モーニングスターはコインのコレクションについても、稀少コインについても詳しい知識を持っていた。彼はおそらくそれを本物だと思っただろう。それが偽物であることを見破るには綿密な検査が必要だから。しかしそこに刻印されているイニシャルが通常のものとは違うことから、これはひょっとしてマードック・ブラッシャーではあるまいかと推測した。だからここに電話をかけ、真偽を確かめようとした。その電話は君の母上の警戒心をかきたて、コインが紛失していることが発覚し、リンダに疑いがかかった。彼女はリンダのことが大嫌いだったからね。それで母上は私を雇い、そのコインを探させ、リンダに離婚を承諾させようとした。慰謝料なしでね」

「僕は離婚したくない」とマードックはいきり立つように言った。「離婚など考えたこともない。母にそんな権利は――」、彼はそこで口を閉ざし、絶望的な身振りをした。そして啜り泣きに似た音を出した。

「わかった。そのことは知っている。さて、モーニングスターはフィリップスをたっぷり脅した。フィリップスは悪いやつじゃない。ただ間抜けなだけだ。モーニングスターはフィリップスの電話番号を聞き出す。私がモーニングスターのオフィスを訪れたとき、帰るふりをして盗み聞きしていると、彼はフィリップスに電話をかけた。私は老人に千ドルでダブルーンを買い戻そうと持ちかけ、彼はその話に乗った。フィリップスからコインを買い取り、それで一儲けできると思ったんだな。うまい話じゃないかと。その一方、フィリップスはこの屋敷を見張っていた。ひょっとして警察が乗り出しているんじゃないかと不安だったのだろう。彼は私を見かけ、私の車を見て、車の登録証から私の名を知った。たまたま彼は私のことを知っていた。

　彼は私のあとをつけてきた。そして私に助けを求めたものかどうか、気持ちを決めかねていた。結局ダウンタウンのホテルで、私の方から彼をとっちめることになった。彼はしどろもどろに説明した。まだヴェンチュラ郡で警官をしていた頃から私を知っていること、自分が今まずい立場に立たされていること、気味の悪い目をした長身の男に尾行されていることとなんかを。こいつはエディー・プルー、モーニーの用心棒だ。モーニーは妻がヴァニアーと火遊びをしていることを知って、彼に奥さんの尾行をさせていた。プルーは、ロイスがフィリップスと接触するところを目撃した。フィリップスの住まいはバンカー・ヒルのコート・ストリートにあり、その近くで二人は会っていた。プルーはフィリップスのあとをつけたが、尾行に気づかれたような気がして、途中で中止した。実際にフィリップスは自分が尾行されていることに気づいたんだ。それからプルーは、あるいはモーニー配下の誰かが、私がコート・ストリートにあるフィリップスのアパートメントに入っていくのを目にしたのかもしれない。なぜならプルーはどすをきかせた声で私に電話をかけて、肝を冷やさせようとしたし、そのあとでモーニーに会いに来るようにと言ってきたからだ」

私は翡翠の灰皿で煙草を消し、向かいに座っている男の、荒涼とした救いのない顔を見た。そしてまたゆっくりと話を始めた。話を続けるのは気が重かった。私の声の響きを聴いていると、自分でもだんだん嫌気がさしてきた。

「さて、君の話に戻ろう。母上が私立探偵を雇ったとマールから聞かされて、君はぞっとした。ダブルーンが紛失していることがばれたのだろうと推測して、君は大急ぎで私のオフィスにやってきた。そして話を聞き出そうとした。最初のうちきわめて優雅で、皮肉たっぷりで、奥さんに対しては深い気遣いを見せていた。しかし不安でならなかった。君が私との会話からどれほどの情報を引き出せたと思ったのか、それは私にはわからない。しかしとにかく君はヴァニアーに掛け合いにいった。一刻も早くそのコインをもとの場所に戻さなくてはならない。もっともらしい話を添えてね。君はどこかでヴァニアーに会い、彼は君にダブルーンを返した。返したのはおそらく偽物のひとつだろう。やつは本物を手元に残しておきたかったはずだから。ヴァニアーは自分の計画が、まだ開始されてもいないうちから危機に瀕していることを悟った。モーニングスターが君の母上に電話をかけたおかげで、私が雇われることになった。モーニングスターはどうやら何かを嗅ぎつけたらしい。ヴァニアーはフィリップスのアパートメントに行ってみる。裏口からこっそり忍び込む。フィリップスを問いただし、彼がどのような立場に置かれているかを探る。

フィリップスは、日誌をつけているのと同じ、活字を真似た字体で宛先を書いて、偽の金貨を既に私のところに郵送していた。でもそのことは黙っている。ヴァニアーが私からその金貨を取り戻そうとしなかったという事実からそれが推測される。フィリップスがヴァニアーにどんなことを言ったのか、それはもちろん私にはわからない。しかしおそらく彼は、売買が違法なものであることを指摘したのだろう。コインの出所もわかっているし、警察かあるいはミセス・マードックにそのことを申し出るつもりだと。そこでヴァニアーは銃を出した。フィリップスの頭を殴りつけ、そのあとで射殺した。身体検査し、家探しもしたが、ダブルーンは見つからなかった。それで彼はモーニングスターのところに行った。モーニングスターも偽造のダブルーン金貨を持っていなかった。しかしヴァニアーはその老人がコインを持っているはずだと考えたのだろう。拳銃の握りで相手の頭を強く殴り、金庫の中を探した。そこになにがしかの金を見つけたかもしれない。見つけなかったかもしれない。いずれにせよ、押し入り強盗の仕業のように見せかけた。それからヴァニアー氏は颯爽と帰宅した。ダブルーンを見つけられなかったのは心残りだが、午後の一仕事を難なく終えることができて、満足はしていた。手際よく殺人を二件なし終えたわけだからね。あと残るのは君だ」

34

マードックは緊張した目をちらりと私に向けた。それからまだしっかり手に握りしめていた黒いシガレット・ホルダーに視線を向けた。それをシャツのポケットに突っ込み、唐突に立ち上がった。そして両手の付け根をこすり合わせ、もう一度腰を下ろした。ハンカチーフを取り出し、顔の汗を拭いた。

「どうして僕なんだ？」と彼は張り詰めた太い声で尋ねた。

「君は多くを知りすぎていた。フィリップスのことも知っていたかもしれない。知らなかったかもしれない。それは君がどこまで深くその件に関わっていたかによる。しかし君はモーニングスターのことを知っていた。計画はうまく運ばず、モーニングスターは殺された。そしてヴァニアーは、君がそのことを知らないままでいてくれるといいなと、ただ座して望んでいるようなタイプの人間じゃない。彼としては君の口を閉ざしておかなくてはならない。とてもとても固く。しかしそのために君を殺したりする必要はない。君を殺したりしたら、それこそ面倒なことになってしまう。君の母親を押さえておくことができなくなる。彼女は冷酷で情け知らずで、金にうるさい女だ。しかし君を傷つけたりしたら、きっと山猫のように暴れまくるだろう。後先のことなぞ考えずにな」

マードックは目を上げた。彼はその目を、驚愕のために空白になったものに見せようと試みた。しかしそれは衝撃を受けて鈍麻したものとしか見えなかった。

「僕の母は——何が——？」

「つまらない芝居はもうやめてくれないか」と私は言った。「マードック一家に振り回されることに、私はもういい加減うんざりしているんだよ。マールはヴァニアーに金を渡すために、私のアパートメントにやってきた。彼女は今もそこにいる。マールが今日の夕方、私のアパートメントにやってきた。彼女は今もそこにいる。彼の家に行ったんだ。恐喝された金をね。この八年間、彼におりおり金が支払われていた。どうしてか、その理由はわかっている」

彼は動かなかった。両手は膝の上で緊張のためにこわばっていた。両目はそのまま頭の奥に消えてしまいそうだった。切羽詰まった目つきだった。

「マールはヴァニアーが死んでいるのを目にした。彼女はうちにやってきて、自分がヴァニアーを殺したと言った。彼女がなぜ他人の犯した殺人の罪をかぶらなくてはならないと思ったのか、そのことは今はさておこう。私は現場に行ってみた。彼が死んだのはその前日の夜だった。なにしろ蠟人形のようにこちこちになっていたからね。銃は床に落ちていた。彼の右手のすぐそばに。その銃の特徴については耳にしたことがあった。それはヘンチという男が所有していた銃で、ヘンチはフィリップスの部屋の向かいに住んでいた。誰かがフィリップスを殺した銃をヘンチの部屋に残し、代わりにヘンチの銃を持っていったんだ。ヘンチと女友だちは酔っ払って、ドアを開けっ放しにして外出していた。それがヘンチの銃だとはまだ証明されていないが、早晩確認されるだろう。もしそれがヘンチの銃であるなら、ヴァニアーは自殺したことになり、彼はフィリップスの死と結びつけられるだろう。ロイス・モーニーもやはり彼をフィリップスに結びつけることになる。ちょっと違うやり方でね。もしヴァニアーが自殺したのでないとしても——それが自殺であるわけはないと私は思っているが——彼はやはりフィリップスに結びつけられるかもしれない。あるいはそれは他の誰かをフィリップスに結びつけることになるかもしれない。ヴァニアーを殺した誰かをね。でもそうなることを私は歓迎しないし、それには理由がある」

マードックが顔を上げた。た。顔に新しい表情が浮かんだ。何かしら明るく、輝かしく、そして少しばかり愚かしい表情だ。弱い人間が誇り高くあろうとするときの表情だ。

「歓迎しない？」、彼の声は急にクリアになっ

私は言った。「ヴァニアーを殺したのは君だと私は思っている」

彼は動かなかった。明るく輝かしい表情はまだ顔に残っていた。

「君は昨夜そこに行った。彼に呼びつけられたんだ。面倒な羽目に陥っているとヴァニアーは言った。そしてもし自分が警察に逮捕されたら、君も巻き添えにしてやると。そうい

うことを言われたんじゃないのか？」

「そうだ」とマードックは静かな声で言った。「だいたいそのとおりのことを言われた。彼は酔って、気が高ぶっていて、自分が支配力を持っていることを楽しんでいるように見えた。ほとんど得意になっているみたいだった。もし自分がガス室行きになるのなら、となりの席に僕を座らせてやると言った。しかし彼が口にしたのはそれだけじゃなかった」

「もちろんだ。彼はガス室なんかに行くつもりはないし、その時点では自分がガス室に行かなくてはならないような理由はとくにないと思っていた。君がしっかりと口を閉じさえしていればね。だから彼は君を相手にゲームを仕掛けたんだ。彼が握っていた君のいちばんの弱みは、マールと君の父親に関することであり、そのために君はダブルーンを盗み出し、彼に渡すことになった。彼はその件で君に報酬を約束したかもしれないが、それはまた別の話だ。どういうことかは私も知っている。そして君のお母さんが、残されていたいくつかの疑問に対する答えを与えてくれた。それが彼の押さえていた君のいちばんの泣きどころだったし、それはかなり有力なものだった。なぜならそれによって、君は自己を正当化することができたからだ。しかし昨夜、ヴァニアーは更に強力な保証を求めていた。だから彼はことの真相を君に教え、その証拠物件を握っていると言った」

彼は震えた。その明るく澄み渡った誇らしげな表情は、彼の顔にまだがんばって踏みとどまっていた。

「僕は銃を取り出し、やつに向けた」と彼は言った。ほとんど幸福そうなと言ってもいいような声で。「なんといっても、僕の母親だから」

「誰もそれを君の手から奪うことはできない」

彼は立ち上がった。まっすぐ背を伸ばすと、ぐっと長身になった。「やつが座っている椅子のそばに行き、屈み込んで顔に銃を押しつけた。やつはローブのポケットに銃を忍ばせており、それを取り出そうとしたが、間に合わなかった。僕は銃を取り上げ、自分の銃はポケットに戻した。そしてやつのこめかみに銃口を突きつけ、その証拠の品を渡さなければ殺してやると言った。やつは汗をかき始め、あれはただの出まかせだと慌てて言い訳を始めた。少し脅してやろうと、撃鉄を起こした」

彼はそこで口をつぐみ、片手を前に出した。その手はぶるぶる震えていたが、彼がじっと見下ろしていると、やがて震えは鎮まった。その手を脇に落とし、私の目をじっと見た。

「銃はヤスリをかけられていたか、あるいはアクションがもともと軽かったのか、どちらかだろう。弾丸が発射された。僕は壁まで飛び下がり、おかげで壁の絵が一枚落ちた。思いもよらず銃が発射され、驚きのあまり飛び退いたんだが、そのせいで返り血を浴びずに済んだ。拳銃の指紋を拭き取り、やつの指をそこにまわし、その手のすぐそばの床の上に落としておいた。即死だったよ。最初血が飛び散ったものの、あとはほとんど出血もなかった。事故だったんだ」

「興ざめじゃないか」と私は半ばからかうように言った。「ナイスでクリーンで率直な殺人のままにしておけばよかろうに」

「それがそこで実際に起こったことなのだ。もちろん証明はできないがね。しかしいずれにせよ、僕は遅かれ早かれあの男を殺すことになっただろう。警察はどうなった?」

私は立ち上がり、肩をすぼめた。私はほとほと疲れてぐったりし、気が抜けてしまったような気分だった。しゃべりすぎたせいで喉が痛み、考えをうまくまとめようと努めたせいで頭が疼いた。

「警察のことはわからない」と私は言った。「私と警察とは折り合いがあまり良くないんだ。私が何かを隠していると彼らは思っているものでね。実際にそのとおりなんだが。彼らは君のところにやってくるかもしれない。もし君が目撃されていなければ、もし君が現場に指紋を残していなければ、いやもし残していたとしても、もし警察が君に嫌疑をかける理由を思いつかず、君の指紋が照合されなければ、彼らは君のことなど気にもかけないだろう。もし警察がダブルーンの件を洗い出し、それがマードック・ブラッシャーだとわかれば、君の立場がどうなるか、私にもそこまではわからない。それは君がどううまく対応するかにかかっている」

「母のことさえなければ」と彼は言った。「僕自身はどうなっても別にかまわないんだ。僕はいつだって厄介者だったから」

「またその一方で」と私は彼の泣きごとにはとりあわずに言った。「もし実際にその拳銃のアクションがひどく軽く、優秀な弁護士がついて、君が真実を打ち明ければ、有罪にはならないはずだ。陪審員は恐喝者を好まないからね」

「それはないね」と彼は言った。「そいつを弁護材料に使うつもりはないから。恐喝のことなど何も知らない。ヴァニアーは僕に金を儲けさせてやると持ちかけ、こっちは金をとても必要としていた」

私は言った。「なるほどね。しかし恐喝について打ち明けることを余儀なくされれば、君は間違いなくそうするよ。まず君のお母さんがそうさせるはずだ。自分の首か君の首かということになれば、彼女は真実を打ち明けるだろう」

「とんでもないことだ」と彼は言った。「そんなことを言わないでくれ」

「凶器になった拳銃について言えば、君は幸運だった。我々の知っているすべての人間がその銃をいじりまくっていた。指紋を拭き取ったり、新たにつけたりね。この私も流行に乗り遅れないために、ひととおりやらせてもらったよ。手が硬くなってしまうと、指紋をつけるのはむずかしくなる。でもそうしないわけにはいかなかった。モーニーもそこにいて、奥さんの指紋を残していった。彼女がヴァニアーを殺したとモーニーは思ったんだ。一方で彼女は、夫が殺したと考えていたはずだ」

彼はただじっと私の顔を見ていた。私は唇を嚙んでいた。唇はまるでガラス板のように硬く感じられた。

「さて、そろそろ失礼する」と私は言った。

「つまり僕のことを見逃すっていうのか？」、彼の声はまた少し尊大な響きを帯びてきた。

「私は君を警察に引き渡したりはしない。もしそれが君の知りたいことであるならね。それ以上のことは、今のところ何も保証できない、もしこの一件で私自身が不利な立場に追い込まれるようであれば、こちらとしてはその時点で臨機応変の対応をするだろう。道義的問題みたいなものは、私の知るところではない。私は警官でもないし、密告屋でもないし、裁判所の廷吏でもない。君はそれは事故だったと言う。いいだろう、事故だった。私は目撃者じゃない。それが真実か否か、判断する根拠はない。私は君の母上のために仕事をしてきた。私にいささかなりとも沈黙を守る権利があるのなら、彼女のためにそいつを行使するだろう。私は彼女が好きではないし、君のことだって好きではない。この屋敷も好きじゃない。君の奥さんもたいして好きになれなかった。でもマールは悪くない。愚かしく病的だが、けっこう可愛いところがある。そしてこの八年間、彼女がこのろくでもない家庭で、どれほど酷《むご》い目にあわされてきたかを私は知っている。そもそも彼女は、窓から誰かを突き落としたりしてはいない。私が何を言ってるかはわかるね？」

彼は七面鳥が鳴くような声を洩らしたが、意味のある言葉は出てこなかった。

「私はマールを彼女の実家に連れて帰るつもりだ」と私は言った。「彼女の衣類を明日の朝にうちに届けてくれるように、君の母上にお願いした。もし彼女がソリテアに忙しすぎるとかで、そのことを忘れてしまっていたら、その手配をお願いできるだろうか？」

彼は呆けたように肯いた。それから奇妙としか言いようのない小さな声で言った。「君は本当に――そういうことをしてくれるのか？　僕は君にまだ――まだお礼も言ってはいない。君のことはほとんど何も知らない。なのに君は僕のためにそんなリスクを引き受けてくれる。いったいどう言えばいいんだろう？」

「私はいつもの道を、いつも通り歩んでいるだけさ」と私は言った。「罪のない微笑みを浮かべ、さらりと別れを告げる。私の切なる希望として、檻のついた場所で君と再び顔を付き合わせるようなことだけは、何があろうと避けたい。それではおやすみ」

彼に背中を向け、戸口まで歩いて外に出た。小さなロックの音が確かに聞こえるところまでドアをそっと閉めた。話がもつれていた割には、すんなりと粋な退場ぶりだ。これが最後ということで、彩色された黒人の少年のところに行って、頭を軽く叩いてやった。それから月光に濡れた茂みとヒマラヤスギのそばを抜け、広い芝生の庭を横切り、通りに駐めた車まで歩いた。

ハリウッドまで戻り、上等な酒のパイント瓶を買い、プラザ・ホテルにチェックインした。そしてベッドに横向けに座り、自分の足を眺めながら、瓶からじかにウィスキーを飲んだ。

その《》へんの深酒飲みのように。

頭がぼうっとして、もう何も考えられないようになるところまで、たっぷり酒を飲んだ。服を脱いでベッドに潜り込み、ほどなく眠りについた。あっという間にとはいかなかったにせよ。

35

午後の三時になっていた。アパートメントのドアを開けたカーペットの上には、全部で五つの旅行鞄がずらりと並んでいた。ひとつは私の黄色い牛革の鞄で、あちこちの車のトランクで荒っぽい目にあわされ、盛大に擦り切れていた。二つは洒落た航空機用の鞄で、どちらにもL・M・Mというイニシャルがついていた。古い模造のセイウチ革の黒いバッグがあり、そこにはM・D・Dというイニシャルが入っていた。そして小さな合成皮革のオーバーナイト・バッグがあった。そのへんのドラッグストアで一ドル四十九セントで買えそうな安物だ。

カール・モス医師は私に向かってさんざん毒づきながら、部屋を出て行ったところだった。彼は午後に心気症の講義があり、生徒たちを待たせていたからだ。彼の吸っていたファティマ（トルコ風の匂いのするシガレット）の甘い匂いが、部屋の空気を乱していた。私は彼に、マールが回復するのにどれくらいの時間がかかるだろうと尋ねたのだが、それに対する彼の返答がまだ私の心にひっかかっていた。

「回復するというのが何を意味するかによって、答えは違ってくる。彼女はこの先ずっと精神を強く緊張させ、生身の人間としての情動は低いところに抑えられているだろう。薄い空気を吸って、雪のような匂いを漂わせるだろう。彼女なら完璧な修道尼になれたはずだ。視野の狭さ、様式化された感情、いかめしいまでの純粋性、そういう要素からして、宗教的な夢は彼女にとって申し分ない救済になったことだろう。このままいけば彼女はおそらく、よく見かける気むずかしい顔つきの年老いた処女になり果てるだろう。町の図書館の小さなデスクに座って、本にスタンプを押しているような女性にね」

「そこまでひどくはないだろう」と私は言った。しかし医師はいかにも知恵のあるユダヤ人という顔で、私に向かってにやりと笑いかけ、ドアから出て行った。「それにどうして彼女たちが処女だってわかるんだ?」と私は閉じられたドアに向かって付け加えてみたが、言うだけ無駄なことだった。

私は煙草に火をつけ、ぶらぶらと歩いて窓際に行った。しばらくすると彼女がベッドルームに通じる戸口に姿を見せ、そこに立って私を見た。目のまわりには暗い隈ができており、小さな取り澄ました青白い顔は、口紅の他にはまったくメイキャップを施されていなかった。

「少し頬紅をつけた方がいい」と私は彼女に言った。「君は漁船団と共に苛酷な夜を送った雪娘みたいに見える」

彼女は戻って頬紅をつけてきた。戻ってくると、彼女は鞄に目をやり、優しい声で言った。「レスリーがスーツケースを二つ私に貸してくれたのね」

「そうだね」と私は言った。彼女はとても感じよく見えた。ウェスト部分の長い錆色のスラックスをはき、バチャの靴をはき、茶色と白のプリントのシャツを着て、オレンジ色のスカーフを巻いていた。眼鏡はかけていない。大きくくりっとしたコバルト色の目には、薬物を投与されたせいで少しばかりぼんやりした気配があったが、予想したほどひどくはなかった。髪は相変わらず後ろにきつくひっつめられていたが、それについて私にできることは何もなかった。

「あなたにはずいぶん迷惑をかけてしまいました」と彼女は言った。「本当に申し訳なく思います」

「そんなことはいいんだ。君のお父さんとお母さんと話をしたよ。彼らはこの八年のあいだにたった二度しか君に会っていないし、もう会えないんじゃないかと案じておられた」

「私としても、両親としばらく一緒にいられるのは嬉しいわ」と彼女はカーペットを見下ろしながら言った。「私にそんなに休みをくださるって、ミセス・マードックはなんてご親切なんでしょう。私に長く留守をされるととても困るといつもおっしゃっていたから」。

彼女はスラックスに包まれた自分の脚をどう扱えばいいのかよくわからないように、もじもじとその二本の脚を動かしていた。とはいえそれは彼女のスラックスなのであり、そのような問題にはもっと前に直面していなくてはならなかったはずなのだが。彼女は最後には膝を一つに合わせ、上に両手をしっかりと置いた。

「我々が前もって少しばかり話しておかなくてはならないことがあれば」と私は言った。「あるいは君に私に何か言っておきたいことがあるなら、今のうちに済ませておこう。神経の破綻した人間を隣に乗せてアメリカ合衆国の半分を横切るような目にはあいたくないからね」

彼女は指の付け根を嚙み、拳の端っこからちらちらと二度ばかり私を見た。「昨夜《ゆうべ》——」と彼女は言って、そこで言葉を切り、頰を赤らめた。

「古いことをまた蒸し返すようだが」と私は言った。「昨夜、君は私にヴァニアーを殺したと言った。それから殺していないと言った。君が彼を殺していないことを私は知っている。それで話はついた」

彼女は拳を下におろし、まっすぐな視線を私に向けた。静かな、抑制された視線だった。両膝の上に置かれた手は、もう少しもこわばっていなかった。

「ヴァニアーは君があそこに行くずっと前に、もう死んでいた。君はミセス・マードックのために、彼になにがしかの金を届けに行った」

「いいえ——私のためにです」と彼女は言った。「もちろんそれはミセス・マードックのお金であるわけだけど。私はあの方に、どうやっても返しきれないほどの借りがあります。

もちろんいただくサラリーは大したものじゃありませんが、それはとても――」

私は荒っぽく遮った。「彼女がわずかなサラリーしか出さないのは、性来ケチだからさ。そしてとても返しきれないほどの借りが彼女に対してあるというのは、詩的な意味を超えて真実だろう。彼女が君から奪ってきたものは、ヤンキーズの外野手全員が二本ずつバットを持って叩きのめして、やっとお返しできるくらいのものだからね。しかしそれは今の段階では大事なことじゃない。ヴァニアーは自殺したんだ。悪だくみがうまくいかなくなってね。それで万事が終わった。君がやったことは多かれ少なかれ演技のようなものだった。彼の流し目の死に顔が鏡に映っているのを目にして、君は神経に強いショックを受けた。そのショックはずっと前に起こった別のショックと混じり合い、君はそれをちっとばかり屈折したやり方でドラマ化した。それだけのことさ」

彼女は恥ずかしそうに私を見て、銅色のかかった金髪の頭を縦に振った。まるで同意するかのように。

「そして君はホレース・ブライトを窓から突き落としたりはしなかった」と私は言った。

彼女の顔がはっと跳ね上がり、びっくりするほど蒼白になった。「私は――私は――」、彼女の手は口を押さえ、そのままそこに留まった。その上から、ショックを受けた彼女の目が私を見つめていた。

「もしドクター・モスが話してもかまわないと言わなかったら」と私は言った。「このことは君には言わないでおくつもりだったが、今が話す潮どきかもしれないとドクターは言った。君はたぶん自分がホレース・ブライトを殺したと思っているのだろう。君には動機もあったし、そうする機会もあった。その機会を捉えたいという衝動を実際に感じたかもしれない。でも君はそんなことができる人じゃない。最後の最後で君は自分を抑えたはずだ。しかしその最後の瞬間におそらく君の中で何かがはじけて、気を失った。ブライトはもちろん実際に窓から落ちた。しかし彼を突き落としたのは君じゃない」

私はそこで一呼吸置き、その手が再び下に落ち、もう片方の手と結び合わされ、互いを強く引っ張り合う様子を見ていた。

「君は、君が彼を突き落としたと思い込まされていたんだ」と私は言った。「それは念入りに、意図的に、静かな冷酷さをもってなされたことだった。ある種の女性が、他の女性に対してしかできないようなやり方でね。今のミセス・マードックを見るとき、彼女の中に嫉妬の影を感じることとなんてできないだろう。でもそれがおそらく彼女の大きな動機になったんだ。彼女はまたもっと大きな動機も持っていた。五万ドルの生命保険だ。財産はあらかたなくしてしまったが、それだけは手つかずで残っていた。彼女はそのような種類の女性によくあるように、自分の息子に対する猛々しく支配的な愛情を持っていた。彼女は冷たく、辛辣で、節操を知らない女だった。そして君を、ヴァニアーが真相を暴露したときのための保険として利用したんだ。実に血も涙もないやり口だ。君は彼女にとってのスケープゴートに過ぎなかった。もし君が今送っているような生気のない、感情を押し殺した暮らしから脱出したいと思うのなら、君は私の言っていることを認めるか、信じるかするしかないんだ。それがつらいことはよくわかるけれど」

「そんなことはあり得ません」と彼女は、私の鼻筋を見ながら静かに言った。「ミセス・マードックはいつも私にとても親切にしてくださいました。そのときのことをあまりよく覚えていないというのは確かだけれど——でもあなたは誰かについてそんな悪意に満ちた中傷を口にするべきじゃないわ」

私はヴァニアーの絵の裏に貼ってあった白い封筒を取り出した。二枚の写真と一枚のネガだ。私は彼女の前に立ち、写真を膝の上に置いた。

「オーケー、写真をよく見てごらん。ヴァニアーがそれを通りの向かい側から撮ったんだ」

彼女はそれを見た。「あら、これはミスタ・ブライトだわ」と彼女は言った。「少しぼけて写っているみたいだけど。そのすぐ後ろにいるのはミセス・マードックですね。当時はまだミセス・ブライトでしたが。ミスタ・ブライトは取り乱した顔をしている」。彼女はそこそこ好奇心を浮かべた顔で私を見上げた。

「それを取り乱した顔だと思うのなら」と私は言った。「君は数秒後に彼が浮かべた表情を目にするべきだったたね。その人物が路面に叩きつけられたときの顔をね」

「彼がどうしたときの顔ですって?」

「いいかい」と私は言った。今では私の声に絶望の響きが混じり始めていた。「それはミセス・エリザベス・ブライト・マードックが最初の夫を、彼のオフィスの窓から突き落としているところを写した写真なんだよ。彼は今まさに落ちようとしている。その両手の位置を見るといい。彼は恐怖の余り叫んでいるんだ。夫人はその背後にいて、顔は怒りのために——あるいは他の何かのために——こわばっている。それが君にはわからないのか? ヴァニアーはこの写真を、それ以来ずっと証拠の品として握ってきたんだ。マードック家の人間はこの写真を、実際には一度も目にしなかったし、そんなものが実在するとも思っていなかった。ところが実在したんだよ。私は昨夜これを発見した。この写真が撮られたときと同じ種類の偶然の導きによって、たまたまね。正義というやつもなかなか捨てたものじゃない。少しは事情がわかってきたかい?」

彼女はもう一度写真を見て、それを脇にやった。「ミセス・マードックはいつだって私によくしてくださいました」と彼女は言った。

「あの女にとって君は、都合の良い生け贄《にえ》に過ぎなかったんだよ」と私は抑制されたもの静かな声で言った。舞台監督がひどい出来の舞台稽古のときに出しそうな声だ。「彼女は頭の切れる、タフで我慢強い女だ。そして自分がどういう心の闇を抱え込んでいるかを承知している。彼女は一ドルを護るために一ドルを費すことをいとわないだろう。それは彼女のようなタイプにはかなり珍しいことだ。私はその写真を彼女に渡す。象撃ち銃でもって叩き込んでやりたいところだが、私の上品な行儀作法がそれをなんとか押しとどめている」

「それはともかく」と彼女は言った。彼女は明らかに私の言ったことの半分も聞いていなかった。そして自分の耳にしたことを信じようという気持ちもない。「あなたはこの写真を決してミセス・マードックには見せてはいけません。きっととても混乱なさるでしょうから」

私は立ち上がって彼女の手から写真を取り、それを引き裂いて小さな断片にし、ゴミ箱に捨てた。

「私がこの写真を破ったことを、君はおそらくいつか残念に思うだろう」と私は言った。もう一枚の写真とネガが残っていることは伏せておいた。「おそらくある夜に――三ヶ月先だか、三年先だかはわからないが――君は夜中にふと目覚め、私の言っていることが真実だったと理解するだろう。そしてそのとき、あの写真をもう一度見られたらなと思うだろう。でもそれも私の考え違いかもしれない。あるいは君は、自分が誰も殺していなかったんだとわかって、とてもがっかりするのかもしれない。それはそれでかまわない。別にどちらでもいいんだ。さあ、そろそろ下に行って、私の車に乗り込もう。我々はウィチタに行くんだ。君のご両親のところにね。この先君がミセス・マードックのところに戻ることはもうないだろう。でもそんな予測もあっさりはずれてしまうかもしれない。いずれにせよこの話はもう持ち出さないようにしよう。もう二度とね」

「でも私、お金を持っていないわ」

「君は五百ドル持っている。ミセス・マードックが君に持たせたお金だ。私のポケットにそいつが入っている」

「まあ、なんて親切な方でしょう」と彼女は言った。

「負けたよ」と私は言って台所に行き、出がけの一杯をぐいと飲み干した。でもそれは何の役にも立たなかった。酒は私を、壁をよじ登り、ずるずる這って天井を横切りたいような気持ちにさせただけだった。

36

　私は十日間、家をあけていた。マールの両親はてきぱきとしたところのあまりない、辛抱強い人々で、日陰の多い静かな通りの、古い木造住宅に住んでいた。彼らが知っておいた方がいいと思えるおおむねの話をすると、二人は泣いた。娘が帰ってきて嬉しいし、できるだけの面倒はみると彼らは言った。そして自分たちをたっぷりと責めた。私は彼らにそうさせておいた。

　私がそこを辞去するとき、マールはエプロンをかけてパイの皮をのばしていた。粉のついた両手をエプロンで拭きながら戸口にやってきて、私の口にキスし、泣き出し、家の中に駆け戻っていった。しばらくのあいだ戸口には誰もいなくなったが、やがて彼女の母親がやってきて、裏のない広々とした笑みでその空白を埋めた。そして私が車で去って行くのを見送った。

　その家が視界から消えていくのを見ながら、私は不思議な気持ちを抱くことになった。どう言えばいいのだろう。詩をひとつ書き上げ、とても出来の良い詩だったのだが、それをなくしてしまい、思い出そうとしてもまるで思い出せないときのような気持ちだった。

家に帰ると、私はブリーズ警部補に電話をかけた。そして警察に行って、フィリップス事件がどのような成り行きを辿ったのかを尋ねた。彼らはそれを、いつもどおりの頭脳と幸運との正しい配合によって、とてもござっぱりと解決していた。モーニー夫妻は警察には一度も顔を出さなかった。しかし誰かが警察に電話をかけ、ヴァニアーの家から銃声が聞こえたことを告げ、すぐに電話を切った。指紋専門家は拳銃についた指紋はあやしいと思った。だから彼らはヴァニアーの手に銃を発射した痕跡がないか検査をした。痕跡は発見され、それは自殺と断定された。それからラッキーという名前の、中央署殺人課の刑事がその拳銃について調べてみようと思い立ち、それがフィリップス殺しに関連した手配書に出ている拳銃の特徴に似ていることを発見した。ヘンチはそれが自分の所有していた銃であることを認めた。それだけではなく、引き金の横に彼の親指の指紋の半分がついていた。引き金は通常引かれたままの状態になっていないから、そこだけ指紋が拭き残されていたのだ。

それだけの手持ちの材料と、私がこしらえたものよりも上出来なヴァニアーの指紋ひと揃いを携えて、彼らは再びフィリップスのアパートメントに出向き、またヘンチのアパートメントにも立ち寄った。彼らはヘンチのベッドにヴァニアーの左手の指紋を発見し、フィリップスの部屋でトイレットの流水レバーの下側にも指紋をひとつ見つけた。それから彼らはヴァニアーの写真を手に、近所の聞き込みをした。そして彼が路地で二度、横の通りで少なくとも三度目撃されていることがわかった。不思議なことにアパートメントハウスの内部では、誰も彼の姿を見かけていなかった。あるいは見かけたことを認めなかった。

あと欠けているのは動機だけだった。しかしティーガーが、ソルトレイク・シティーでブラッシャー・ダブルーンを古銭商に売ろうとして逮捕され（古銭商はそれは本物だが盗品だと考えたのだ）、その動機を気前よく明かしてくれた。彼はホテルの部屋に一ダースばかりその金貨を持っていて、そのうちのひとつは本物であることが判明した。彼は一切合切を告白し、本物の金貨を見分けるために付けた小さなマークのことを教えた。しかしヴァニアーがどこでそれを入手したかを彼は知らなかったし、警察もその持ち主を特定することはできなかった。その金貨のことはずいぶん新聞に書き立てられたから、もしそれが盗品であるなら、持ち主は当然名乗り出るはずなのだが、とうとう最後まで現れなかったからだ。そして警察もいったんヴァニアーが殺人犯であったことが判明してしまうと、ティーガーにはそれ以上の関心を払わなかった。いくつか疑わしい点はあったものの、ヴァニアーの死は結局自殺として片付けられた。

警察はしばらくしてからティーガーを釈放した。殺人については何も知らなかったようだし、彼にかかっている嫌疑といえば詐欺未遂くらいだった。金《きん》の購入は合法的なものだったし、もう流通していないニューヨーク州の貨幣を偽造することは、連邦政府の通貨偽造罪にはあたらない。ユタ州には彼を告訴するつもりはなかった。

彼らはヘンチの自白を最初からまったく信じてはいなかった。私が隠し事をしていたときのために、私を締め上げる手段としてそれを利用していただけだ。ブリーズはそう言った。ヘンチが無罪であるという証拠をもし私が握っていたら、そのまま黙って見過ごせないだろうと踏んだのだ。おかげでヘンチは窮地に立たされることになった。警察はヘンチを面通しにかけて、彼が五件の酒屋強盗事件に関与していることをつきとめたのだ。ガエターノ・プリスコというイタリア人が共犯だった。そのうちの一件では、人が一人撃ち殺されていた。そのプリスコがパレルモの親戚であるかどうかまでは聞かなかった。いずれにせよその男はまだ捕まっていない。

「満足したかね？」とブリーズは、私にこれらすべてを語ったあとで、あるいはその時点で起こっていたことのすべてを語ったあとで、私に尋ねた。

「二つの点がまだすんなり収まらない」と私は言った。「どうしてティーガーは逃げたのか？ どうしてフィリップスは偽名を使ってコート・ストリートに住んでいたのか？」

「ティーガーが逃げたのは、エレベーター係からモーニングスターが殺されたことを聞いたからだ。彼はそこに関連性を嗅ぎ取ったんだ。フィリップスがアンソンという偽名を使っていたのは、ローン会社が彼の車を追っており、彼はほとんど一文無しで、自暴自棄になっていたからだ。だからこそ彼のような若くて感じの良いお人好しが、どこから見ても胡散臭い依頼に飛びついて、自分の首を絞めることになったわけさ」

　私は肯き、たしかにそうかもしれないと言った。

　ブリーズは戸口まで私を送ってくれた。彼は頑丈な手を私の肩に置き、ぎゅっと摑んだ。

「あんたのアパートメントであの夜、おれとスパングラーに向かって一席ぶってくれた、あのキャシディー事件のことを覚えているかね？」

「覚えている」

「キャシディー事件なんて実際にはなかったと、あんたはスパングラーに言った。でもあったんだ。別の名前でな。実はおれがその事件を担当した」

　彼は肩から手を離し、私のためにドアを開け、笑みを浮かべて私の目を正面からのぞき込んだ。

「キャシディー事件のせいで」と彼は言った。「そしてそれがおれに抱かせた気持ちのせいで、おれはときどき、おそらくそんなことをされるには値しない相手に、つい情けをかけてしまうんだ。おれみたいに、あるいはあんたのように汗水垂らして働く人間に対する、汚れた数百万ドルからのお裾分けみたいなものさ。まあがんばれや」

　夜になっていた。私は帰宅し、古い普段着に着替え、チェス駒を揃え、飲み物を作った。そしてカパブランカ（キューバの高名なチェス・プレーヤー。一八八八－一九四二）のもうひとつの試合を再現した。それは五十九手で終わる試合だった。美しく冷たく、容赦を知らないチェスだ。その言葉なき無慈悲さには背筋を冷たくさせるものがあった。

そのゲームが終わると、私はしばらく開いた窓の前に立って、外の音に耳を澄ませ、夜の匂いを嗅いだ。それからグラスを台所で洗った。氷水をそこに入れ、流し台の前に立って飲んだ。そして鏡に映った自分の顔を眺めた。

「おまえと、カパブランカと」と私は言った。

訳者あとがき

レイモンド・チャンドラーの作品を翻訳していて何より嬉しいことは、ところどころではっと息を呑むような素敵な文章に出会えることだ。もちろんそういう部分は読者として読むだけでも十分楽しいわけだけれど、それを自分の手で、自分の言葉で日本語に移し替えられるというのは、「楽しい」という表現ではとても追いつけない格別の喜びとなる。たとえばこんな文章がある。

「我々が芝生を横切って近づいていくと、女は気怠そうにこちらに目を向けた。十メートル手前から見ると、とびっきりの一級品に見えた。三メートル手前から見ると、彼女は十メートル手前から眺めるべくこしらえられていることがわかった」（第五章・七〇頁）

フィリップ・マーロウがロイス・モーニーに会いに行くシーンだ。ショーガールあがりの、大物やくざの奥さん。その場の情景がありありと目に浮かんでくる。まるで映画の一シーンを見ているみたいに。短い文章だが、キレがある。

それからこんな文章。

「その家が視界から消えていくのを見ながら、私は不思議な気持ちを抱くことになった。どう言えばいいのだろう。詩をひとつ書き上げ、とても出来の良い詩だったのだが、それをなくしてしまい、思い出そうとしてもまるで思い出せないときのような気持ちだった」（第三十六章・三九七 - 三九八頁）

最後の章でマーロウがマール・デイヴィスに別れを告げるシーンだ。彼はマールをウィチタの実家に送り届け、また車でカリフォルニアまで戻る。マーロウは彼女に不思議な種類の好意を抱いている。ずいぶんエキセントリックなところのある娘だが、彼はそこにとても純粋なものを感じ取っている。しかしもう二度と彼女に会うことはあるまい。そういう気持ちがとても静かに、しかし遺漏なく描かれている。うまいなあと思う。

というわけで、いつものように密かな個人的喜びを感じながら、この『高い窓』を翻訳することができた。これが僕にとっての五冊目のチャンドラー長篇小説の翻訳になる。チャンドラーは全部で七冊の長篇小説をのこしているから、あと二冊で「完訳」ということになる。せっかくだから、というか、ここまできたら全部やってしまいたい。おつきあいいただければ嬉しい。

この『高い窓』はチャンドラーにとっての三作目の長篇小説になる。第二次大戦中の一九四二年にクノップフ社から刊行された。一作目が『大いなる眠り』、二作目が『さよなら、愛しい人』。このようにしっかりとした内容のある二冊の本を世に問うことによって、チャンドラーは順調に作家としての地歩を築いてきた……と言いたいところだが、実際にはどれもなぜか思ったほどの部数は売れなかったし、一部の愛好者をべつにすれば、評判も大したものではなかった。いわゆる「ハードボイルド」ミステリーだからということで大衆向けと見られ、大手の新聞や雑誌の批評にもなかなか取り上げられず、チャンドラーはそのことでフラストレーションを募らせていた。長篇の売り上げが伸びないせいで、生活費を稼ぐために、雑誌用の短篇小説を書かねばならず、それは彼の意には染まないことだった。一九三九年十月に彼は知人にこのような愚痴っぽい手紙を書いている。

「私は今までものを書くことで金を儲けたためしがない。私はとてもゆっくりしか書けないし、書いたものの多くを破り捨ててしまう。実際に売れるのは、私が書きたいと思っているものではない。

最近『サタデー・イブニング・ポスト』に短篇をひとつ売った（『待っている』のこと）。それを書いているとき、あまりたいしたものには思えなかった。今でも出来が良いのか悪いのかよくわからない。印刷されたものを読んだとき、それほど悪くないと思ったが、印刷されたものはだいたいにおいて良く見えるものだ。その一方で、古い友人の一人が二ページに及ぶ手紙を書いてきて、それがどれくらいひどい作品であるかを刻明に教えてくれた」

一九三九年から四二年にかけて、チャンドラーはそういうふっきれない気持ちを抱きつつ、『湖中の女』と『ブラッシャー・ダブルーン（後に『高い窓』に改題）』という二冊のマーロウものの長篇小説を、いささかだらだらと、並行して書き続けていた。いくつかの作品を同時に書き進めていくのは、チャンドラーのいつもの仕事の進め方だ。しかしこの期間、執筆作業はそれほど順調には捗《はかど》らなかったようだ。ちょっとしたスランプと言っていいかもしれない。引っ越しに追われて生活が落ち着かなかったということもあり、またヨーロッパでドイツ相手の戦争が始まっており、英国育ちのチャンドラーとしては、そちらに気を取られていたということもある。

とくに『湖中の女』の執筆にはずいぶん手間取ったようだ。もともと短篇小説であったものを長篇に引き延ばす作業だったし、そういうルーティン業務にもうひとつ気が乗らなかったようだ。「昔書いた作品をもとに小説を書くのはもうやめようと思う。そういう仕事には本当にへとへとにさせられる」と彼は友人への手紙の中に書いている。それに比べると『ブラッシャー・ダブルーン』はまったくゼロからの出発だったので、新鮮な気持ちで仕事に臨めたのか、『湖中の女』に比べるとまだ少しはすらすらと進んだようだ。とはいえこの作品『ブラッシャー・ダブルーン』に、それに先行する『大いなる眠り』や『さよなら、愛しい人』に見られるような自然なドライブ感が不足していることもまた確かである。チャンドラー自身もそのことは感じていたようで、彼はブランシュ・クノップフ（クノップフ社の社長であるアルフレッド・クノップフの妻にして秘書）にあてた手紙にこんなことを書いている（一九四二年三月十五日）。

「私はこの小説があなたの気に入るとは思えないのです。ここにはアクションもなければ、好感の持てるような人物も登場しませんし、とにかく何もありません。探偵はとくに何かをするわけでもありません。この小説はタイプされて（なんだかお金の無駄遣いのように思えますが）あなたのもとに送られることになっています。そんなことをするのはあまり良い考えとは思えないのですが、とにかくそれは既に私の手を離れてしまっています。私に遠慮して、好意的な意見を下さろうなどと思わないでください。それで事態がいくらかでも好転する、というような状況にはおそらくないからです。ただいささかの自己弁護をさせていただくなら、私に言えるのは、私はベストを尽くすべく努力したし、今これ以上のものは私の中から引き出せないということくらいです。もしそうでなければ、私はこの作品に限りなく手を入れ続けていたことでしょう。

私がタフでスピーディーで、暴力と殺人で満ちた小説を書くと、タフでスピーディーで、暴力と殺人で満ちているということで酷評されます。しかしそういう側面を抑えて心理的・感情的側面をより深く描こうとすると、最初に酷評された側面が消えているということでまた酷評されます。私はそういうことにいささかうんざりしてしまっています。読者はかくかくしかじかのものをチャンドラーに期待している、なぜなら彼は以前にこんなものを書いているから、と言われます。しかし前にそれを書いたときには、もっと違う書き方をすれば、ずっと良いものが書けたはずだと批判されたのです。

でもまあ、そんなことを言い立てても始まりません。これから先、もし私が何か失敗を犯すとしても(間違いなく犯すでしょうが)、それは間違いを犯すまいという無駄な試みの故に犯された間違いではないはずです」

長篇小説を書き上げた作家というのは、多かれ少なかれ気が昂ぶった状態にあるし、その結果として一種の躁鬱状態に追い込まれることがある。自信過剰と、自信喪失のあいだを行ったり来たりすることがある。とくにチャンドラーの場合には、精神状態にいささか安定を欠く傾向があった。だからこれをチャンドラーのまったくの本音と受け取ることには無理があるだろう（伝記作家のあるものはそうしているようだが）。しかしそれ以前の二作にあった勢いのある「乱暴さ」のようなものが、三作目においていくぶん後退していることに関しては、たしかに彼の述べている通りかもしれない。しかしそのかわり、本書にはこれまでにはないミステリー（謎解き）としての一貫性がうかがえるし、登場人物の描写にも地に足がついたところがある。そういうところを僕としてはむしろ高く評価している。そして何より素晴らしいのは、いわゆる「チャンドラー節」が隅々に至るまで健在であることだ。それは誰が（たとえ作者自身が）どう言おうと、何ものにも換えがたい美質と言うべきだろう。

ブランシュ・クノップフはこの『ブラッシャー・ダブルーン』という作品を受け取って読み、作者の予想に反してずいぶん気に入ったようだ。しかしタイトルには今ひとつ感心しなかった。とくに「ブラッシャー」が「ブラジャー」と間違えて発音されるのではないかと心配であったらしい。チャンドラーは「そんなことは考えもしませんでした」とびっくりして返事を書いている。しかし追伸の中に「それでは『高い窓』というタイトルではいかがでしょう？　それならシンプルで、示唆に富んでいて、事件の要点にも直結していますと書いている。ブランシュ・クノップフはそのタイトルを気に入って採用した。僕としてもこれが最もこの小説に相応《ふさわ》しい書名だと思う。

ちなみに本書が20世紀フォックスによって映画化されたときには、タイトルはなぜかオリジナルの「ブラッシャー・ダブルーン」になっている。主演はジョージ・モンゴメリー、マール役を演じるのはナンシー・ギルド。DVDにもなっているが、僕はまだ見ていない。映画ファンのあいだではとくに評判にもなっていないから、大した出来ではないのかもしれない。

また『高い窓』は、やはり20世紀フォックスによって、「タイム・トゥー・キル」というタイトルで一九四二年に映画化されている。ただしこれは別の私立探偵を主人公とするシリーズものに置き換えられ、フィリップ・マーロウは出演しない。主演はロイド・ノーラン、監督はハーバート・リーズ。こちらはDVD化はされていないようだ。ちなみにこのシリーズでは『さよなら、愛しい人』も別のタイトルで映画化されている。

『高い窓』に対する書評はアメリカではほとんどゼロだったが、英国での評判は意外に高かった。高名なタイムズの『文芸付録』がこの作品を取り上げて誉めてくれた。売り上げもアメリカで一万部、英国で八千五百部と、チャンドラーの英国での人気の高さをうかがわせる。いずれにせよ、チャンドラーの手に渡った印税は全部合わせて三千ドルに過ぎなかった。二年間にわたって苦労して書いた小説の印税がこの程度のものなのか、というチャンドラーのため息が聞こえてきそうだ。なにしろ「タイム・トゥー・キル」映画化権の報酬として20世紀フォックスがひょいと払ってくれた三千五百ドルよりも、それは低いのだから。チャンドラーがやがて小説の執筆を一時中断し、脚本家としてハリウッドに出稼ぎにいかざるを得なかった事情も理解できる。それはチャンドラー自身にとっても、チャンドラー・ファンにとっても、あまり幸福な成り行きではなかったのだが。

チャンドラーはまた『高い窓』に関して、ブランシュ・クノップフへの手紙にこのように書いている。「この次はもっと生き生きとして、スピーディーで、面白いものを書くつもりです。というのは、当世スピードこそがすべてだからです。ロジックや宣伝やスタイルみたいなことは関係なく」

しかし僕がこの『高い窓』で個人的に評価する部分は、むしろそのロジックとスタイルなのだ。先にも書いたように、この『高い窓』には一貫した筋書きと、一貫した文体がある。僕は他のチャンドラー作品を訳していて、プロットに関して、「ここはいったいどういうことなのだろう？」と首をひねらされる曖昧な（あるいは矛盾する）部分をちょくちょく見かけるのだが、この『高い窓』ではそういうことはほとんどなかった。謎はおおむねきちんと解き明かされているし、その謎解きの過程はフェアで、なるほどなと納得させられる。稀少コインを巡るプロットもわかりやすい。「チャンドラーの小説は推理小説としての整合性を欠いている」という（一部の）世の批判に答えたものとも言えるだろう。しかしそのぶん、チャンドラーの小説に「もっと生き生きとして、勢いの良い、面白いもの」を求めた読者にとっては、いささか「アドレナリンが足りない」ということになったのかもしれない。

そうは言っても相変わらず、いくつか首をひねらされるところが見受けられる。たとえば第三章でマードックの息子がマーロウのオフィスを訪ねてくる場面。マードックはマッチを灰皿に残していく。そしてそのマッチには住所と番号が印刷してある。その一部が意味深げに燃え残っている。それについての記述は第四章にもまた出てくる。マーロウはこう語る。「私はそれ（マッチ）を灰皿に落とし、それがなぜ重要に思えるのだろうと考えた。あるいは何かの糸口になるのかもしれない」

となればそれはあとになって、きっと何か手がかりになるのだろうと、我々読者は当然ながら推測する。しかしそのマッチに書かれていた文言はそのあと一切登場しない。僕は昔この本を読んでいてその部分がいささか気になったのだが、今回訳していてもやはり気になった。本当なら編集者が「チャンドラーさん、この部分は筋書きには不必要ですし、省いてもいいのではありませんか？」とチェックを入れるところだと思うのだが、当時はおそらくそれほど丁寧な本作りはなされていなかったのだろう。

それから一人称小説の生来の欠点として、主人公が見ていないところで起こった出来事は描写できないという根本的な問題がある（僕〈村上〉自身その問題には何度か悩まされた）。それを解消するために、チャンドラーはときとして不自然な設定を話の中に持ち込んでくる。たとえばこの小説で言えば、第三十章でアレックス・モーニーと奥さんのロイスが登場するシーンだ。そこにたまたまマーロウが居合わせ、カーテンのかげに姿を隠していると、アレックスとロイスがたまたま寸劇を繰り広げて、いろんな謎をマーロウの前でとても親切に明らかにしてくれる。これはどう考えても都合の良すぎる成り行きだが、限られた紙数の中で物語をわかりやすく収めていくためには、まあやむを得なかったのだろう。

正直に言って、その手の綻《ほころ》びはいちいちあげ始めるときりがない。しかしチャンドラー・ファンなら既にご存じのように、そんな欠陥はチャンドラー小説においては、いつもの「お約束ごと」に過ぎない。そこにチャンドラー独特の魅力的な文体があり、そしてマーロウという人物がマーロウらしく動いている限り、我々は基本的に何の文句もなくその作品を楽しむことができる。本当の小説読みにとって大事なことは、細かい綻びを見つけるよりも、そこにしかないより大柄な美質を味わうことなのだ。僕はそう思う。小説家としての自己弁護ではなく。

僕はこの小説の中で、マーロウがマードック邸にある黒人の少年像の頭をとんとんと叩くシーンが好きだし、高名な映画監督がバーテンダーを口汚く罵倒し、マーロウがそのバーテンダーに絡まれるシーンが好きだ。どじばかり踏んでいる駆け出し探偵のアンソン・フィリップスが、判断を誤って、結局は情けない殺され方をすることを気の毒に思う。質屋のユダヤ人の老人の仕草や、スパングラー警部補の淫らなまでの奇妙な笑顔も印象に残っている。ハンサムなイタリア人の葬儀屋、パレルモ氏もなかなか素敵なキャラクターだ。共産党シンパの警備員の言動も興味深い。そういう脇役の人物描写は相変わらず本当にうまい。

なおこの『高い窓』には一般に広く流通してきた清水俊二氏訳のもののほかに、田中小実昌さんの翻訳もある。この翻訳を終えたあとで、小実昌訳をあらためて読み返してみたのだが、さすがコミさんというか、とても流れの良い愉快な訳で、清水さんのものとはまたひと味違う軽快なドライブ感があった。マーロウが「おれ」という人称を使っているせいで、（聞いたところによれば）正統チャンドラー・ファンのあいだでは今ひとつ評判が良くないということだが、そういう視点を持つ翻訳が、そういうマーロウ像が、ひとつくらい世の中にあってもいいと僕は思っている。いつも言うことだが、優れた作品には複数の翻訳の選択肢があっていいし、あってしかるべきだろう。この作品に関しても、僕の訳と、先輩諸氏の訳とを読み比べていただければ、それに勝る喜びはない。原典を正当に理解し楽しむためにも、それはとても有益なことなのだから。

二〇一四年十一月

村上春樹

本書の翻訳は米ランダムハウス、ヴィンテージ版を底本とした。
本書は、早川書房より二〇一四年十二月に単行本として刊行された作品を文庫化したものです。

訳者略歴　1949年生まれ，早稲田大学第一文学部卒，小説家・英米文学翻訳家　著書『風の歌を聴け』『ノルウェイの森』『1Q84』他多数。訳書『大聖堂』カーヴァー，『キャッチャー・イン・ザ・ライ』サリンジャー，『ロング・グッドバイ』チャンドラー（早川書房刊）他多数。

HM=Hayakawa Mystery
SF=Science Fiction
JA=Japanese Author
NV=Novel
NF=Nonfiction
FT=Fantasy

高《たか》い窓《まど》

〈HM⑦-15〉

二〇一六年 九 月十五日 発行
二〇二四年十二月二十五日 五刷
（定価はカバーに表示してあります）

著者　レイモンド・チャンドラー
訳者　村《むら》上《かみ》春《はる》樹《き》
発行者　早川 浩
発行所　株式会社 早川書房
郵便番号 一〇一‐〇〇四六
東京都千代田区神田多町二ノ二
電話 〇三‐三二五二‐三一一一
振替 〇〇一六〇‐三‐四七七九九
https://www.hayakawa-online.co.jp

乱丁・落丁本は小社制作部宛お送り下さい。
送料小社負担にてお取りかえいたします。

印刷・中央精版印刷株式会社　製本・株式会社明光社
Printed and bound in Japan
ISBN978-4-15-070465-0 C0197

本書は活字が大きく読みやすい〈トールサイズ〉です。